Kurt Palm

TROCKENES FELD

ROMAN

leykam: *Belletristik*

Für meine Eltern Ana und Stjepan Palm

„Es gibt keine Wahrheit in der Erinnerung."

Werner Herzog

„Wir kommen der Wahrheit nie näher als in erfundenen Geschichten."

Louis Begley

Der Tote im Fluss

„Er ist ertrunken. Die Strömung hat ihn unter einen Felsen gedrückt, dort ist er mit einem Fuß hängen geblieben. Er trug einen gestreiften Pyjama, der an einigen Stellen zerrissen war. Wahrscheinlich hat er in der Nacht das Altersheim verlassen und ist die Böschung hinuntergestürzt."

Der das sagt, heißt Christoph. Er hatte in der Vöckla nach Luka-Batschi gesucht. „Die Gendarmerie hat mich

darum gebeten, weil ich bei der Feuerwehr immer wieder als Taucher ausgeholfen habe."

„Bist du dir sicher?", frage ich. „Oder verwechselst du ihn mit jemand anderem?"

„Nein. Ich bin mir sicher. Ich habe ihn ja eigenhändig aus dem Wasser gezogen. Außerdem kannte ich ihn vom Sehen."

„War es Selbstmord?"

Christoph zuckt mit den Schultern. „Schwer zu sagen, ist ja schon so lange her."

„Weißt du noch, wann es war?"

„Ungefähr Mitte der siebziger Jahre, an das genaue Jahr kann ich mich nicht mehr erinnern. Aber an den Ort. Es war in der Nähe der Schlangengrube." Christoph nimmt einen Schluck Bier.

Ich überlege. „Mit 20 hast du bereits als Taucher bei der Feuerwehr ausgeholfen?"

Christoph denkt nach. „Dann war es vielleicht Ende der siebziger Jahre. Oder Anfang der Achtziger. War er verwandt mit dir?"

„Nein. Ich kenne nicht einmal seinen richtigen Namen. Meine Eltern nannten ihn nur Luka-Batschi, weil er aus demselben Ort stammte wie sie. Aus Kapan, in Slawonien."

Christoph runzelt die Stirn. „Batschi?"

„Ja, das war die Bezeichnung für ältere Männer und bedeutet so viel wie Onkel. In meiner Verwandtschaft gab es viele Batschis: Josef-Batschi, Janosch-Batschi, Stipo-Batschi. Sind alle längst tot, genauso wie die Nenis, die Tanten, die gar keine richtigen Tanten waren, aber als ältere Frauen so genannt wurden."

Ich hatte Christoph zufällig am Friedhof von Oberthalheim getroffen, wo ich das Grab meiner Eltern besuchte. Später wollte ich zu meiner Tante fahren, um ihr noch ein paar Fragen zu stellen. Sie war eine der letzten Überlebenden aus Kapan und hatte mir vor ein paar Jahren bereitwillig Auskunft über ihre Flucht und den Neubeginn in Österreich gegeben. Ihr Sohn hatte mir allerdings am Telefon gesagt, dass ein Gespräch wegen ihrer fortgeschrittenen Alzheimer-Erkrankung schwierig werden würde, aber ich könnte es ja versuchen.

Blickwechsel: In Oberthalheim gab es bis vor kurzem neben dem Friedhof ein Kloster der Salesianer Don Boscos.

Heute befindet sich dort ein „Zentrum der Ruhe und persönlichen Weiterentwicklung“, was immer das sein mag. Weil ich ein fleißiger Ministrant war, wurden mir im Kloster einmal an einem Gründonnerstag vom Pfarrer die Füße gewaschen. Gemeinsam mit elf anderen Ministranten und Novizen. Ich repräsentierte einen der zwölf Apostel, denen Jesus am Tag vor seiner Kreuzigung die Füße gewaschen hatte. Welcher Apostel ich war, weiß ich nicht mehr. Hoffentlich nicht Judas Iskariot, der Verräter. Mein Lieblingsapostel war nämlich Johannes, der Verfasser des gleichnamigen Evangeliums:

Im Anfang war das Wort
und das Wort war bei Gott
und das Wort war Gott.
Im Anfang war es bei Gott.
Alles ist durch das Wort geworden
und ohne das Wort wurde nichts,
was geworden ist.

Vielleicht war diese Passage mit ausschlaggebend dafür, dass ich schon früh meine Liebe zur Literatur entdeckte: „Alles ist durch das Wort geworden.“ Was für ein phantastischer Gedanke!

Am Tag nach der Fußwaschung schimpfte mich meine Mutter, weil einer meiner Socken ein Loch hatte. Ich verstand ihr Problem nicht, weil ich den Socken vor der Waschung ja ohnehin ausgezogen hatte. Unabhängig davon fand ich die Zeremonie ziemlich unappetitlich.

Kürzlich habe ich gelesen, dass es bei den Salesianern Don Boscos von allen religiösen Orden weltweit den höchsten Prozentsatz an sexuellen Übergriffen gab. Mit diesem Wissen würde ich heute bestimmte Handlungen kirchlicher Würdenträger während meiner Zeit als Ministrant und Mitglied der Katholischen Jungschar anders einordnen. Und jetzt wird mir auch klar, weshalb ich bei der Beichte die Verstöße gegen das sechste Gebot – „Du sollst nicht Unkeuschheit treiben!" – immer bis ins kleinste Detail schildern musste. Der jeweilige Beichtvater wollte halt alles ganz genau wissen. Damals waren mir die Fragen des Kaplans oder Pfarrers egal, weil ich nach der Beichte von allen Sünden befreit war und wieder tun und lassen konnte, was ich wollte. Auch Unkeuschheit treiben.

Dass Kinder und Jugendliche aber selbst im Beichtstuhl nicht vor Übergriffen von Kirchenvertretern sicher waren, passt ins Bild jener Institution, die sich in meiner späteren Wahrnehmung vor allem durch Verlogenheit auszeichnete. Obwohl alle im Ort wussten, was innerhalb und außerhalb der Beichtstühle passierte, wurde so getan, als wäre alles in bester Ordnung. Das war auch der Grund, weshalb ich nach dem Erreichen der Volljährigkeit sofort aus der katholischen Kirche austrat. An dieser Entscheidung änderten auch die Hausbesuche des Pfarrers nichts, der meine Eltern – natürlich subtil – moralisch unter Druck setzte.

Da ich Friedhöfen wenig abgewinnen konnte, kam ich nur zwei- oder dreimal im Jahr nach Oberthalheim. Mein Vater lag seit 1997 hier, er war an Lungenkrebs gestorben (der Asbest, die Eisenspäne, der Kohlenstaub), meine Mutter seit 2003, sie hatte einen Herzinfarkt erlitten (die Belastungen, die Aufregungen, der hohe Blutdruck). Oft stellte ich mir die Frage, ob meine Eltern *in fremder Erde* ruhten oder ob es nicht völlig gleichgültig war, wo man seine *letzte Ruhestätte* fand. Das Grab meiner Großeltern mütterlicherseits befand sich ebenfalls auf diesem Friedhof, andere Verwandte lagen auf Friedhöfen in Los Angeles, Neukirchen an der Vöckla, Milwaukee, Zipf, Curibata (Brasilien), Pforzheim oder Kapan.

In Oberthalheim standen auf zahlreichen Grabsteinen die Worte: „Hier ruht in Frieden …“ Woher wollten das die Hinterbliebenen eigentlich wissen? Wahrscheinlicher war, dass die meisten Toten in Unfrieden ruhten und der Spruch nur ein frommer Wunsch der Angehörigen war. Sonst müsste auf Begräbnissen nicht so viel gelogen werden. Wenn ich mir vorstellte, wie sich der ganze Hass, die Wut, der Neid, die Missgunst, die Niedertracht und die Trauer der Toten in ihren Särgen entluden, fragte ich mich, weshalb die Friedhöfe in diesem Land nicht schon alle längst explodiert waren.

Ich halte es in dieser Sache eher mit Bertolt Brecht, der in seinem „Lesebuch für Städtebewohner“ schrieb:

Sorge, wenn du zu sterben gedenkst
Dass kein Grabmal steht und verrät, wo du liegst
Mit einer deutlichen Schrift, die dich anzeigt
Und dem Jahr deines Todes, das dich überführt!
Noch einmal:
Verwisch die Spuren!

Ich blieb nie lange am Grab meiner Eltern. Ich goss die Blumen, erzählte ihnen ein paar Neuigkeiten und ging wieder. Als ich noch ein Kind war, hat mir mein Vater einmal einen Witz erzählt.

„Ich kann mit den Toten reden", sagte er.

„Wirklich?", fragte ich mit kindlichem Erstaunen.

„Ja, aber sie antworten nicht."

Ich brauchte lange, bis ich den Witz verstand. Aber vielleicht ging der Witz auch ganz anders, weil mein Vater generell ein schlechter Witzeerzähler war, der es selten bis zur Pointe schaffte. Einmal versuchte er, einen Witz über Stalin und Churchill zu erzählen, der sich über Tage hinzog und nicht und nicht enden wollte. Ich glaube, die Szene spielte im Himmel, und irgendjemand schaute durch ein Schlüsselloch. Wer, wieso und weshalb? Das weiß ich nicht mehr.

Christoph jedenfalls stand am Grab seiner Frau, und erst als ich den Namen auf dem Grabstein las, erkannte ich ihn. Wir waren gemeinsam in die Knaben-Hauptschule in

Vöcklabruck gegangen, und da ich noch Zeit hatte, fragte ich ihn, ob er Lust auf einen Kaffee oder ein Bier hätte.

„Ja, gehen wir auf ein Bier, Kaffee vertrage ich nicht, wegen dem Blutdruck, aber in Timelkam haben fast alle Gasthäuser zugesperrt. Fahren wir nach Vöcklabruck."

„Okay, aber zum *Auerhahn* gehe ich nicht. Dort habe ich nämlich seit 1971 Lokalverbot."

„Wieso das denn?" Christoph strich sich über seinen Schnauzer. Er sah alt aus, älter als ich. Oder bildete ich mir das nur ein?

„Wir hatten damals eine Flugblattaktion gegen den *Auerhahn* gemacht, weil sein Besitzer die Lehrlinge ausbeutete und uns wegen unserer langen Haare nicht ins Lokal ließ. Außerdem hasste er uns wegen unserer politischen Einstellung."

Christoph lachte. „Am Stadtplatz gibt es ein paar andere Lokale, in die wir gehen können."

Während wir im Gastgarten einer Pizzeria bei Bier (Christoph) und gemischtem Eis mit Schlag (ich) saßen, erzählte mir Christoph, dass seine Frau vor einem halben Jahr an Brustkrebs gestorben war. Es war immer dasselbe. Kaum traf ich jemanden in meinem Alter, kamen wir unweigerlich auf Krankheiten oder Todesfälle zu sprechen. Ein untrügliches Zeichen dafür, dass es auf der Rutschbahn des Lebens nach unten ging. Und zwar unaufhaltsam.

Nachdem wir uns über die Toten in unserem Umfeld ausgetauscht hatten, erzählte ich Christoph, dass ich an einem Buch über meine Vorfahren arbeite, das Unterfangen aber kompliziert sei, weil fast alle Zeitzeugen tot waren und es kaum schriftliche Quellen gab. Als ich in einem Nebensatz erwähnte, dass ein Knecht aus Kapan im Altersheim in Timelkam gelebt hatte, wurde er hellhörig und erzählte mir von seinem Taucheinsatz.

Dass ich Christoph getroffen hatte und er mir über Luka-Batschis Tod etwas erzählen konnte, war ein Glücksfall. Eigentlich hatte ich Luka-Batschi längst vergessen, aber jetzt, wo Christoph erzählte, dass er seine Leiche aus der Vöckla geholt hatte, erinnerte ich mich wieder an ihn. Und an die Schlangengrube, um die sich in unserer Kindheit allerhand Geschichten rankten, die dazu führten, dass wir diesen Uferbereich mieden. Nur die Tapfersten wagten sich in seine Nähe, weil es dort angeblich Giftschlangen gab. Trotzdem rauchten wir nicht weit davon entfernt unsere ersten Lianen. „Was ist eigentlich aus der Schlangengrube geworden?“, fragte ich.

„Die gibt es schon lange nicht mehr“, antwortete Christoph nachdenklich. „Mein Vater hat jahrelang darum gekämpft, dass sie zugeschüttet wird. Er gab ja den Schlangen die Schuld am Unfall meines Bruders. Nachdem die Gemeinde aber nichts unternommen hat, hat er sich einen Bagger organisiert und das Gelände dem Erdboden gleichgemacht.“

Jetzt erinnerte ich mich wieder, dass Christophs jüngerem Bruder der Arm amputiert werden musste, nachdem er bei der Schlangengrube von einer Höllenotter gebissen worden war. Die Ärzte entschieden sich zu diesem drastischen Schritt, weil sie Angst hatten, dass das Gift ins Herz gelangen könnte. Das erzählte man sich jedenfalls im Ort. Christophs Bruder hatte sich vom Schock der Amputation nie richtig erholt und soll deshalb noch als Jugendlicher zum Alkoholiker geworden sein. Ob das stimmte, wusste ich nicht, aber nachdem ich das Thema angeschnitten hatte, fragte ich pflichtschuldig: „Wie geht es deinem Bruder?"

Christoph zuckte mit den Schultern und verzog das Gesicht: „Keine Ahnung, ich habe schon lange nichts mehr von ihm gehört."

So hat jede Familie ihre Leichen im Keller, dachte ich mit einem unangenehmen Gefühl im Bauch. Aber bevor ich zu sentimental wurde, fragte ich Christoph: „Hast du eine Idee, wie Luka-Batschi überhaupt in die Vöckla gekommen ist?"

Er schüttelte den Kopf und sah auf das Display seines Mobiltelefons. „Ich muss jetzt langsam los." Er winkte der Kellnerin.

„Ich lade dich ein. Mein gemischtes Eis mit Schlag ist sicher teurer als dein Bier." Ich lachte.

„Okay, danke." Christoph stand auf und gab mir die Hand. „Hat mich gefreut. Vielleicht sehen wir uns wieder einmal am Friedhof."

„Ja, mach's gut. Bis bald."

Da bis zum Treffen mit meiner Tante noch etwas Zeit war, dachte ich über Luka-Batschi nach. Ich stellte mir vor, wie er in der Nacht das Altersheim verließ, um – ja, was zu tun? Zu rauchen? Dazu hätte er seinen Holzverschlag nicht verlassen müssen, weil damals im Altersheim alle rauchten. Zumindest die Männer. Ich wusste das, weil ich dort ministriert habe.

Oder war er Schlafwandler? Wusste er nicht, was er tat? Haben die Ordensschwestern nichts gehört? Wenn ja, werden sie sich nichts dabei gedacht haben. Viele alte Menschen stehen in der Nacht auf und geistern herum, weil sie nicht schlafen können oder aufs Klo müssen. Oder weil sie etwas suchen, was sie gar nicht verloren haben.

Wenn ich an Luka-Batschi denke, sehe ich einen alten Mann vor mir. Dabei war er, als ich ihm das erste Mal begegnete, sicher nicht älter als fünfzig. Vielleicht lag es am Stock, auf den er sich immer stützte. Oder an der Zigarettenspitze, die ständig in seinem Mund steckte. Oder an seiner dunklen, abgetragenen Kleidung. Oder an seinen Bartstoppeln. Oder an seinem speckigen Hut. Luka-Batschi war ein kleiner, schmächtiger Mann, dessen Erscheinung so gar nicht zu seinem früheren Beruf passte: Knecht. Aber ist Knecht überhaupt ein Beruf? Ist man zum Knechtsein berufen oder wird man zum Knecht gemacht?

Luka-Batschi, Knecht, ertrunken in der Vöckla. Oder doch nicht? Einige Stunden nach meiner Begegnung mit Christoph erzählte mir meine Tante nämlich, dass Luka-

Batschi in einem Sanatorium an Lungenkrebs gestorben sei.

„Bist du dir sicher?“, fragte ich.

Sie sah mich an, ihr Blick ging ins Leere. Woran sie dachte, war schwer zu sagen. „Nein“, antwortete sie und holte einen Besen, mit dem sie den sauberen Küchenboden kehrte.

„Also bist du dir nicht sicher?“

„Ja, schon.“ Und nach einer kurzen Pause. „Wie geht es deiner Mama?“

„Gut“, sagte ich, obwohl meine Mutter schon lange tot war.

Ich war irritiert, weil ich nicht wusste, wer recht hatte: Christoph oder meine Tante? Nachdem ich mich von meiner Tante verabschiedet hatte, entschied ich mich für Christophs Version von Luka-Batschis Tod. Erstens klang seine Erzählung spektakulärer, und zweitens litt meine Tante an Alzheimer, weshalb ihrer Erinnerung nicht ganz zu trauen war.

Bis heute weiß ich nicht, ob Luka-Batschi in Kapan am Bauernhof meiner Mutter oder meines Vaters gearbeitet hat. Ich dachte immer, dass es der Bauernhof meiner Mutter war, aber vor ein paar Jahren hat meine Tante behauptet, dass es der Hof meines Vaters gewesen sei. Als seine Halbschwester musste sie es eigentlich wissen, außerdem war sie damals noch einigermaßen klar im Kopf.

Der Bauernhof meines Vaters war ein großer Hof mit Kühen, Schweinen und Pferden sowie Äckern, Feldern und einem Wald mit einer Gesamtfläche von 20 Hektar. Außerdem gehörte ihm ein Weingarten mit 1,7 Hektar in Borova, etwa vier Kilometer außerhalb des Dorfes. Mein Vater hatte den Hof bereits in jungen Jahren geerbt, weil sein Vater mit 24 Jahren an einer Lungenentzündung gestorben war. Nach heftigen Regenfällen war Wasser in den Weinkeller eingedrungen und mein Großvater wollte einige Fässer in Sicherheit bringen, dabei hatte er sich eine Lungenentzündung zugezogen. So hat es mir jedenfalls mein Vater erzählt. Auf dem Totenschein steht als Todesursache allerdings nicht Lungenentzündung *(upala pluća)*, sondern „plötzlicher Tod" *(nagla smrt)*. Ein Kaufvertrag *(kupoprodajni ugovor)*, der am 2. Mai 1928, also einen Tag vor seinem Tod, von meinem Großvater unterzeichnet wurde, scheint freilich die Variante vom „plötzlichen Tod" zu bestätigen, wobei ich mir die Frage stelle, ob nicht jeder Tod „plötzlich" ist. Wenn ich den auf Kroatisch abgefassten Vertrag richtig interpretiere, hat mein Großvater an diesem Tag von Gjuro und Klara Elias zwei landwirtschaftliche Grundstücke um 2.000 Dinar erworben.

Meine Tante wiederum glaubte sich zu erinnern, dass mein Großvater nach der Feldarbeit verschwitzt nach Hause kam und zu viel kaltes Wasser trank, woraufhin er eine Lungenentzündung bekam. Das wusste sie aber auch nur vom Hörensagen, weil sie zum Zeitpunkt des Todes meines Großvaters noch gar nicht auf der Welt war. Sie war ja die Tochter des zweiten Mannes meiner Großmutter und daher meine Halbtante, falls es dieses Verwandtschaftsverhältnis überhaupt gibt.

Beim Tod seines Vaters war mein Vater gerade einmal vier Jahre alt. Ich habe ihn nie gefragt, wie es war, so früh seinen Vater zu verlieren. Als ich klein war, löste die Vorstellung, dass meine Eltern sterben würden, eine regelrechte Panik in mir aus. Wenn sie einmal am Abend länger fortblieben – was ohnehin selten genug vorkam –, starrte ich beim Fenster hinaus in die dunkle Nacht und zitterte am ganzen Körper. In diesen Nächten war die Bettdecke dann so schwer, dass ich dachte, sie würde mich erdrücken.

Tagebucheintrag vom 8. Jänner 2005

Letzte Nacht träumte ich, dass ich meinen Vater mit einer Schnur erdrosseln wollte. Als ich realisierte, was ich gerade vorhatte, war ich geschockt, und ich versuchte, meinen Vater zu umarmen. Später träumte ich von meiner Mutter, die mir auf der Straße entgegenkam. Sie trug einen Mantel und eine Pelzmütze und sah sehr krank aus. Ich hatte Angst, dass sie sterben würde und drückte sie ganz fest an mich. Ihr Herz schlug so heftig, dass ich es sogar durch den Mantel spüren konnte.

Es ist immer dasselbe: Meine Eltern tauchen in meinen Träumen auf und ich wundere mich, dass sie nicht wissen, dass sie längst tot sind. Ich hasse diese Träume und frage mich, was sie mir erzählen wollen.

Der tote Bruder Johan (mit einem n)

Dass mein Vater einen kleinen Bruder hatte, der bereits mit fünf Monaten starb, habe ich erst erfahren, als ich vor ein paar Jahren mit meiner Schwester den Friedhof von Kapan besuchte. Es war ein alter Friedhof, der direkt an ein abgeerntetes Maisfeld angrenzte. In der Nähe des Eingangs stand ein großes Steinkreuz, das von einem riesigen Handymast überragt wurde. Ein merkwürdiger Kontrast zu den Gräbern, von denen einige bereits seit 250 Jahren existierten. Auch die Porzellan-Porträts der verschreckt wirkenden Frauen mit ihren tief ins Gesicht gezogenen Kopftüchern und der Männer mit ihren Schnauzbärten und den selbstbewussten Blicken erinnerten an längst vergangene Zeiten. Und an Hierarchien, die offenbar über den Tod hinaus ihre Gültigkeit hatten. Beim Betrachten der Porträts fragte ich mich, ob diese Menschen glücklich waren. Aber vielleicht war das auch die falsche Frage, weil sie ohnehin niemand mehr beantworten konnte.

Meine bäuerlichen Vorfahren mussten Baden-Württemberg Mitte des 18. Jahrhunderts aus wirtschaftlichen Gründen verlassen. Auf mehrere Missernten folgten Hungersnöte, und ihre einzige Chance zu überleben bestand in der Besiedelung jener Gebiete in Slawonien, die nach der Vertreibung der Türken entvölkert und verwüstet waren. Der ersten Siedler-Generation brachte das neue Land den Tod, der zweiten die Not, der dritten das Brot. Meine Eltern gehörten – im übertragenen Sinn – der dritten Generation an. Meine Vorfahren kamen als Wirtschaftsflüchtlinge, bauten sich eine Existenz auf und standen knapp 200 Jahre später als Kriegsflüchtlinge wieder vor dem Nichts.

Der Ort Kapan gehörte zum Dorf Suhopolje, was auf Deutsch so viel heißt wie: *Trockenes Feld.* Ein rätselhafter Name, wenn man bedenkt, dass die Gegend um Suhopolje Sumpfgebiet war und erst ab 1760 von deutschen und kroatischen Kolonisten urbar gemacht wurde, zu einer Zeit, als der Landstrich menschenleer war und Wölfe durch die Wälder streiften.

Als der Ustascha-Führer Ante Pavelić 1941 mit Hitlers Unterstützung den Unabhängigen Staat Kroatien ausrief, übernahm der Tod das Kommando und der Krieg führte schließlich dazu, dass die Felder in Suhopolje erneut vertrockneten und den Bewohnerinnen und Bewohnern ihre Existenzgrundlage entzogen wurde.

Anhand der Namen auf den Grabsteinen hätte man wahrscheinlich die Geschichte des Ortes seit seiner Gründung erzählen können. Einige Namen sagten mir etwas, weil ich sie aus Erzählungen meiner Eltern kannte. Andere wie Nemodlin oder Brozović las ich hingegen zum ersten Mal. Eva Nemodlin (1807–1846). Eva Brozović (1850–1912). Lebensgeschichten, reduziert auf Jahreszahlen. Wie immer auf Friedhöfen, begann ich zu rechnen: Eva Nemodlin war nur 39 Jahre alt geworden. Woran ist sie gestorben? Hatte sie einen Unfall? Wurde sie ermordet? Wer hat um sie getrauert? Eva Brozović ist mit 62 gestorben, wahrscheinlich ein normales Alter für die damalige Zeit.

Auf einigen Grabsteinen war auch der Name Palm zu lesen:

Eva Palm (1829–1882) und Johan Palm (1825–1895), ein Ehepaar, bei dem der Mann die Frau um 13 Jahre überlebte.

Konrad Palm (1857–1901) und Josefina Palm, geb. Fett (1861–1902), beide sehr jung gestorben.

Ein treues Elternherz hat aufgehört zu schlagen
Befreit ist all der Schmerz
Verstumt sind seine Klagen
Die müde Seele ist nun
Daheim in Vaterhaus
Die fleissigen Hände ruhen
Im stillen Grabe aus

Ich hatte keine Ahnung, wer diese Palms waren, aber wahrscheinlich war ich über verschlungene Wege mit ihnen verwandt. Eine eigenartige Vorstellung.

Bei einem Grab war ich mir allerdings sicher, dass es sich um das Grab meines Urgroßvaters handelte, weil ich mir notiert hatte, dass er Konrad hieß und 1926 gestorben war:

Hier ruhen
Konrad Palm
2/XI. 1884–25/I. 1926
Was das Leben hat vereint
Hat der bitre Tot getrent
Doch nur auf kurze Zeit
Es gibt ein Wiedersehen in Ewigkeit

Die Orthographie der Bewohnerinnen und Bewohner Kapans war immer schon sehr eigenwillig gewesen, was sicher auch daran lag, dass im Dorf ein ganz spezieller schwäbischer Dialekt mit ungarischem und kroatischem Einschlag gesprochen wurde. Da auch der Unterricht in der sechsklassigen Volksschule vornehmlich auf Kroatisch erfolgte, war Hochdeutsch in Kapan so etwas wie eine Fremdsprache. Im Haus des Lesevereins, das sich neben der Schule befand, konnte man zwar das eine oder andere deutschsprachige Buch oder die Zeitschriften der Genossenschaft Agraria lesen, allerdings diente das Haus in erster Linie den Männern des Dorfs als Treffpunkt für das sonntägliche Kartenspiel. Wenn sie nicht in der Gastwirtschaft saßen, die von Michael und Maria Palm betrieben wurde.

Maria Palm war die Mutter der Schwägerin meines Großvaters mütterlicherseits. Ja, Verwandtschaftsverhältnisse können sehr kompliziert sein, vor allem, wenn die Quellenlage dürftig ist und man die Beziehungen der einzelnen Personen zueinander erst mühsam rekonstruieren muss. Außerdem hatten viele Familien in Kapan den gleichen Namen, was die Sache auch nicht einfacher machte.

Es gibt ein Wiedersehen in Ewigkeit. Auf dem Grabstein meines Urgroßvaters befand sich ein ovales Porzellan-Porträt, das einen etwa 40 Jahre alten Mann mit exaktem Seitenscheitel und einem imposanten, gezwirbelten Schnurrbart zeigte. Er trug ein weißes, kragenloses Hemd, das bis oben zugeknöpft war, dazu ein schwarzes Sakko samt Gilet.

Die Grabinschrift und das leere Ovalfeld neben dem Porträt deuteten darauf hin, dass hier auch seine Frau, Anna Palm, liegen sollte. *Hier ruhen* … Aber Anna Palm lag nicht dort, weil sie nicht in Kapan, sondern in Vinkovci gestorben war, nachdem sie im Frühjahr 1944 auf der Flucht einen Schlaganfall erlitten hatte. So erzählte es jedenfalls meine Tante. Eine andere Version der Geschichte lautet, dass sie während eines Partisanenangriffs auf den Flüchtlingstreck, mit dem sie unterwegs war, spurlos verschwand. So hatte es Hilde K., die als Kind ebenfalls auf einem Pferdewagen aus Kapan flüchten musste, in Erinnerung. In einem Schreiben, das mein Vater 1965 an die Entschädigungsabteilung der Finanzlandesdirektion für Oberösterreich richtete, hieß es hingegen, dass seine Großmutter schon seit Juli 1943 als vermisst galt: „Sie war krank und wurde mit einem Lazarett-Zug von Virovitica nach Semlin (Franztal) transportiert, wo sie aber nie ankam."

Wo Anna Palm, meine Urgroßmutter väterlicherseits, tatsächlich abgeblieben ist, ist nicht bekannt. Hätte Anna Palm die Flucht überlebt, wäre sie möglicherweise ein paar Jahre später gemeinsam mit ihrer Tochter (meiner Großmutter) nach Los Angeles ausgewandert. Von Kapan nach Los Angeles, ein größerer Kontrast ist wohl kaum vorstellbar. Ich weiß das, weil ich als Jugendlicher einmal meine aus Kapan stammenden Verwandten in Los Angeles besucht habe.

Von meiner Tante wusste ich, dass sich das Grab meines Großvaters, der ebenfalls Konrad hieß, irgendwo auf dem Friedhof von Kapan befinden musste. Erst nach langem Suchen fanden meine Schwester und ich den Grabstein, der achtlos am Stamm eines Pfirsichbaums lehnte. Ein Pfirsichbaum am Friedhof – das gefiel mir. Das Grab selbst war nicht mehr auffindbar.

Hier ruhet Konrad Palm, 20/VIII. 1904–3/V. 1928
Sein Sohn Johan, 31/X. 1925–31/III. 1926

Johan, mit einem n, hieß also der Bruder meines Vaters, der nur fünf Monate alt wurde und den mein Vater nie erwähnt hat. Erst jetzt, beim Schreiben, wird mir bewusst, dass Johan Palm mein Onkel war.

Ganz unten am Grabstein war in verwitterter Schrift zu lesen:

Tief betribt von seiner Gattin u. Kinder

Aber weshalb stand Kinder auf dem Grabstein? Das einzige Kind, das damals *tief betribt* sein konnte, war mein Vater. Seine Halbschwester kam ja erst ein paar Jahre später zur Welt und hatte einen anderen Vater. Oder gab es noch ein anderes totes Kind, von dem nicht einmal mein Vater etwas wusste? Da die Kindersterblichkeit damals erheblich höher war als heute, ist anzunehmen, dass über den Tod von Säuglingen oder Kleinkindern, zumindest nach außen hin, nicht allzuviel Aufhebens gemacht wurde.

In diesem Zusammenhang erinnere ich mich an einen mysteriösen Vorfall, der sich Mitte der 1960er-Jahre in unserem Haus in Timelkam zugetragen hatte: Meine Eltern hatten den ersten Stock an einen Zahnarzt und dessen Ehefrau vermietet. Eines Tages gab es im Treppenhaus einen ziemlichen Tumult, nachdem wir aus der Wohnung im ersten Stock einen Schrei und lautes Weinen gehört hatten. Obwohl meine Geschwister und ich von unseren Eltern weggescheucht wurden, konnte ich durch den Türspalt sehen, wie ein Schuhkarton die Treppe heruntergetragen wurde. Den Andeutungen meiner Eltern entnahm ich, dass sich in dem Karton eine Babyleiche befunden haben musste. Das sind jedenfalls die Bilder, die in meinem Kopf auftauchen, wenn ich an dieses Ereignis denke. Genauere Auskünfte zum Vorgefallenen gab es keine mehr, und kurze Zeit später ist das Ehepaar ausgezogen.

Das Tabu Totgeburt wurde in unserer Rest-Familie erst gebrochen, als meine Frau 2008 ein totes Baby zur Welt brachte. Valentin hieß unser Sohn, der drei Tage, bevor er zur Welt kam, starb. Ein Paradoxon, das auch die Beamten bei der Ausstellung des Totenscheins vor große Probleme stellte. Dass der Todestag eines Menschen vor dessen Geburtstag liegt, hat nicht einmal das Computerprogramm des Standesamts verstanden. Meine Eltern haben die Totgeburt ihres Enkels zum Glück nicht mehr erlebt. Genauso wenig wie den Suizid meines Bruders. Ich hatte allerdings die Möglichkeit, über den Verlust meines Kindes und den Tod meines Bruders zu trauern. Meine Vorfahren in Kapan, die ähnliche Schicksalsschläge erlitten hatten, haben diese Möglichkeit wahrscheinlich nur in sehr eingeschränktem Maß gehabt.

Einmal habe ich meine Eltern gefragt, weshalb sie mich auf den Namen Kurt getauft haben. „Wegen deinem Großvater", hat mein Vater gesagt. „Kurt ist ja die Kurzform von Konrad." Das war mir neu. Über den Namen gibt es also eine Verbindung zu meinem Großvater, aber sonst? Was hätte Konrad Palm wohl gesagt, wenn er 1973 als 69-Jähriger erfahren hätte, dass sein langhaariger Enkel soeben Mitglied der Kommunistischen Partei geworden war? Wahrscheinlich hätte er die Welt nicht mehr verstanden. Oder vielleicht doch?

Während ich diese Zeilen schreibe, kommt mir der Gedanke, dass ich nicht alleine bin, weil meine Ahnen hinter mir stehen. Auch mein Großvater Konrad Palm, der bereits mit 28 Jahren gestorben ist. Und auch mein Onkel Johan Palm (Johan mit einem n), der nur fünf Monate alt wurde. Und auch jene Vorfahren, die vor mehr als 250 Jahren aus Baden-Württemberg nach Slawonien auswanderten, um dort ein besseres Leben zu führen. Ein beruhigender Gedanke. Aber auch beunruhigend, weil ich weiß, dass viele meiner Vorfahren während des Zweiten Weltkriegs auf Seiten der Nationalsozialisten gekämpft haben.

Ich ficke Gott

Ob Luka-Batschi Serbe oder Kroate war, weiß ich nicht, ich weiß nur, dass er sich mit meinen Eltern ausschließlich auf Kroatisch unterhielt. Meist kam er um die Mittagszeit, weil er sich da sicher sein konnte, dass meine Mutter zu Hause war. Worüber sie plauderten, kann ich nur vermuten. Wahrscheinlich tauschten sie Erinnerungen an frühere Zeiten aus. Dazwischen holte Luka-Batschi immer wieder sein Stofftaschentuch hervor und spuckte ungeniert hinein. Offenbar hatte er es an der Lunge.

Manchmal, wenn meine Mutter keine Lust hatte, Luka-Batschi zu empfangen, sperrte sie die Haustüre zu und tat so, als wäre sie nicht zu Hause. Nach dem dritten Läuten gab Luka-Batschi auf und wir hörten, wie er sich mit Worten des Bedauerns – so habe ich sie jedenfalls interpretiert – auf den Weg zurück ins Altersheim machte. Aber vielleicht hat er ja auch geflucht. Wir freuten uns dann, dass wir den alten Mann hereingelegt hatten. Heute schäme ich mich für dieses Verhalten, was aber auch niemandem etwas nützt. Auch stellt sich die Frage, ob man sich für ein Verhalten, das 60 Jahre zurückliegt, überhaupt schämen kann oder ob es sich dabei bloß um eine moralische Alibiaktion handelt.

Luka-Batschis Deutschkenntnisse waren so schlecht, dass wir Kinder immer lachten, wenn er versuchte, Deutsch zu sprechen. Meine Mutter erzählte uns einmal, dass er auf die Frage des Gemeindearztes, wie es ihm gehe, geantwortet habe: „Nix scheißat, nix brunzat. Luftdruck nix gut." Das wurde für uns zum geflügelten Wort, das wir bei jeder passenden und unpassenden Gelegenheit zum Besten gaben.

Kroatisch war bei uns zu Hause eine Art Geheimsprache. Meine Eltern unterhielten sich auf Kroatisch, wenn es Dinge zu besprechen gab, die wir Kinder nicht hören

sollten. Auch geflucht wurde auf Kroatisch: Die Flüche hatten eine große Bandbreite und reichten von „Bože moj i isuse dragi" *(Mein Gott und lieber Jesus)* bis „Jebem ti Boga" *(Ich ficke Gott)*. Dabei ging meine Mutter jeden Sonntag in die Kirche.

Mit der Zeit entwickelte ich ein Gespür dafür, ob es sich bei den Gesprächen zwischen meinen Eltern um ernste Angelegenheiten handelte oder ob bloß Belanglosigkeiten ausgetauscht wurden. Wenn mir böse Blicke zugeworfen wurden, wusste ich, dass sie über mich redeten und es Zeit war, die Küche zu verlassen und auf Tauchstation zu gehen.

Weshalb meine Eltern unter keinen Umständen wollten, dass meine Geschwister und ich Kroatisch lernten, habe ich erst viel später verstanden. Sie waren aufgrund ihrer Herkunft und ihres eigenartigen Dialekts eindeutig als Flüchtlinge zu erkennen und taten alles, um ihren Kindern dieses Stigma zu ersparen. Deshalb legte meine Mutter auch so großen Wert darauf, dass wir immer schön angezogen waren. Zumindest äußerlich sollte es keine Unterschiede zu den anderen Kindern im Ort geben. Um ihren Integrationswillen zu unterstreichen, ließen meine Eltern auch ihre kroatischen Taufnamen Ana und Stjepan auf Anna und Stefan ändern. Oder ging es ihnen gar nicht um Integration, sondern um Assimilation?

Die scheißenden Kühe von Neukirchen an der Vöckla

In den letzten Jahren habe ich mich oft gefragt, weshalb ich mit meinen Eltern nie über ihre Herkunft gesprochen habe. Oder weshalb ich meinen Vater nie gefragt habe, was er im Krieg tatsächlich gemacht hat. Dass er bei der SS-Polizei war, habe ich erst im Zuge der Recherchen zu diesem Buch erfahren, obwohl es nicht schwer gewesen wäre, das auch schon früher herauszufinden. Aber vielleicht wollte ich es auch gar nicht wissen.

Natürlich: Seit meiner Hinwendung zum Kommunismus als 18-Jähriger saß der Schock bei meinen Eltern tief, und weil der politische Feind jetzt mithörte, mussten sie aufpassen, was sie sagten. Nicht genug damit, reagierten viele Verwandte und Bekannte auf meine offene Sympathie mit den Kommunisten entsetzt, und auch wenn sie es nicht offen aussprachen, gaben sie zumindest indirekt meinen Eltern die Schuld daran. Zur Ehrenrettung meiner Eltern muss ich allerdings sagen, dass sie zwar nie verstanden haben, weshalb ich mich der Kommunistischen Partei angeschlossen habe, mich aber, wenn es darauf ankam, nie im Stich ließen.

Wahrscheinlich habe ich ein Gespräch mit meinem Vater über seine Kriegszeit auch deshalb vermieden, weil ich in ihm ja ohnehin immer nur den Schuldigen gesehen hätte. Ich wäre damals gar nicht in der Lage gewesen, mich differenziert mit seiner Lebensgeschichte auseinanderzusetzen, weil mir jeglicher Kontext fehlte. Dass meine Eltern durch den Krieg und die Vertreibung traumatisiert waren, dieser Gedankengang wäre mir als Jugendlicher nie gekommen. Ich hatte auch nie darüber nachgedacht, was es für sie bedeutet haben musste, ihren gesamten Besitz zu verlieren und gezwungen zu sein, sich in einem fremden Land aus dem Nichts eine neue Existenz aufzubauen.

Ich bin in meinem Leben viel gereist und habe mich in einigen Ländern auch für längere Zeit aufgehalten. Trotzdem hatte ich nie den Mut, in einem anderen Land ein neues Leben zu beginnen. Für mich ist das ein Paradoxon, weil ich mich nie als Österreicher gefühlt habe und bis heute weder zum Land noch zu seinen Bewohnerinnen und Bewohnern eine besondere Beziehung habe. Als ich 1988 mit dem Greyhound-Bus eine zehntägige Reise von New York nach Los Angeles unternahm, hatte ich mitten in den USA plötzlich so starkes Heimweh, dass ich von einer Telefonzelle in Arizona zu Hause anrief, um die Stimme meiner Eltern zu hören. Als meine Mutter abhob, war sie erstaunt, weil ich aus dem Ausland normalerweise nie anrief, sondern höchstens Ansichtskarten schickte. In mein Reisetagebuch notierte ich am 7. Oktober 1988 in

Nashville: „In letzter Zeit denke ich oft zurück an meine Kindheit: An den Schnee im Winter, der anders war als heute, an die Wälder, an die Vöckla, an Neukirchen und die scheißenden Kühe im Stall meiner Tante, an das gemähte Gras am Sportplatz und die schweren Gewitter im Frühjahr, an das Ministrieren im Altersheim um 6 Uhr 40."

Und ein paar Tage später in Los Angeles: „Ich erinnere mich an die Vöckla, wo meine Mutter montags am Steg Wäsche wusch, und an die Rückkehr meines Vaters von der Montage, wenn er Bananen mitbrachte. Und wieder fallen mir die scheißenden Kühe in Neukirchen ein."

Bohnennudeln versus Schweinsbraten

Einmal wurden wir in der Volksschule nach unserer Lieblingsspeise gefragt und ich habe wahrheitsgemäß geantwortet: „Bohnennudeln". Ich habe das meiner Mutter erzählt und dachte, dass sie sich freuen würde, aber stattdessen sagte sie vorwurfsvoll: „Warum hast du nicht Wiener Schnitzel oder Schweinsbraten gesagt?" Vermutlich schämte sie sich, dass die Lehrerin aufgrund meiner Antwort glauben könnte, dass wir uns nichts Besseres leisten konnten. Oder, noch schlimmer: Dass sich meine Eltern als Flüchtlinge immer noch nicht integriert hatten. Zumindest, was das Essen betraf.

Ich fühlte mich allerdings nicht als Kind von Flüchtlingen, sondern als Kind ganz normaler Eltern. Dass sie einen komischen Dialekt sprachen, spielte für mich keine Rolle. Meine Eltern waren einfach da. So wie meine Großeltern, die einen noch komischeren Dialekt sprachen. Solange meine Mutter und mein Vater noch lebten, hatte ihre Biographie für mich keinerlei Bedeutung. Und das in doppelter Hinsicht: Zum einen waren meine Eltern einfach meine Eltern, deren Herkunft mir gleichgültig war. Zum anderen hatte ich nie das Bedürfnis, mehr über ihr Leben zu erfahren, das sie im ehemaligen Jugoslawien geführt hatten. Dass aber nicht nur bestimmte Verhaltensmuster, sondern auch Traumata von Generation zu Generation weitergegeben werden können, konnte ich nicht wissen. Woher auch?

Erst in der Pubertät schämte ich mich zeitweise für meine Eltern wegen ihrer Herkunft. Flüchtlingseltern mit einem komischen Dialekt waren schließlich alles andere, nur nicht lässig. Aber was wusste ich eigentlich über ihre Herkunft? Fast nichts. Ja, dass sie aus Jugoslawien stammten, war mir klar, allerdings war Jugoslawien für mich ein x-beliebiges Land. Ich wusste, dass Jugoslawiens Präsident Tito hieß, dass die Winnetou-Filme dort gedreht wurden und dass Belgrad die Hauptstadt war. Aus welchem Teil Jugoslawiens meine Eltern stammten, wusste ich nicht.

Ich hatte ja auch keine Ahnung von ihrer Fluchterfahrung. Noch beim Begräbnis meiner Mutter im Oktober 2003 sagte ich in der Trauerrede, dass sie und mein Vater 1945 aus Jugoslawien geflüchtet wären, was so gar nicht stimmte, weil meine Eltern unabhängig voneinander nach Österreich kamen. Mein Vater und meine Mutter stammten zwar aus demselben Dorf, aber während meine Mutter bereits im Herbst 1943 aus Kapan flüchten musste und 1944 in Österreich strandete, kam mein Vater über den Umweg Frankreich und Slowenien erst im Mai 1945 nach Österreich. Und zwar als Gefangener.

Bohnennudeln waren eine typische Bauernkost aus Kroatien, aber mir haben sie als Kind so gut geschmeckt, dass ich davon nicht genug bekommen konnte. Meine Begeisterung für dieses Gericht lag wahrscheinlich auch daran, dass meine Mutter die Nudeln selbst machte und die Bohnen aus unserem Garten stammten. Die Herstellung der Nudeln nahm ziemlich viel Zeit in Anspruch, weil der Teig nach dem Auswalken erst rasten musste, ehe er in Streifen geschnitten wurde. Bevor es so weit war, wurden die Fladen auf Geschirrtücher aufgelegt und überall in der Küche ausgebreitet. Selbst die Couch wurde als Ablagefläche benutzt, weshalb beim Nudelmachen der Aufenthalt von Kindern in der Küche unerwünscht war.

Später habe ich Bohnennudeln ab und zu selbst zubereitet, allerdings kamen bei mir die Zutaten aus dem Supermarkt. Natürlich schmeckten meine Bohnennudeln bei weitem nicht so gut wie die meiner Mutter. Während meiner Studentenzeit habe ich einmal einen Topf mit Bohnennudeln auf dem Balkon vergessen, und obwohl darin bereits Maden herumkrochen, brachte ich es nicht übers Herz, sie wegzuwerfen. Ich habe die Nudeln einfach so lange gebraten, bis ich sicher sein konnte, dass ich auch die Maden essen konnte. Irgendwie war ich das meiner Mutter schuldig.

An dem Tag, an dem mein Vater im Krankenhaus Wels starb, es war der 1. April 1997, bereitete meine Mutter ebenfalls Bohnennudeln zu. Sie tat das auf meinen ausdrücklichen Wunsch hin, weil ich zwei Tage zuvor meinem Vater erzählt hatte, dass Bohnennudeln immer noch zu meinen Lieblingsspeisen zählten. Trotz der Plastikschläuche in seiner Nase musste er darüber lachen. Es war der Tag, an dem ihn mein Bruder und ich besucht hatten und er zur Krankenschwester voll Stolz sagte: „Das sind meine zwei Buben.“

Tagebucheintrag vom 1. Dezember 2000

Letzte Nacht habe ich wieder einmal von meinen Eltern geträumt. Meine Mutter schlief im Keller, mein Vater in der Garage. Irgendwann bat mich meine Mutter, ihr ein Werkzeug zu holen. Ich ging in die Garage, wo neben dem Bett meines Vaters ein Hammer lag. Ich nahm den Hammer an mich, hatte aber Angst, dass mein Vater aufwachen würde und glauben könnte, ich wolle ihn damit erschlagen. Während ich neben dem Bett stand, fragte ich mich, weshalb mein Vater hier schlief, obwohl er ja schon lange tot war.

Der Fisch in der Unterhose

Ich war neun oder zehn Jahre alt, als ich in der Ager, die ich auf dem Weg zur Schule überqueren musste, eine Forelle entdeckte. Obwohl ich wusste, dass es verboten war, ohne Genehmigung zu angeln, stellte ich mich eines Tages mit einer selbstgebastelten Angel auf die Brücke und fing tatsächlich den Fisch, den ich am Brückengeländer erschlug. Da ich keine Tasche mitgenommen hatte, steckte ich mir den Fisch kurzerhand in die Unterhose.

Als ich zu Hause die Forelle aus der Unterhose holte, traute meine Mutter ihren Augen nicht. „Sag einmal, bist du verrückt geworden?“, schimpfte sie. „Wenn dich jemand gesehen hat, steht morgen die Polizei vor der Tür.“ Bei diesem Gedanken wurde mir ein bisschen mulmig zumute, und während ich im Badezimmer meine blutverschmierte Unterhose wechselte, hoffte ich, dass meine Eltern wegen mir keine Scherereien bekamen. Wieder in der Küche, betrachtete ich den Fisch, der mit offenem Maul auf einem Teller lag und aussah, als würde er gerade nach Luft schnappen. Ich empfand Mitleid mit ihm, war aber gleichzeitig stolz, ihn gefangen zu haben. Obwohl meine Mutter böse auf mich war, bereitete sie mir am Abend den Fisch zu, weil sie es als Verschwendung empfunden hätte, einen frisch gefangenen Fisch einfach wegzuwerfen.

Wenig später habe ich dieses Erlebnis in einem Schulaufsatz wesentlich dramatischer geschildert, als es sich tatsächlich zugetragen hatte:

„Als ich mit dem Fisch zu Hause angekommen war, wurde mir anders. Meine Mutter wartete schon mit dem Teppichklopfer. Und von meinem Vater bekam ich auch eine Tracht Prügel. Dieses Abenteuer werde ich leider nicht so schnell vergessen."

Dabei kann ich schwören, dass ich weder von meiner Mutter noch von meinem Vater jemals verprügelt wurde. Wie mein Vater auf den illegal gefangenen Fisch reagiert hat, weiß ich nicht mehr, vielleicht war ihm das auch egal, weil er gerade mit einem Treppengeländer oder einem Garagentor beschäftigt war.

Wenig später träumte ich, dass ich mit meinem Bruder auf der Ager-Brücke stand und wir im Wasser einen Tiger und einen Luchs sahen. Mein Bruder geriet in Panik und ich sagte zu ihm: „Keine Angst, dann verschieben wir die Sache einfach um vierzig Jahre."

Nachdem sich meine Mutter wegen des Fisches in der Unterhose wieder beruhigt hatte, erzählte sie mir, dass in Kapan jeden Freitag ein Fischhändler mit einem Pferdefuhrwerk ins Dorf kam, der die Fische mit feuchtem Klee bedeckte, um sie auf diese Weise für ein paar Stunden frisch zu halten. Um welche Fische es sich dabei handelte, konnte sie mir nicht sagen. Auch nicht, woher sie stammten. „Entweder aus der Drau oder aus den Teichen in der Umgebung von Suhopolje.“ Plötzlich wurde meine Mutter nachdenklich. Ich fragte sie, was los sei, aber sie zuckte bloß mit den Schultern.

„Was ist denn los, Mama? Ist es wegen dem Fisch?“

Sie schüttelte den Kopf. „Nein, ich weiß auch nicht, aber ich muss an meinen Cousin denken, der in der Drau ertrunken ist.“

Ich hatte keine Ahnung, von welchem Cousin sie sprach, außerdem blickte ich bei unseren Verwandtschaftsverhältnissen ohnehin nicht durch. Einmal war von Geschwisterkindskindern die Rede, dann wurde eine Verwandte als Fuchs-Tonis-Jultschi bezeichnet, womit jene Julia gemeint war, die mit Anton Fuchs verheiratet war. Offenbar gab es mehrere Julias in unserer Verwandtschaft. Für mich als Kind war das alles sehr verwirrend. Aber die Geschichte vom ertrunkenen Cousin interessierte mich, weil ich dann in der Schule etwas Aufregendes zu erzählen hatte.

„Mein Cousin war ungefähr so alt wie du, er hieß Michael, wir haben ihn Mischko genannt, und einmal hat er mit seiner Klasse einen Ausflug an die Drau unternommen. Weil er sich seine Hände schmutzig gemacht hatte, befahl ihm die Lehrerin, seine Hände zu waschen. Er kletterte die Böschung hinunter, rutschte aus und fiel in den Fluss. Die Strömung hat ihn mitgerissen und Fischer haben am nächsten Tag erzählt, dass sie seine Leiche mit den Rudern unters Wasser gedrückt haben. Die Lehrerin ist wahnsinnig geworden und hat sich die Haare abrasiert. Wenig später hat sie sich erhängt." Meine Mutter hatte Tränen in den Augen und ich wusste nicht, was ich sagen sollte. Aber vielleicht brauchte sie einfach jemanden, dem sie ihr Herz ausschütten konnte. Weshalb die Fischer die Leiche des Jungen unters Wasser gedrückt haben, ist mir bis heute ein Rätsel. Naheliegend wäre doch gewesen, die Leiche zu bergen.

Ab diesem Tag passte ich jedenfalls beim Schwimmen besonders auf, vor allem im Bereich der Vöckla-Wehr, wo es eine gefährliche Strömung gab und wo das Baden eigentlich verboten war. Dass es dort zu keinen Unfällen kam, grenzte geradezu an ein Wunder, aber es gab ältere Mädchen aus der Umgebung, die auf uns aufpassten. Eltern hatten dafür ja keine Zeit. Heute wird das Areal um die Vöckla-Wehr mit Kameras überwacht und überall stehen Tafeln mit der Aufschrift: „Baden strengstens verboten. Lebensgefahr!"

Ein lustiges Erlebnis

Als ich nach Neukirchen fuhr, gingen wir zuerst in den Stall, wo ich die Kühe mit Gras fütterte, bis meine Tante schimpfte. Dann ging ich mit Karli, Ernsti und meinem Bruder auf den Heuboden. Wir spielten verstecken. Ich entdeckte ein Wespennest mit einer Wespenkönigin. Ich rief zu meinem Bruder, zu Karli und Ernsti: ‚Alle hervorkommen, ich habe ein Wespennest entdeckt.' Dann sagte ich zu Karli: ‚Hole mir einen Kübel Wasser herauf.' Dann nahmen wir den Kübel und schütteten ihn über das Nest. Dann waren alle Wespen tot und wir fuhren heim.

Aufsätze, 3a Kl. 1963/64

Daheim ist woanders

Ab und zu lud mich meine Großmutter in ihre Küche zum Essen ein, wo sie die Speisen auf einem Holzofen zubereitete. Wie früher in Kapan. Dabei trug sie eine Kochschürze, die sie erst am Abend vor dem Schlafengehen ablegte. Meine Großmutter war eine genügsame Frau, die früh geheiratet hatte – oder verheiratet wurde – und die bei der Geburt ihres ersten Kindes gerade einmal neunzehn Jahre alt war. Als sie selbst zur Welt kam, war ihre Mutter, Ida Pavelko, ebenfalls erst neunzehn.

An meine Urgroßmutter kann ich mich nicht mehr erinnern. Es gibt zwar ein Foto von ihr und mir, aber da bin ich zwei Jahre alt. Auf dem Bild ist von ihrem Gesicht kaum etwas zu sehen, weil sie ihr Kopftuch tief in die Stirn gezogen hat. Wie alle alten Frauen aus Kapan, war auch sie schwarz gekleidet. Die Porträtfotos der Frauen auf den Grabsteinen am Friedhof von Kapan sahen genauso aus. Irgendwann ist meine Urgroßmutter zu Verwandten nach Deutschland gezogen, weshalb sie von uns „Weit-Omami" genannt wurde. Ida Pavelko gehörte zum kroatischen Zweig meiner Vorfahren. Ihre Urgroßeltern väterlicherseits hießen Ivan Pavelko und Eva Nemodlin. Sie waren Nachkommen der ersten Siedlergeneration.

Wenn meine Großmutter von Kapan erzählte, was eher selten der Fall war, verwendete sie stets das Wort „daham“. Das Land, in dem sie seit ihrer Flucht aus dem Unabhängigen Staat Kroatien lebte, also Österreich, betrachtete sie offenbar nicht als ihre Heimat. Fragte ich sie, wie es ihr „daham“ gefallen habe, antwortete sie: „Scheen war es, sehr scheen.“ Ihre emotionale Bindung zu Kapan war stärker als die meiner Eltern. Was sicher auch daran lag, dass sie zum Zeitpunkt ihrer Flucht bereits fünfunddreißig Jahre alt war und bis dahin ein Leben geführt hatte, das von den Strukturen und Hierarchien des Dorfes geprägt war. So wie die meisten anderen lebte auch meine Großmutter mit ihrer Familie auf einem Bauernhof, den sie gemeinsam mit ihrem Mann bewirtschaftete.

Der Krieg hat sie abrupt aus dieser Ordnung herausgerissen, und es ist kein Wunder, dass sie sich schwertat, in Österreich Fuß zu fassen. Sicher war sie von der Flucht traumatisiert, ohne sich mit diesem Trauma jemals auseinandersetzen zu können. Mit wem hätte sie auch reden sollen? „Wenn die Tiefflieger kamen, sind wir unter die Wagons gekrochen und haben uns versteckt. Wir sind dort gelegen, bis der Angriff vorbei war. Es war schrecklich. Einige sind auch gestorben.“ Das war das einzige Mal, dass sie etwas von ihrer Flucht erzählt hat. Wer von ihrer Familie noch in diesem Zug war und ob sie auf der Flucht auch ein Pferdefuhrwerk benutzt hatte, entzieht sich meiner Kenntnis.

Wahrscheinlich waren diese traumatischen Fluchterfahrungen auch ein Grund dafür, dass meine Großmutter eher geduckt durchs Leben ging. Ich meine das nicht wörtlich, sondern im übertragenen Sinn. Sie wollte nicht auffallen und mied jede Auseinandersetzung. Ihr Leitspruch lautete: „In Gottes Namen." Egal, ob ihr Mann betrunken nach Hause kam oder sich der Krebs in ihrem Körper eingenistet hatte. Immer vertraute sie darauf, dass Gott schon wusste, was er tat.

Einmal zeigte ich ihr eine Landkarte von Europa und fragte sie, ob sie wisse, wo Österreich liege. Sie hatte keine Ahnung. Sie wusste auch nicht, wo Jugoslawien lag. Dass ich bereits als Jugendlicher in Kalifornien, Algerien oder der Türkei war, konnte sie schwer nachvollziehen. Als ich mit 23 durch Südamerika reiste und mir meine Eltern an die österreichische Botschaft in Bogota einen Brief schickten, um mir mitzuteilen, dass meine Schwester demnächst heiraten werde, schrieb mein Bruder in einer Anmerkung: „Oma ist gerade da, wir haben ihr erzählt, wo du dich herumtreibst. Sie ist ganz beeindruckt und hat gesagt, ich soll dir folgendes ausrichten: *Wir freuen sich auf ein Wiedersehen. Der Kurti ist ein Draufgänger.*" Den Satz empfand ich als großes Kompliment.

„Iss nur", sagte meine Großmutter, wenn ich bei ihr wieder einmal zu einem *Hinglpaprikasch* eingeladen war. Das war ein Paprika-Hühnereintopf, wie sie ihn schon in Kapan zubereitet hatte und von dem sie wusste, dass er zu meinen Lieblingsgerichten gehörte. Mit Paprika kannte sich meine Großmutter aus, weil sie in der Konservia in Timelkam für die Herstellung des Paprikapulvers verantwortlich war. Die Paprikaschoten wurden auf einer Leine zum Trocknen aufgehängt und anschließend in einem Mörser zu Pulver zermahlen. Ein paar Jahre hatte sie in der Konservia gearbeitet und auch gewohnt. Mit anderen Flüchtlingen aus Kapan. Als Kind habe ich sie dort ein paar Mal besucht, mich in dem schwarzen Barackenbau aber nie besonders wohl gefühlt. Vielleicht lag es auch am Schlafzimmer, in dem sich zwei massive Schränke mit brauner Maserung befanden, auf denen Einmachgläser mit Gurken, Kraut, Tomaten und roten Rüben standen. In der Dunkelheit verwandelte sich die Maserung in geisterhafte Fratzen, und nachdem einmal ein Einmachglas mitten in der Nacht auf den Boden fiel und zerbrach, mied ich diesen Ort.

Wenn es mir schmeckte, was eigentlich immer der Fall war, freute sich meine Großmutter. Vor dem Essen sprach sie ein kurzes Gebet, und wenn sie Brot backte, ritzte sie mit dem Messer ein Kreuz in den Teig. Ihr Verhältnis zu Lebensmitteln war von Ehrfurcht geprägt. „In jedem Weizenkorn steckt ein Tropfen Blut“, lautete einer ihrer Leitsätze.

Dass einem das Essen schmeckte, war wichtig, und wenn nicht alles aufgegessen wurde, empfanden die Köchinnen das als Beleidigung ihrer Kochkünste. Dabei wurde grundsätzlich mehr aufgetischt, als man essen konnte. Das war ein eisernes Gesetz. „Esst nur, damit ihr satt werdet, wer weiß, was noch alles kommt", hieß es, wenn wir bereits mit dem zweiten Schnitzel oder dem vierten Bratknödel kämpften. Dass wir Kinder nicht fett wurden, grenzt geradezu an ein Wunder. Allerdings verbrachten wir viel Zeit im Freien und waren ständig in Bewegung.

Meine Großmutter war eine abergläubische Frau. Zum Beispiel achtete sie darauf, dass zu Silvester keine Stricke im Haus hingen, damit sich niemand erhängen konnte. Auch wurden in der Zeit der Raunächte keine Laken gewaschen, wegen der Gefahr, dass sich Dämonen darin verfangen und Unheil ins Haus bringen könnten. Und am Neujahrstag durfte kein Hühnerfleisch gegessen werden, weil die Hühner „alles auseinanderscharrten", auch das Glück und das Geld. Als ich meiner Großmutter erzählte, dass ich in der DDR eine Schauspielerin heiraten würde, die sich ihr Brautkleid selbst nähte, machte sie ein nachdenkliches Gesicht. „Kurti", sagte sie, „das bringt Unglück, eine Braut soll sich ihr Hochzeitskleid nie selbst nähen." Ich nahm die Warnung nicht weiter ernst, aber 18 Monate später war meine Ehe schon wieder geschieden.

Meine Großmutter starb mit 86 Jahren, während sie gerade eine Mehlspeise zubereitete, sogenannte Schwäbische Kipferl, auch eine Spezialität aus Kapan. Als sie von ihrem Sohn gefunden wurde, hatte sie tatsächlich noch einen Löffel in der Hand, den sie jetzt notgedrungen abgeben musste. Nach dem Begräbnis saßen wir in der Garage meines Onkels und aßen die Schwäbischen Kipferl. Dass meine Großmutter zu ihrem eigenen Leichenschmaus einen kulinarischen Beitrag leistete, passte irgendwie zu ihr.

Jede Familie hat ihr Lebensthema. Bei der einen Familie ist es die Arbeit, bei der anderen der Alkohol, bei der dritten der Suizid, bei der vierten der Verlust. In meiner Familie war von allem etwas dabei.

Treffen der Stalingradkämpfer mit Unterhaltungsmusik und kaltem Büffet

Mein Großvater mütterlicherseits trank gerne Schnaps und spielte gerne Ziehharmonika. Besonders gerne spielte er, wenn er zuvor Schnaps getrunken hatte. Irgendwann hatte seine Frau begonnen, ihm den Schnaps zu verstecken, weshalb er einen Verbündeten brauchte, der ihm möglichst unauffällig Alkohol besorgte. Die Wahl fiel auf mich, was keine besonders gute Idee war, weil ich wegen meiner langen Haare und meiner merkwürdigen Ansichten ohnehin unter Dauerbeobachtung stand. Trotzdem erklärte ich mich bereit, für ihn als Schnapslieferant zu fungieren. Es war ein harmloses Spiel, bei dem ich gerne mitmachte, weil ich mich damit demonstrativ auf die Seite eines Außenseiters stellte, der mein Großvater als Schnapstrinker und Gelegenheitsphilosoph ja auch war.

Als meine Großmutter einmal zum Arzt musste, brachte ich meinem Großvater das Mittagessen, das meine Mutter für ihn gekocht hatte. Wie immer saß er am Küchentisch und rauchte seine filterlosen Austria 3, die fürchterlich stanken. Seit einem Sturz nach reichlichem Alkoholkonsum hatte sein linkes Brillenglas einen spinnwebenartigen Sprung, der ihn aber nicht weiter zu stören schien. Ich fragte mich, wie er die Welt sah.

„Grüß dich“, sagte er und faltete ein Geschirrtuch auseinander, auf das ich den Topf stellte. Nachdem er den letzten Rest der Suppe ausgelöffelt hatte, zündete er sich seine halb gerauchte Zigarette wieder an. „Wie schaut es aus, kannst du mir einen Schnaps besorgen?“ Ohne meine Antwort abzuwarten, stand er auf und holte aus der Kredenz eine leere Flasche. „Wenn sie dich erwischen, darfst du nicht sagen, dass es für mich ist.“ Sein Tonfall war verschwörerisch.

„Was soll ich denn sagen? Ich trinke ja keinen Schnaps.“

„Du bist ein Studierter“, antwortete er lachend, „dir wird schon was einfallen.“

Wie in einem schlechten Film schlich ich mich in unseren Keller zu den mit Werkzeug und rostigen Eisenteilen vollgeräumten Regalen, wo mein Vater seinen Schnaps versteckte. Ob meine Mutter von der Existenz dieses Depots etwas wusste? Ich griff nach einer Flasche mit einem handgeschriebenen Etikett: Zwetschge 40 %. Ich horchte, ob jemand kam, und leerte den Schnaps vorsichtig in die kleine Flasche. Das Zeug roch extrem scharf und war sicher schwarz gebrannt.

Wenig später war ich wieder bei meinem Großvater, dessen Augen zu leuchten begannen. Durch den Sprung in der Brille sah sein linkes Auge sonderbar aus. Er nahm sofort einen kräftigen Schluck. „Ahhh, der schmeckt gut.“

„Ist er dir nicht zu stark?"

„Ach geh, in Kapan war der noch stärker. Da haben wir schon vor dem Frühstück Schnaps getrunken. Und nach dem Frühstück auch." Er lachte und nahm gleich noch einen Schluck. Dann versteckte er die Flasche in der Anrichte hinter einer Kaffeekanne, die schon seit ewigen Zeiten dort stand. Wahrscheinlich ein Weihnachtsgeschenk, das unbenutzt sein sinnloses Dasein fristete. Trotzdem hätte es bessere Verstecke gegeben.

Vielleicht hätte ich meinem Großvater ja den Aufsatz „Von den Gefahren des Alkohols" vorlesen sollen, den ich in der Hauptschule verfasst hatte:

„Mit dem Alkohol ist der Mann bereits jahrelang befreundet, und wenn er am Monatsanfang gleich ins Gasthaus geht und dann kein Geld heimbringt, sondern alles vertrinkt, so wird sich das seine Frau nicht länger mitansehen, wenn er mit einem Rausch nach Hause kommt."

Ich wollte gerade gehen, als mein Blick auf ein hektografiertes Flugblatt fiel: TREFFEN DER STALINGRADKÄMPFER MIT UNTERHALTUNGSMUSIK UND KALTEM BÜFFET.

„Warum bekommst du denn diese Einladung? Du warst doch gar nicht in Stalingrad."

„Nein, ich gehe da eh nicht hin. Ich krieg das halt, weil ich beim Kameradschaftsbund bin."

Dass mein Großvater Mitglied des Kameradschaftsbundes war, überraschte mich nicht weiter, weil alle alten Männer bei diesem Verein waren.

„Die schicken mir das, weil ich im Krieg war.“

Dass mein Großvater im Krieg war, hörte ich zum ersten Mal. „Wo denn?“

„Na ja, bei der Ortswacht in Suhopolje.“

„Ortswacht? Hatte die etwas mit der Ustascha zu tun?“

„Nein“, antwortete er erschrocken. Er runzelte die Stirn und schien über etwas nachzudenken. „Lassen wir das, ist ja schon so lange her. Ich werde mich jetzt ein bisschen hinlegen. Und danke für den Schnaps.“

Meine Mutter hatte mir einmal erzählt, dass ihr Vater als Leiter der Ortskapelle während des Kriegs eine wichtige politische Funktion innegehabt hätte. Welche das genau war, konnte – oder wollte – sie mir nicht sagen. Außerdem sei er nicht eingezogen worden, weil er in der Landwirtschaft „unabkömmlich“ gewesen sei. Da in unserer Familie rund um die Kriegsjahre meines Großvaters ein so großes Geheimnis gemacht wurde, war ich auf Spekulationen angewiesen. Mein Bruder vermutete, dass mein Großvater etwas mit der Ustascha zu tun gehabt haben könnte und deshalb nach 1945 nicht mehr nach Jugoslawien einreisen durfte. Ich glaube allerdings, dass die „Ortswacht“ eine Umschreibung für die NSDAP war und er so etwas wie deren Ortsleiter war. Denn wenn mein Großvater nur Kühe gemolken oder Konzerte der Blasmusik geleitet hätte, wäre er nicht mit einem Einreiseverbot in Jugoslawien belegt worden.

Kriegskameraden

Ich war vielleicht sechs oder sieben Jahre alt, als mein Vater Besuch von Kriegskameraden bekam. So hatte er sie jedenfalls angekündigt: Kriegskameraden. Ich war begeistert, weil ich dachte, dass es sich dabei um Soldaten handelte, die bewaffnet und in Uniform bei uns auftauchen würden. Vielleicht durfte ich ja sogar Krieg mit ihnen spielen und dabei ihre Waffen benutzen. Wenn ich das meinen Freunden erzählte, würden sie vor Neid erblassen. Als dann vier Männer in Alltagskleidung erschienen, die mit meinem Vater am Küchentisch saßen, Bier tranken und rauchten, war meine Enttäuschung entsprechend groß. Nicht nur, dass mich die Erwachsenen ignorierten, ich musste auch noch die Küche verlassen, weil die Gespräche nichts für kleine Kinder seien. Also ging ich nach draußen, schnappte mir meine Steinschleuder und zielte damit auf die Amseln im Kirschbaum, bis ich von meinem Onkel verjagt wurde.

Beim Abendessen erkundigte sich meine Mutter über das Treffen, aber mein Vater war nicht sehr gesprächig und machte eher den Eindruck, als hätte er sich in Anwesenheit seiner Kameraden nicht besonders wohl gefühlt.

Vielleicht wollte er nicht mehr an seine Kriegszeit erinnert werden oder er hatte einfach nichts zu erzählen.

Etwa zehn Jahre später, als mein Interesse an Kriegskameraden längst einer generellen Abneigung gegen alles, was mit Krieg zu tun hatte, gewichen war, kam es in unserer Küche zu einem unangenehmen Vorfall. Ich wusste gar nicht, mit wem mein Vater am Tisch saß, aber als ich die Küche betrat, um etwas zu holen, hörte ich, wie einer der Männer im Brustton der Überzeugung sagte: „Ich habe meinen Schwur auf Hitler getan und habe jeden Befehl ausgeführt, den ich bekommen habe. Ich würde heute wieder genauso handeln. Ich war kein Vaterlandsverräter, ich habe nur meine Pflicht getan."

„Ganz richtig", antwortete ein anderer.

Mein Vater sagte nichts und sah peinlich berührt in meine Richtung. Ich war empört, aber weil ich meinen Vater nicht brüskieren wollte, verließ ich kommentarlos die Küche. Als ich am Abend nach Hause kam, lag auf der Anrichte ein Blatt Papier mit einem Gedicht in Frakturschrift. Ich brauchte eine Weile, bis ich den Text entziffert hatte. „Kriegskameradschaft" hieß das Machwerk, in dem es um Pulverwolken, Schlachtendonner, Kampf und Sieg ging:

Dank euch, dank, ihr Heldenväter,
deren Blut die Freiheit warb,

wenn ja auch die Feder später,
was das Schwert vollbracht, verdarb.

Am nächsten Tag stellte ich meinen Vater zur Rede und sagte ihm, dass ich beim nächsten Mal nicht mehr schweigen würde. „Was waren das überhaupt für Männer?“

„Kriegskameraden“, antwortete er achselzuckend.

Ich hielt ihm das Gedicht unter die Nase: „Und dieses schwachsinnige Gedicht sagt ihr auf, wenn ihr euch trefft?“ Es war die Zeit, in der es für mich immer schwieriger wurde, mit meinen Eltern ein vernünftiges Gespräch zu führen.

„Blödsinn“, antwortete mein Vater. „Das kannst du ruhig wegwerfen. Die wohnen in Deutschland, die werde ich so schnell nicht wiedersehen. Sie haben halt ein paar alte
Kameraden in Österreich besucht.“

Ich verstand nicht, welchen Sinn solche Zusammenkünfte in Friedenszeiten haben sollten. Als ich wenig später erfuhr, dass mein Vater Mitglied des Kameradschaftsbundes geworden war, machte ich ihm Vorhaltungen, weil doch auch ihm bekannt sein musste, dass dieser Verein alten Nazis als Sammelbecken diente. Aber mein Vater winkte bloß ab und sagte, dass alle seine Bekannten dabei wären, er aber ohnehin an keinen Treffen teilnehme, weil ihn diese nicht interessierten. So viel ich weiß, hat mein Vater tatsächlich keine Versammlungen des Kameradschaftsbundes besucht, was aber eher an seinem generellen Desinteresse an gesellschaftlichen Zusammenkünften lag. Er hat ja auch

Stammtische gemieden und sich stattdessen lieber in seine Werkstatt im Keller zurückgezogen, um irgendwelche Schlosserarbeiten zu erledigen.

Ob sich mein Vater weiterhin mit Kriegskameraden traf? Ich weiß nur, dass bei seinem Begräbnis ein Mann auf mich zukam, mir kondolierte und auf meinen fragenden Blick antwortete, dass er ein Kriegskamerad meines Vaters gewesen sei. „Wir haben gemeinsam in Frankreich gekämpft." Noch bevor ich ihn fragen konnte, wie er heiße und wie er vom Tod meines Vaters erfahren habe, war er schon wieder verschwunden.

Tagebucheintrag vom 11. Juli 1972

ihr sagt, wir sind umstürzler, weil wir das system ändern wollen. ihr habt recht, denn ihr habt euer haus auf lügen gebaut. wenn wir nicht weiter in diesem lügengebäude leben möchten, müssen wir das haus abreißen und das fundament entfernen. ihr habt uns mit lügen großgezogen.

Das Kartoffelkäfer-Mysterium

Ein Dramolett
Originalmitschnitt vom 16. Juli 1972 (Audiokassette)
Ort: Eine Sitzbank vor einem Haus in Timelkam

Mein Großvater: Man kann nicht den ganzen Tag im Bett liegen bleiben. Man muss ab und zu auch aufstehen und sich die Welt anschauen.

Meine Mutter: Aber so heiß es am Tag ist, die Nächte sind kühl! *(Pause)* Ist schon kühl.

Mein Großvater: Ich werde jetzt langsam wieder nach Hause gehen. *(Zu seinem Enkel):* Wie war es am See? Viele Leute?

Mein Bruder: Ja, wahnsinnig viele Leute.

Meine Mutter: Weißt du was? Die Nächte sind so kühl. Wir haben gestern um zehn hineingehen müssen. Es war uns allen kalt.

Meine Großmutter: Ja, es ist schon kühl.

Meine Mutter: Obwohl es so heiß ist am Tag. Früher konnte man länger draußen sitzen.

Mein Großvater (zu seinem Enkel): Bringst du mir noch ein Bier?

Meine Mutter (zu ihrem Sohn): Was ist mit dem Schlagobers? Magst du kein Schlagobers?

Mein Bruder: Nein.

Meine Mutter: Aber du hast es mir ja angeschafft.

Mein Bruder: Nein.

Mein Großvater: Na ja, jetzt werde ich langsam wieder nach Hause gehen. *(Lange Pause)* Mein Zeh tut mir weh. Abends, wenn ich schlafen geh, tut mir mein Fuß so weh.

Meine Schwester (zu ihrem Großvater): Soll ich dich nach Hause tragen?

Mein Großvater: Und mein Knöchel hat ein Löchel. Und mein Wadel hat ein Radel. Und mein Knie, ich weiß nicht wie. Und mein Schenkel dingeldengel. Oh, meine Brust, die ist voller Lust.

Meine Mutter: Heute steht in der Zeitung, dass ein 13-Jähriger überfahren worden ist. Weiß man, wer es war?

(Lange Pause)

Mein Großvater: Was ich nicht für richtig halte, ist das Ausrichten von Menschen. Das sollte man nicht machen. Die Karotten und die Zwiebel wachsen heuer auch anders als letztes Jahr. So ist es auch mit dem Menschen. Wie er gewachsen ist, so ist er gewachsen. Jetzt fragt man sich, warum ist der Krautkopf nicht größer geworden?

Mein Bruder: Gute Nacht, ich gehe.

Meine Mutter (zu ihrem Sohn): Schlaf gut. Willst du nicht noch einen Apfelstrudel?

Mein Bruder: Nein.

Meine Mutter (zu ihrem Sohn): Mit Schlagobers.

Mein Großvater: Letzte Nacht habe ich auf der rechten Seite geschlafen, heute werde ich auf der linken Seite schlafen. Dabei ein wenig schnarchen, das gehört zur Ordnung.

Meine Mutter: Ich weiß nicht, ob das zur Ordnung gehört.

Mein Großvater: Jetzt sagt man, der XY weiß alles. Aber der kann gar nicht wissen, ob ich schnarche und du nicht. Das kann er nie wissen. Die haben eh aufgehört mit ihrer Sendung „XY weiß alles". Die wissen einen Dreck. Gar nichts wissen sie. Ich weiß nur, dass das Weltgeschehen, das jetzt gerade passiert, morgen in der Zeitung steht. Alles andere geht mich einen Dreck an. Der XY weiß gar nichts. Der kann gar nicht wissen, wie viele Fliegen gerade in dieser Minute herumfliegen. So ist das. Das kann er nie wissen. Er kann auch nicht wissen, wie viele Schwalben seit sieben Uhr heimgeflogen sind. Und er kann auch nicht wissen, wie viele Forellen in der Vöckla schwimmen. So ist das.

Meine Mutter: Wie viel, das weiß er nicht. Aber warum das oft so oder so ist, das weiß er schon. Oder?

Mein Großvater: Nein. Das ist alles ein Schmäh. Der kann nie wissen, wie viele Menschen sich am Tag lieben. Das kann er nicht wissen. Es gibt so viele Kartoffelkäfer, der kann nie wissen, wie viele Kartoffelkäfer es auf der ganzen Welt gibt. So ist das. Das ist alles ein Provisorium, weiter gar nichts. Der kann auch nicht wissen, wie viele Liter Coca-Cola abgefüllt worden sind. So, ich geh jetzt, gute Nacht.

Als Long John Silver, Hans-Joachim Kulenkampff und Norman Bates Timelkam eroberten

Am Anfang war die Literatur: „Die Schatzinsel", „Die Odyssee", „Winnetou" und „Robinson Crusoe". Die Filme dazu entstanden zunächst nur in meinem Kopf, weil wir zu Hause keinen Fernseher hatten und ein Kinobesuch aus Altersgründen nicht infrage kam. In der Nachbarschaft gab es zwar ein paar Fernsehgeräte, allerdings machten die seltenen Besuche dort nicht wirklich Spaß, was in erster Linie an der klinisch sauberen Atmosphäre der Wohnzimmer lag, wo die bloße Anwesenheit von Kindern als Störung empfunden wurde. Wenn in einem solchen antiseptischen Raum einmal ein Solettistangerl auf den Boden fiel, wurde sofort der Staubsauger geholt und anschließend der kontaminierte Bereich noch zusätzlich desinfiziert. Meine Erinnerungen an legendäre Serien wie „Fury", „Lassie" oder „Bonanza" sind also ein wenig getrübt, und wenn ich heute ein bestimmtes Putzmittel rieche, reitet in meinem Kopf automatisch Hoss Cartwright vorbei oder Lassie verfolgt einen Bösewicht – je nach Intensität des Geruchs.

Bevor ich meinen ersten Kinofilm sehen durfte, musste ich mich mit den Bildern im Kino-Schaukasten zufriedengeben. Es waren faszinierende Bilder von Dracula, Doktor Fu Man Chu oder James Bond. Bilder, die Türen in fremde Welten öffneten. Zum Glück führte mein Schulweg direkt am Kino vorbei, das vom Ehepaar H. betrieben wurde. Herr H. hatte in Stalingrad ein Bein verloren und ging auf Krücken, was ihn irgendwie verwegen aussehen ließ. Seine Frau saß an der Kasse und achtete darauf, dass wir ja keine Filme sahen, die für Jugendliche nicht zugelassen waren. Wenn besonders arge Filme gezeigt wurden, ging der Ortsgendarm mit der Taschenlampe durch den Saal und kontrollierte, ob auch tatsächlich alle alt genug waren, um dem „Mönch mit der Peitsche“ oder dem „Frosch mit der Maske“ beim Morden zusehen zu dürfen.

In der Nähe des Kinos gab es eine Konditorei, deren Besitzer, Herr I., im Krieg ein Auge verloren hatte. Das tote Auge war mit einer schwarzen Klappe abgedeckt, und nachdem ich die Verfilmung des Romans „Die Schatzinsel“ gesehen hatte, ging ich regelmäßig in die Konditorei und stellte mir I. als Piratenkapitän vor. Da der Schiffskoch Long John Silver in „Die Schatzinsel“ nur ein Bein hatte, waren H. und I. für mich fast so etwas wie Figuren aus einem Abenteuerfilm.

In Neukirchen an der Vöckla gab es übrigens einen Bäcker, dem ein Arm fehlte. Ob es zwischen dem einbeinigen

Kinobesitzer, dem einäugigen Konditor und dem einarmigen Bäcker je zu einem gemeinsamen Treffen kam? Als Filmszene hätte ein solches Treffen sicherlich einiges hergegeben.

Die Verfilmung des Romans „Die Schatzinsel" habe ich bei meinen Großeltern gesehen, die sich im Frühjahr 1966 aus Anlass der Fußballweltmeisterschaft auf Druck der männlichen Verwandtschaft einen Fernseher anschaffen mussten. Das Gerät stand in der Küche direkt unter dem Kruzifix, dem einzig richtigen Ort, weil mit dem Fernsehen eine neue Religion Einzug hielt. Und Jesus hatte das Nachsehen.

Besonders an den Wochenenden wurde die Küche meiner Großeltern zum Zentrum für Familientreffen. Wenn samstags im Nachtprogramm ein Western gezeigt wurde, trafen sich bereits am Abend mein Großvater, mein Vater und zwei Onkel, um sich mit einem Viererschnapser auf den Film einzustimmen. Meistens war aber die Kartenpartie so spannend, dass sie auf den Film vergaßen, was für uns Kinder insofern von Vorteil war, als wir auf diese Weise bis nach Mitternacht fernsehen konnten.

Stand allerdings Hans-Joachim Kulenkampffs Quizsendung „Einer wird gewinnen" auf dem Programm, versammelten sich auch die weiblichen Verwandten samt Kindern in der großelterlichen Küche. Die Männer spielten Karten und rauchten Kette, die Frauen sprachen über Kindererziehung oder erörterten Haushaltsprobleme und die Kinder spielten fangen. Dabei konnte es dann schon einmal vorkommen, dass meine Großmutter mit den Worten „Macht's nicht so einen Lärm! Was wird sich denn der Kulenkampff von uns denken!" wieder für Ruhe sorgte.

Mit dem Fernsehen begann für mich ein neues Zeitalter und ich erlebte die ungeheure emotionale Kraft, die von diesem Medium ausgehen konnte. Dabei erinnere ich mich besonders an einen Film, der bei mir einen regelrechten Schock auslöste und mir mit dem Vorschlaghammer vor Augen führte, dass es jenseits von Timelkam noch eine andere Welt gab, von deren Existenz ich bis dahin höchstens etwas geahnt hatte. Und diese Welt war grausam und brutal. Der Film hieß „Psycho" und stammte von Alfred Hitchcock. Ich war zwölf, als ich in der großelterlichen Küche mutterseelenallein mitansehen musste, wie der verrückte Norman Bates die arme Marion Crane in der Dusche abschlachtete. Es war spät in der Nacht, als der Film zu Ende war und ich, zitternd vor Angst, abwechselnd auf das Testbild und auf das Kruzifix starrte, von dem ich aber auch keine Antwort auf die Frage bekam, weshalb das, was ich soeben gesehen hatte, überhaupt geschehen konnte.

Als ich um Mitternacht den dunklen Weg nach Hause ging, wusste ich, dass die Zeit meiner Kindheit endgültig vorbei war.

Wie schön unsere Heimat ist

Für das Schifahren als Leistungssport habe ich mich nie besonders interessiert, auch nicht als Kind, als anlässlich der Olympischen Winterspiele in Innsbruck 1964 in Österreich eine wahre Schi-Hysterie ausbrach. Ich besaß zwar sogenannte Fasslbretter, die ich von meinen Eltern geschenkt bekommen hatte, allerdings beschränkte sich mein Einsatzgebiet als Schifahrer auf den Hügel hinter unserem Haus mit einer Höhendifferenz von etwa zehn Metern und den Schlittenberg am Ortsrand von Timelkam. Auf einen Schikurs fuhr ich nur einmal mit, verstauchte mir aber gleich am ersten Tag den Fuß, weshalb ich den Rest der Woche auf dem Zimmer verbrachte, während sich meine Schulkameraden auf der Piste abplagen mussten. Meine Eltern waren verständlicherweise ziemlich sauer auf mich, weil sie sich das Geld für den Schikurs genauso gut hätten sparen können.

Bereits einige Monate vor Beginn der Winterspiele in Innsbruck bekam jedes Kind vom örtlichen Gemischtwarenhändler ein Sammelalbum für die Fotos der österreichischen Sportlerinnen und Sportler. Die Idee dahinter war einfach: Da es die Bilder nicht gratis gab, musste man irgendwelche Süßigkeiten kaufen, um an diese Bilder zu kommen. Nicht selten spielten sich in den Geschäften wahre Dramen ab, weil Kinder verzweifelt auf der Suche nach Porträts von Reinhold Durnthaler (Zweier- und Viererbob), Waldemar Heigenhauser (Nordische Kombination) oder Regine Heitzer (Eiskunstlauf) waren.

Auch wenn mein Album leer blieb und sich meine Begeisterung für die Olympischen Winterspiele in Grenzen hielt, war es unmöglich, sich dem Olympia-Rummel zu entziehen. Sogar in der Volksschule mussten wir uns die Entscheidungen der alpinen Bewerbe kollektiv im Fernsehen anschauen. Zu diesem Zweck wurde im Turnsaal ein Fernsehgerät (schwarz-weiß!) aufgestellt, damit wir die Wettkämpfe live verfolgen konnten. Diejenigen, die in der ersten Reihe Mitte saßen, hatten Glück, weil sie tatsächlich etwas sahen, die anderen waren auf die Informationen des Kommentators angewiesen.

In mein „Sprachheft" notierte ich nach den Olympischen Spielen zum Stichwort „viel":

Ich wünsche mir viel Geld.
Österreich bekam viele Medaillen:
Abfahrt Herren: Gold für Egon Zimmermann
Slalom Herren: Gold für Pepi Stiegler
Abfahrt Damen: Gold für Christl Haas
Riesentorlauf Herren: Silber für Karl Schranz
Abfahrt Damen: Bronze für Traudl Hecher

Dazu zeichnete ich eine österreichische Fahne und einen Schifahrer, der eine Zipfelmütze trug und mit einem Siegerlächeln die Ziellinie überquerte. Darunter schrieb ich: „Ich bin stolz auf unser Österreich."

Die Erziehung zu österreichischen Patriotinnen und Patrioten muss im Lehrplan der Volksschule ganz oben gestanden sein, weil wir auch den 26. Oktober als „Tag der Fahne" groß feierten. Anlässlich des Nationalfeiertages 1964 diktierte uns die Lehrerin:

„Am Tag der Fahne ehren wir unser Vaterland. Wie schön unsere Heimat ist! Viele Fremde kommen zu uns. Durch unsere Arbeit dienen wir dem Vaterland. Wir wollen ihm immer treu sein."

Dass ich zehn Jahre später meinem Vaterland „untreu" werden würde, weil ich den Wehrdienst mit der Waffe verweigerte, konnte ich 1964 natürlich nicht wissen. Und was die „Fremden" betrifft, so waren damit natürlich nur die Touristen gemeint, die ja auch heute noch gern gesehene Gäste in unserem schönen Land sind.

Ein weiterer wichtiger Tag im Hinblick auf die Erziehung zu den richtigen Werten war der Weltspartag. Noch während des Unterrichts marschierten wir an diesem inoffiziellen Feiertag im Gänsemarsch zur Raiffeisenkasse, um dort kollektiv unsere Sparschweine zu leeren. Natürlich wurde der Weltspartag zuvor im Unterricht ideologisch entsprechend aufbereitet. Die Lehrerin diktierte:

„Wir Kinder sparen schon fleißig. Jeden Schilling werfen wir in unsere Sparkasse. So wird unser Geld immer mehr. Später können wir uns viele schöne Dinge kaufen."

Dazu zeichnete ich ein Auto, das entfernt an einen Porsche erinnerte.

Das Sparen und die Angst, nicht genug Geld zum Leben zu haben, waren in meiner Kindheit beherrschende Themen in unserer Familie. Mein Vater saß abends oft am Küchentisch und rechnete. Er machte dabei selten ein glückliches Gesicht. Reichte das Geld für den monatlichen Großeinkauf im Gemischtwarenladen A & O oder mussten wir wieder anschreiben lassen? Brauchte meine Schwester tatsächlich einen neuen Rock oder würde es der alte auch noch tun, wenn ihn meine Mutter umnähte? Konnte mein Bruder am Schikurs teilnehmen oder musste er krankgemeldet werden? Es waren alltägliche Probleme, die unser Leben bestimmten und die nicht kleiner wurden, solange unser Haus nicht fertig war. Verständlich, dass in unserer Familie ein strenges Sparsamkeitsregiment herrschte.

In einem Notizheft hat mein Vater viele Jahre lang die Ausgaben für den Hausbau notiert und diese seinen Einnahmen gegenübergestellt. Am Ende waren die Ausgaben immer höher als der Lohn, den er als Hilfsarbeiter bekam. Auch das Geld, das er durch Schwarzarbeit verdiente, reichte nicht aus, um das Defizit auszugleichen. Irgendwann kam er auf die glorreiche Idee, durch Totospielen reich zu werden. Jede Woche saßen wir am Küchentisch und füllten Scheine mit jeweils zwölf Tipps und drei Zusatztipps aus, ohne genau zu wissen, wer da gegen wen spielte:

Oberlaa gegen Gloggnitz: Tipp x
Gaswerk gegen Höchstädt: Tipp 2
Tura Ludwigshafen gegen Wormatia Worms: Tipp 1
FK Pirmasens gegen 1 FC Saarbrücken: Tipp 2 (Oder doch Tipp 1? Warum nicht Tipp x?)

Ein Schein kostete 2 Schilling 20, und als meinem Vater nach drei Jahren klar wurde, dass er für das Totospielen mehr als 300 Schilling ausgegeben hatte, ohne auch nur einmal etwas zu gewinnen, ließ er es wieder sein. Allerdings hatte kurz darauf ein Flüchtling aus Kapan, der ebenfalls in Timelkam wohnte, beim Toto 47.000 Schilling gewonnen, was meinen Vater dazu veranlasste, gleich wieder ein paar Totoscheine auszufüllen. Gewonnen hat er nie etwas. Gleichzeitig überlegten wir uns, was wir mit 47.000 Schilling alles hätten kaufen können.

In Wahrheit hatten meine Eltern durch den Hausbau Schulden in Höhe von 40.000 Schilling angehäuft. Das klingt nicht besonders dramatisch, beeinträchtigte bei einem Jahreseinkommen von knapp 50.000 Schilling unser Alltagsleben aber massiv.

Nachdem mein Vater Ende 1959 im Kraftwerk Timelkam eine Stelle als Kohlenschaufler bekommen hatte und er im Laufe der Jahre zum Schlosser und Kesselhauswärter „aufgestiegen“ war, hätte er eigentlich Anspruch auf eine Werkswohnung gehabt. Aber erstens war um diese Zeit der Rohbau unseres Hauses bereits fertig, und zweitens wäre es für meine Eltern als ehemalige Bauern undenkbar gewesen, in einer Siedlung in eine Dreizimmerwohnung zu ziehen.

Es war aber auch die Zeit, in der mein Vater Probleme mit der Lunge bekam, weil er beim Flexen von Eisen und Asbest keine Schutzmaske trug. Wer trug damals schon eine Maske? Außerdem galt Asbest als nicht gesundheitsgefährdend. Dafür hatte schon die Familie Hatschek, der die Eternitwerke in Vöcklabruck gehörten, gesorgt. Dass ich in der sogenannten Hatschekstiftung des Krankenhauses Vöcklabruck zur Welt kam, entbehrt so gesehen nicht einer gewissen Ironie.

Die Schulden am Haus und die generell prekäre finanzielle Lage waren dann auch die Gründe dafür, dass mein Vater am 24. Oktober 1966 bei der Bundesentschädigungskommission beim Bundesministerium für Finanzen in Wien einen Antrag auf Härtebeihilfe stellte.

Mein Vater begründete seinen Antrag wie folgt:

1. Ich habe auf unser Haus noch 40.000 Schilling Schulden.
2. Mein Haus ist noch nicht fertig. Es fehlen noch: zwei Räume sind noch fertig zu machen. Beim ganzen Haus fehlt noch die Kanalisation. Der Anschluss allein kostet ca. 4.000 Schilling. Der Zaun

fehlt noch ganz. Das Pflastern der Einfahrt kostet auch einige tausend Schilling.
3. Ich habe für meine Frau und drei minderjährige Kinder zu sorgen. Alle drei Kinder gehen noch in die Schule.
Für die (...) Palm benötige ich monatlich 600 Schillinge, geht in das Pädagogium (Lehrerbildungsanstalt) Vöcklabruck, OÖ.
Für Kurt Palm, geht in die Hauptschule auch in Vöcklabruck, benötige ich monatlich 180 Schillinge.
Für den zweiten Sohn (...) benötige ich nur die Kost, da er in Timelkam in die Volksschule geht.
4. Außerdem benötige ich für mich, meine Frau und alle drei Kinder Kost und Bekleidung monatlich, da sind meine ca. 3.500 Schillinge Lohn monatlich wirklich nicht Zuviel.
5. Außerdem benötige ich für Heizung und Strom auch viel Geld monatlich.
6. Für mein Elternhaus in Kapan und für die Möbel meines Vaters bekam ich auch garnichts.
Ich bitte um baldige und günstige Erledigung meines Antrages.
Empfangen Sie bitte meinen innigsten Dank für Ihre Mühe.

Dieses Ansuchen wurde von einem Wirklichen Hofrat mit der Begründung abgelehnt, dass es meinem Vater wirtschaftlich heute besser gehen würde als vor der Vertreibung und er sich als Arbeiter ohnehin eine gesicherte Existenz aufgebaut hätte: „Da sohin eine wirtschaftliche, auf die Vertreibung zurückzuführende Notlage nicht mehr angenommen werden kann, mußte das Ansuchen abgewiesen werden. Hochachtungsvoll."

Und wieder saß mein Vater am Küchentisch und rechnete. Es war ja nicht das erste Mal, dass ein Antrag von ihm abgelehnt wurde. Egal, ob er wegen seiner Kriegsverletzung beim Landesinvalidenamt einen Antrag auf Beschädigtenversorgung oder an die Entschädigungsabteilung der Finanzlandesdirektion ein Ansuchen auf Unterstützung stellte, immer bekam er negative Bescheide. Unterzeichnet waren die Schreiben von Hofräten (Wirklichen und Unwirklichen), Oberfinanzräten oder Obermagistratsräten.

Bevor es so weit war, musste mein Vater allerdings noch alle möglichen Unterlagen und Beweismittel vorlegen. So musste er zum Beispiel auf einer Verlustliste angeben, welche der 169 angeführten Gegenstände sich auf seinem Hof in Kapan befunden hatten. Also weiß ich jetzt, dass man Vater fünf Petroleumlampen, elf Fensterpolster, sechs Tuchenten, 13 Karniesen aus Holz und zwei Nachtkästchen ohne Marmorplatten besaß. Elektrische Geräte besaß er nicht, weil es in Kapan keinen Strom gab.

Einmal wurde er aufgefordert, „die Umstände des Erwerbes des angemeldeten landwirtschaftlichen Betriebes in Jugoslawien durch die Vorlage von Beweismitteln wie

a) Kaufvertrag
b) Verlaßabhandlung
c) Schenkungsurkunden
d) Grundbuchbeschlüssen

e) Grundbuchsauszüge

f) Quittung über den Kaufpreis

zu beweisen."

Nachdem den Behörden klar sein musste, dass kein Vertriebener Zugriff auf diese Dokumente hatte, kann man davon ausgehen, dass es sich bei diesem Vorgehen um eine reine Schikane und eine bewusste Demütigung der Antragsteller handelte. Spätestens jetzt hätte meinem Vater eigentlich dämmern müssen, dass er von den Ämtern keinerlei Hilfe erwarten konnte und dass hinter deren Entscheidungen politisches Kalkül steckte. Nicht zufällig hieß die Stelle, die in Oberösterreich für die Verwaltung und Betreuung der Flüchtlinge zuständig war, Amt für Umsiedlung (AfU). Ziel war also nicht die Unterstützung der Vertriebenen, sondern deren rasche Umsiedlung zunächst nach Deutschland und später in andere Länder. Das AfU verwaltete in Oberösterreich auch mehr als sechzig Barackenlager für Flüchtlinge, in denen zum Teil katastrophale Zustände herrschten.

Generell hatte Österreich kein besonderes Interesse an einer Eingliederung der Flüchtlinge, wofür man in erster Linie wirtschaftliche und soziale Gründe anführte. Über die politischen Auswirkungen einer dauerhaften Ansiedlung von 131.000 „Volksdeutschen" alleine in Oberösterreich wurde keine öffentliche Debatte geführt, weil man sich nicht in die Nesseln setzen wollte. Es blieb dem Vorsitzenden der KPÖ, Johann Koplenig, vorbehalten, im Nationalrat darauf hinzuweisen, dass es sich beim Großteil dieser Menschen „um Faschisten handelt, die sich weigern, in ihre Heimat zurückzukehren". Und weiter: „Das österreichische Volk kann es sich in seiner Notlage nicht leisten, diese Drohnen zu füttern, die heute Österreich unsicher machen."

Angesichts der Tatsache, dass die Entnazifizierung in Österreich nicht einmal halbherzig durchgeführt wurde und Nazis unabhängig von ihrer Staatsbürgerschaft von den Behörden mit Samthandschuhen angefasst wurden, lief Koplenigs Argumentation freilich ins Leere.

Erst 1952 wurde mein Vater als Staatenloser inländischen Beschäftigten gleichgestellt. Bis dahin benötigte er eine Arbeitserlaubnis, um überhaupt einen Beruf ausüben zu können. Voraussetzung dafür war wiederum eine Aufenthaltsberechtigung, außerdem musste er aufgrund der „Ausländerausweisverordnung" immer einen viersprachigen Lichtbildausweis mit sich führen. Die österreichische Staatsbürgerschaft wurde ihm erst am 20. Februar 1956 verliehen.

Aufgrund des „Inlandsarbeiterschutzgesetzes" waren Flüchtlinge kollektiv von lukrativen Berufen ausgeschlossen und mussten sich ihren Lebensunterhalt als Hilfsarbeiterinnen und Hilfsarbeiter oder in der Landwirtschaft verdienen. Dazu kam, dass der Großteil der österreichischen Bevölkerung Flüchtlingen gegenüber negativ eingestellt war.

14 Jahre lang war mein Vater als Hilfsarbeiter tätig, und erst in der OKA hatte er die Möglichkeit, sich vom Kohlenschaufler zum Kesselhauswärter „hochzuarbeiten“. Es war ein Aufstieg, der auf Kosten seiner Gesundheit ging. Bei einer Untersuchung 1962 wurde festgestellt, „daß der Patient die hohen Temperaturen von ca. 32 Grad im Kesselhaus nicht verträgt. Bekommt Atembeschwerden, Herzklopfen, Übelkeiten. Die Bitte des Patienten um Arbeitsplatzwechsel ist medizinisch gerechtfertigt.“ Der Bitte wurde entsprochen und vier Jahre später schloss mein Vater die Schlosserlehre ab. Da war er 42. Beim Lernen am Abend haben wir Kinder ihm geholfen.

Als ich vor einigen Jahren den „Wirt in der Spöck“ in Neukirchen an der Vöckla besuchte, weil mich interessierte, was aus dem Gasthaus geworden war, in dem meine Mutter nach dem Krieg als Küchenhilfe gearbeitet hatte, wurde ich von einem alten Mann angesprochen, der alleine am Stammtisch saß. „Du bist doch ein Palm“, sagte er, als ich auf dem Weg zur Toilette war. „Der Sohn vom Stefan, oder?“

„Ja“, antwortete ich, ohne zu wissen, worauf der Mann hinauswollte.

„Du schaust ihm ähnlich.“

War das ein Kompliment?

„Dein Vater hat mit einigen Flüchtlingen nach dem Krieg bei uns am Hof gewohnt. In Meislgrub. Das waren tüchtige Leute, sehr wirtschaftlich. Die wussten mehr über den Gemüseanbau als wir. Von denen haben wir einiges gelernt."

„Ach so, das freut mich", sagte ich, weil mir keine bessere Antwort einfiel. Eigentlich hätte ich ihn fragen sollen, wo die „tüchtigen Leute" am Hof in Meislgrub gewohnt haben. Wahrscheinlich in Verschlägen unter der Treppe oder in der Scheune. Das waren damals beliebte Schlafplätze für Flüchtlinge. Auch hätte ich ihn fragen sollen, wie viel die „tüchtigen Leute" verdient haben, die als Knechte, Mägde oder Waldarbeiter für die Bauern schufteten. Soviel ich weiß, waren es 70 Schilling im Monat.

Von einem Bekannten habe ich später erfahren, dass der Stammtischbruder immer noch bedauerte, dass Hitler den Krieg verloren hatte. Und das, obwohl zwei seiner Onkel im Krieg gefallen waren. Der Vater soll ein noch größerer Nazi gewesen sein und in der Stube auch nach dem Krieg die Todesanzeigen seiner Brüder links und rechts von einem Hitler-Bild platziert haben. Alles schön eingerahmt.

Fürs Vaterland mit tapferm Mut,
Zum Opfer gabst Dein junges Blut.
Erlöst bist nun vom Kampf hienieden,
Gott schenk Dir den ewigen Frieden.
Vater unser. Ave Maria.

In einer Mappe mit persönlichen Aufzeichnungen meines Vaters habe ich die folgende Aufstellung gefunden, die zeigt, dass sein Platz in Österreich immer am untersten Ende der gesellschaftlichen Hierarchie war:

1. 9. 1945 – 20. 3. 1946: Forstarbeiter bei der Gemeinde Neukirchen an der Vöckla
1. 4. 1946 – 30. 6. 1946: Hilfsarbeiter beim Tierzuchtamt Vöcklabruck
4. 12. 1946 – 12. 12. 1947: Heimarbeiter bei der Fa. Willibald Frankenburg
17. 8. 1948 – 26. 10. 1948: Hilfsarbeiter bei der Fa. Ziegler Timelkam
8. 11. 1948 – 15. 1. 1949: Hilfsarbeiter im Leichtbetonwerk Timelkam
14. 3. 1949 – 15. 9. 1949: Hilfsarbeiter bei der Fa. Ziegler Timelkam
19. 9. 1949 – 21. 10. 1949: Asphaltierer bei der Fa. Smereker & Co. Lenzing
24. 10. 1949 – 15. 1. 1951: Eisenbieger bei der Fa. Rella & Neffe Lenzing
5. 3. 1951 – 21. 11. 1951: Hilfsarbeiter bei der Fa. Porr Lenzing
19. 2. 1952 – 3. 2. 1953: Hilfsarbeiter bei der Fa. Doubrava Attnang-Puchheim
4. 5. 1953 – 20. 2. 1954: Feilenschleifer bei der Fa. Braun & Söhne Vöcklabruck
22. 2. 1954 – 21. 11. 1959: Monteur bei der Fa. Morawetz Vöcklabruck

Auch wenn mein Vater als Flüchtling 1952 österreichischen Beschäftigten formal gleichgestellt wurde, blieben ihm sämtliche Aufstiegsmöglichkeiten verwehrt. Das war auch die Grundstimmung, in der ich aufgewachsen bin: Einmal Hilfsarbeiter, immer Hilfsarbeiter. Einmal fremdbestimmt, immer fremdbestimmt. Dieses Manko konnte auch meine Mutter nicht ausgleichen, die als Hausfrau nicht einmal einen richtigen Beruf hatte. Dass meine Eltern zu jenen gehörten, die nur sehr eingeschränkt über ihr Leben bestimmen konnten, wurde mir erst nach und nach bewusst. Vor diesem Hintergrund mutete es fast ein bisschen zynisch an, wenn wir in der Volksschule Gedichte auswendig lernen mussten, in denen ein Hohelied auf die körperliche Arbeit gesungen wurde, wenn es hieß: „Ehre jeder Hand von Schwielen."

Viele Jahre lebten wir in einem Rohbau, wo die fünfköpfige Familie in einem Zimmer schlief, weil die anderen Zimmer noch nicht fertig waren. Geheizt wurde nur in der Küche, im Schlafzimmer war es im Winter eiskalt. Da mein Vater von dem Lohn, den er als Hilfsarbeiter bekam, die Familie nicht ernähren konnte, musste er durch Schwarzarbeit zusätzlich Geld verdienen. Nach einer zwölfstündigen Nachtschicht ging er nicht ins Bett, sondern verschwand in seiner Garage oder im Keller, um zu schweißen, zu flexen und zu hämmern.

Andere bestimmten, was er zu tun hatte. Aber schon als 14-Jähriger wusste ich, dass ich nicht Hilfsarbeiter werden wollte, sondern Lehrer. Warum? „Ich bin nach sieben Jahren, wenn ich immer fleißig bin, natürlich ein gemachter Mann. Dann hoffe ich, daß ich mir viele Bücher zu unzertrennlichen Freunden machen kann und Schmutz und Schund bezwingen werde." Meinen Deutsch-Aufsatz in der dritten Klasse Hauptschule kommentierte der Lehrer mit den Worten: „Kein klarer Gedanke!"

Von meiner Mutter weiß ich, dass sie nach 1945 bei Bauern als Dienstmagd und als Küchenhilfe im Gasthaus *Zur Spöck* in Neukirchen an der Vöckla gearbeitet hat. In diesem Gasthaus haben sich auch die Männer aus Kapan sonntags zum Kartenspielen getroffen. Vielleicht ein Versuch, die Erinnerung an die alte Heimat aufrechtzuerhalten.

Einmal hat meine Mutter von einem „Liebesdrama" erzählt, das sich auf einem der Bauernhöfe zugetragen hatte, auf dem sie arbeitete, und über das sogar im *Stern* berichtet wurde. Ich glaube, es ging darum, dass ein Bauernsohn eine Magd nicht heiraten durfte und es daraufhin zu einer Bluttat kam. Ganz sicher bin ich mir aber nicht. Dafür weiß ich, dass meine Mutter bis zum letzten Tag ihrer ersten Schwangerschaft am 4. August 1952 ihre Arbeit am Hof verrichten musste und am Plumpsklo von einer Ratte angefallen wurde, von der sie aber zum Glück nicht gebissen wurde. Da nützte es auch nichts, dass sie als

Staatenlose wenige Wochen zuvor hinsichtlich des Mutterschutzes Inländerinnen gleichgestellt worden war. Für das Gesinde dürfte dieses Gesetz in der Praxis nicht gegolten haben. Wie mein Vater, erhielt auch meine Mutter erst am 20. Februar 1956 die österreichische Staatsbürgerschaft.

Unser Wohnzimmer

Meine Eltern wurden aus Jugoslawien vertrieben und wir sind froh, daß wir so eine schöne Wohnstube besitzen. Neun Jahre wohnen wir in der Stube.

Deutsch-Aufsätze und Diktate, 4a Kl. 1964/6

Der Pferdetreck ins Ungewisse

Als der erste Pferdetreck am 10. September 1943 Kapan Richtung Osijek (Esseg) verließ, dachten viele noch, dass sie bald wieder nach Hause zurückkehren würden. „Auf den Pferdewägen ist es lustig zugegangen, es wurde viel gelacht und Ziehharmonikaspieler haben für gute Stimmung gesorgt", erzählte meine Tante. Für mich war das schwer vorstellbar, weil ja damals Krieg herrschte und die Flüchtlinge ständig damit rechnen mussten, von Partisanen angegriffen zu werden.

Tatsächlich wurde offiziell nur von einer „vorübergehenden" Umsiedlung gesprochen, obwohl angesichts der Kriegsentwicklung eigentlich hätte klar sein müssen, dass eine baldige Rückkehr unmöglich sein würde. Die Partisanenverbände kontrollierten bereits große Teile Jugoslawiens, und ein Sieg Deutschlands und seiner Verbündeten, zu denen auch der Unabhängige Staat Kroatien gehörte, rückte in immer weitere Ferne.

„Sind alle weggegangen aus Kapan oder sind auch welche geblieben? Und was passierte mit dem Vieh?", fragte ich meine Tante.

„Die Kroaten sind geblieben, und wenn du mit einer Kroatin verheiratet warst, durftest du auch bleiben. So wie Johann F., der war Seiler. Oder wie der Schneider Mathias K. Um das Vieh haben sich die Knechte und Mägde gekümmert, die waren ja meistens Kroaten. Wir wussten ja nicht, dass es ein Abschied für immer war. Die meisten Familien haben noch rasch geschlachtet, immerhin sicherte ein Schwein einer Familie das Überleben im Winter. Einige haben allerdings darauf bestanden, ihre Kühe und Schweine mitzunehmen. Einmal musste eine kranke Kuh notgeschlachtet werden“, erinnerte sich meine Tante, „was zu einer Auseinandersetzung mit den begleitenden Soldaten führte.“

Tatsächlich kam es während des nicht geplanten Aufenthalts auch zu einer Kampfhandlung mit Partisanen. In einem Nebensatz erwähnte meine Tante, dass sich auf einem der Pferdewägen Luka-Batschi unter einer Decke versteckt hatte, weil er als Nicht-Deutschstämmiger gar nicht zur Flucht berechtigt gewesen wäre.

Überwacht wurde die Flucht von Angehörigen der Deutschen Wehrmacht, die darauf achteten, dass auf den Fuhrwerken nur das Allernötigste zum Leben mitgenommen wurde. Auf jedem Pferdewagen durften fünf Familienangehörige mitfahren, und weil so wenig Platz war, vergruben viele ihren Schmuck, ihre Sonntagswäsche oder wichtige Dokumente im Garten, um sie nach ihrer

Rückkehr wieder auszugraben. Ob diese Dinge jemals gefunden wurden, weiß ich nicht. Die Sonntagswäsche war in der Zwischenzeit aber sicher längst verschimmelt.

Die erste Etappe endete zunächst in der 130 Kilometer südwestlich von Suhopolje gelegenen Stadt Osijek (Esseg) am Ufer der Drau. Auf den ersten Blick ergibt das wenig Sinn, weil man sich dadurch ja weiter ins Landesinnere begab, das in weiten Teilen von Partisanen kontrolliert wurde. Allerdings war Osijek auch Standort mehrerer Ersatztruppenteile der Deutschen Wehrmacht, unter deren Schutz die Flüchtlinge gestellt wurden.

In einem Ordner mit Dokumenten habe ich vier Belege über den Verkauf landwirtschaftlicher Produkte durch eine gewisse Anna Palm an die „Deutsche Zentral Ein- und Verkaufsgenossenschaft Agraria" Esseg (Osijek) gefunden. Demnach verkaufte Anna Palm im Frühjahr 1944 folgende Produkte an die Genossenschaft Agraria:

Am 12. März 1944: 360 kg Hafer
Am 13. März 1944: 325 kg Weizen
Am 15. März 1944: 680 kg Kukuruz
Am 1. April 1944: 10 kg Kartoffel

Aber wer war diese Anna Palm? Meine Großmutter väterlicherseits hieß zwar Anna Palm, allerdings nur bis zu ihrer Eheschließung mit Michael M., nachdem ihr Mann ja bereits 1928 gestorben war. Ihre Mutter hieß ebenfalls

Anna Palm, galt aber seit Juli 1943 als vermisst. Und meine Mutter hieß Anna Palm erst, nachdem sie 1951 meinen Vater geheiratet hatte.

Möglich, dass meine Großmutter, aus welchen Gründen auch immer, die landwirtschaftlichen Produkte unter ihrem alten Namen verkaufte. Sonst fällt mir keine plausible Erklärung ein. In meinem Stammbaum, der einige Generationen zurückreicht, findet sich jedenfalls keine weitere Anna Palm.

Die Flüchtlinge aus Kapan bekamen in Osijek (Esseg) die Möglichkeit, bei Bauern zu arbeiten oder Felder zu günstigen Konditionen zu pachten. Meist waren es Felder von Familien, deren Männer im Krieg waren. Weil die Männer abwesend waren, mussten die Frauen das Überleben ihrer Angehörigen sichern. Es spricht für den Überlebenswillen dieser Frauen, dass sie selbst unter diesen widrigen Umständen nicht aufgaben und Felder bestellten, wie sie es von zu Hause gewohnt waren.

Von einem Tag auf den anderen war das Regelwerk, das jahrzehntelang das Leben im Heimatdorf bestimmt hatte, außer Kraft gesetzt. Hierarchien und einzementierte Strukturen hatten plötzlich keine Bedeutung mehr. Die entscheidende Frage war wohl, ob man angesichts dieser radikalen Zäsur resignierte oder die neue Situation als Herausforderung annahm.

Bald wurde klar, dass Osijek (Esseg) nur eine Zwischenstation auf dem Weg in eine ungewisse Zukunft war. Die nächste Station war Semlin (Franztal) bei Belgrad, wo alles wieder von vorne begann. Man pachtete Felder und hielt sich ein paar Kühe und Schweine, bis im Oktober 1944 der Befehl kam, Semlin sofort zu verlassen. Während die Rote Armee immer näher rückte, blieb der Mais ungeerntet auf den Feldern stehen, und die schlachtreifen Schweine, Gänse und Enten mussten schweren Herzens zurückgelassen werden. Und wer kümmerte sich um die Kühe, die täglich gemolken werden mussten?

Jetzt gab es keine Ziehharmonikaspieler mehr, die auf den Pferdefuhrwerken oder in den Transportzügen für gute Stimmung sorgten. Jetzt ging es nur noch ums nackte Überleben.

Die Daunendecke kommt mit

„Meine Mutter hat immer glänzende Augen bekommen, wenn sie von ihrer Hochzeit erzählt hat. Vor Freude und aus Verzweiflung. Vier Monate, bevor mein Vater zur Wehrmacht eingezogen wurde, haben sie geheiratet. Es war eine große Bauernhochzeit, die drei Tage und Nächte gedauert hat. 350 Liter Wein und 30 Liter Schnaps sind getrunken worden. Ein Schwein mit 100 Kilo haben sie geschlachtet, außerdem ein Kalb, ein Rind und viel Geflügel. Die Hochzeit hat im Haus des Bräutigams stattgefunden. Man hat das ganze Haus ausgeräumt, in einem Raum spielte die Blechmusik, dort ist auch getanzt worden, in den anderen Räumen waren Tische und Bänke aufgestellt, dort hat man gegessen und getrunken. Alle Gäste haben Geschenke mitgebracht. Die Männer haben Geld gespendet, die Frauen Geschirr und alles, was man in einem Haushalt halt so braucht. Meine Eltern haben so viel Geld bekommen, dass sie sich davon gleich noch einen Acker kaufen konnten."

Frau W. machte eine Pause und nahm einen Schluck von ihrem Kaffee, der in der Zwischenzeit längst kalt geworden war. Sie hatte mich am Vortag nach einer Lesung in Mondsee angesprochen und mir erzählt, dass ihre Eltern aus Kapan stammten. „Wie ich im Radio gehört habe, dass Sie ein Buch über Ihre Herkunft schreiben, dachte ich mir, dass es Sie vielleicht interessieren könnte, dass meine Eltern quasi Nachbarn von der Familie Ihres Vaters waren.“

Natürlich war ich interessiert, und da ich ohnehin in Mondsee übernachtete, verabredeten wir uns für den nächsten Vormittag zu einem Treffen im *Seecafe*. Ich hatte den Eindruck, dass Frau W. froh war, jemanden gefunden zu haben, der sich für ihre Geschichte interessierte.

„Ich bin in meiner Kindheit mit drei Sprachen aufgewachsen. Meine Mutter sprach mit mir Schwobisch und auch ein bisschen Kroatisch, und wenn ich es nicht mitbekommen sollte, haben meine Eltern miteinander Ungarisch gesprochen. Mein Stiefvater ist ja aus Ungarn gekommen. Bis in die Hauptschule hatte ich in Deutsch immer Genügend. Ich habe dann eine kaufmännische Lehre gemacht und im Büro gearbeitet, da habe ich dann, denke ich, so halbwegs Deutsch gelernt. Ich habe immer wieder aufgeschrieben, was mir meine Mutter erzählt hat, trotzdem ist es mir lieber, ich erzähle Ihnen, was ich weiß.“

„Sind Sie in Kapan geboren?“, fragte ich, während ich mir ein paar Notizen machte.

„Nein, meine Eltern haben im Mai 1943 geheiratet und im September wurde mein Vater zur Wehrmacht eingezogen." Frau W. machte eine kurze Pause. „Im März 1944 bin ich zur Welt gekommen, da war meine Mutter aber schon in Semlin, also in Franztal bei Belgrad. Es war furchtbar. Alle Deutschstämmigen mussten ja Kapan verlassen und sollten vorerst nur über die Grenze nach Österreich gebracht werden. Wenn sich alles beruhigt hätte, könnten sie ja wieder zurückkehren, hat es geheißen. Was natürlich nicht stimmte. Also haben sie ihre Habseligkeiten in eine große Holztruhe gepackt und auf einen Pferdewagen geladen. Meine Mutter hat sogar die Daunendecke mitgenommen, weil die Daunen von den eigenen Gänsen stammten. Die Schweine und die anderen Tiere mussten sie zurücklassen. Um die Tiere sollten sich in der Zwischenzeit der Knecht und die Magd kümmern, die waren ja Kroaten und durften deshalb in Kapan bleiben."

„Was ist aus dem Bauernhof geworden?", fragte ich.

„Im Sommer 1944 ist mein Vater gefallen, da ist für meine Mutter eine Welt zusammengebrochen, und wenn ich nicht gewesen wäre, hätte sie sich umgebracht, wie sie mir später einmal erzählt hat. Aber sie musste sich ja um mich und um ihre Eltern kümmern, also hat sie in Semlin auf einem Bauernhof gearbeitet, der einer deutschstämmigen Familie gehörte. Meine Mutter half im Stall und bei der Ernte und bekam dafür Essen und Unterkunft. Aber die Ruhe währte nicht lange und plötzlich hieß es, dass alle Deutschen am nächsten Tag mit einem Sonderzug ausreisen müssten. Oder zwei Tage später mit einem Pferdetreck.

Meine Mutter entschied sich für den Pferdetreck. 300 Wagen und 1.500 Menschen zogen los. Es wurde ein Weg ins Ungewisse. Gerade als wir in Osijek die Drau-Brücke überquerten, gab es einen Fliegeralarm, woraufhin die Pferde scheuten und es zu einem fürchterlichen Durcheinander kam. In ihrer Panik warfen die Leute vieles, was sich auf den Wägen befand, in den Fluss, damit sie schneller vorwärtskämen. Man kann sich nicht vorstellen, wie es diesen Menschen ergangen ist. Alles mussten sie von einem Tag auf den anderen zurücklassen, und trotzdem hofften sie, bald heimkehren zu können. Begleitet wurde der Treck von Wehrmachtssoldaten.“

Das Bild vom Pferdetreck erinnerte mich an die Westernfilme, die ich in meiner Kindheit gesehen hatte und die immer eine große Faszination auf mich ausgeübt hatten. Die Filme vermittelten ein Gefühl des Aufbruchs und des Neubeginns, ein Gefühl von Freiheit und Unabhängigkeit, obwohl die Realität das genaue Gegenteil von all dem war. Die illegale Landnahme durch die Siedler und die damit verbundene Zerstörung der Lebensgrundlage der indigenen Bevölkerung Nordamerikas wurde in den Westernfilmen natürlich ausgeblendet.

Der große Pferdetreck von Slawonien Richtung Norden und später Richtung Westen hatte nur äußerlich Ähnlichkeiten mit den Siedlertrecks in den USA, weil es im Falle der Vertriebenen aus Slawonien nicht um Landnahme, sondern um das nackte Überleben ging. Und auch wenn die Erzählungen von der Flucht aus Kapan einander ähnelten, verloren sie nichts von ihrer Tragik.

Frau W. hatte früh begonnen, die Erinnerungen ihrer Mutter niederzuschreiben, Erinnerungen über Entbehrungen und Hoffnungslosigkeit. „Zu essen bekamen sie oft nicht mehr als Schweinefutter, für das sie auch noch zahlen mussten: gestampfte rote Rüben, Kartoffeln und Mais, ganz selten Fleisch. Die Kinder litten am meisten unter dieser Situation: Nässe, Kälte, Hunger und Müdigkeit. Außerdem kam es auch zu Übergriffen." Frau W. war die erste, die dieses Thema ansprach. „In der Nacht wurde viel gestohlen und die Frauen mussten Angst haben, vergewaltigt zu werden."

„Vergewaltigt von wem?", fragte ich. „Die Männer waren doch alle im Krieg. Ich dachte, dass nur Frauen, Kinder und Alte mit diesen Flüchtlingstrecks unterwegs waren."

„Ja, aber die begleitenden Wehrmachtssoldaten waren jung und die Mädchen und Frauen wehrlos. Auch gab es mit der einheimischen Bevölkerung immer wieder Konflikte. Aus Angst, dass die Flüchtlinge den Leuten etwas wegnehmen könnten, standen Anfeindungen auf der Tagesordnung. Es ging sogar so weit, dass meiner Mutter in Ungarn ein Pferd gestohlen wurde. Geholfen hat kaum jemand, und auch unter den Geflüchteten herrschten Misstrauen und Neid. Wegen der Lebensmittelknappheit musste einmal ein Pferd geschlachtet werden. Meine Mutter hat erzählt, dass der Kadaver so gestunken hat, dass sie kaum etwas vom Pferdefleisch essen konnte."

„Sie haben gesagt, dass im November 1944 in Mondsee Endstation war und dass viele Flüchtlinge dann hiergeblieben sind. Warum ausgerechnet in Mondsee?"

„Soviel ich von meiner Mutter weiß, sollten die Vertriebenen nur vorübergehend hier untergebracht werden. Das galt auch für diejenigen, die in Neukirchen an der Vöckla gestrandet sind. Niemand rechnete mit einem längeren Aufenthalt. Die meisten hofften ja immer noch, nach Kroatien zurückkehren zu können. Der Pferdetreck mit insgesamt 170 Fuhrwerken ist am 5. November 1944 in Mondsee angekommen. Die Kastanienallee war gesäumt von Hakenkreuzfahnen und neugierigen Einheimischen. Die Mondseer wollten ja wissen, was das für Menschen sind, die da auf Pferdewägen ankamen."

„Von den 300 Wagen, die in Semlin losgezogen sind, sind nur 170 in Mondsee angekommen. Was ist eigentlich aus den anderen geworden?"

„Es herrschte ja Chaos, und viele blieben auf der Strecke. Entweder weil sie nicht mehr weiterkonnten oder weil sie beschlossen hatten, im Burgenland oder in Niederösterreich zu bleiben."

„Wie war die Aufnahme in Mondsee?"

Frau W. sah zum Fenster hinaus und schüttelte den Kopf. „Nach einer kurzen Rast mussten die einzelnen Familien Aufstellung nehmen, dann kamen Bauern und Gastwirte und suchten sich die Leute aus, die für sie arbeiten sollten."

„Das heißt also, dass sich die Parole ‚Heim ins Reich', die in Kroatien ausgegeben wurde, als reine Propaganda erwiesen hat."

„Für die Einheimischen waren die Ankömmlinge Flüchtlinge, die froh sein mussten, dass sie ein Dach über dem Kopf hatten. Dass sie ausgenutzt wurden, versteht sich von selbst. Viele Jahre später habe ich von Fällen gehört, wo junge Frauen von Bauern missbraucht worden sind. Aber darüber hat niemand gesprochen. Nach dem Krieg sind meine Eltern in eine Baracke gezogen, die früher der Hitlerjugend als Unterkunft gedient hat. Dort gab es mehrere Wohnungen, eine Wohnung bestand aus einer Küche und zwei Zimmern, Bad gab es keines und das Klo befand sich auf einer Anhöhe, eine Seite für Frauen, eine für Männer, ohne Türen, nur durch eine Wand getrennt. Die Wäsche wurde in der Waschküche mit selbstgemachter Seife gewaschen. Es war eine harte Zeit."

Frau W. machte eine Pause. Ich hatte den Eindruck, dass sie das Gespräch mehr mitnahm, als sie sich eingestehen wollte. „Wenn es zu anstrengend ist für Sie, können wir uns gerne ein andermal treffen."

Frau W. schüttelte den Kopf und lachte. „Nein, nein, bis zum nächsten Mal habe ich vielleicht schon wieder alles vergessen. Wo bin ich stehengeblieben?"

„Sie haben von der Baracke erzählt, in der Sie gewohnt haben."

„Ja, eines Tages ist der Bruder meiner Mutter mit einer Russin aufgetaucht, vor der wir uns alle gefürchtet haben. ‚Das ist ein Flintenweib', hat es geheißen, ‚die ist wie ein Mann und schreckt nicht einmal davor zurück, einen Menschen umzubringen.' Wegen der Russin hat sich mein Onkel sogar von seiner Frau, die auf ihn gewartet hat, scheiden lassen. Zum Glück sind sie aber bald wieder aus Mondsee verschwunden. Ein anderer Bruder meiner Mutter, der im Lager Haid bei Linz untergebracht war, ist durch verschiedene Ereignisse sehr seltsam geworden. Er hat sich mit seiner Frau nicht mehr verstanden, wurde immer verschlossener und hat sich schließlich erhängt."

Mir fiel ein, was ich mir nach einem Gespräch mit meiner Tante notiert hatte: Christoph M. hat sich erhängt.

Und nach einem Telefonat mit Theresia S.: Konrad V. erhängte sich in der Gefangenschaft und Stefan H. erschoss sich kurz nach Kriegsende im Lager Wegscheid bei Linz.

An Selbstmördern mangelte es also nicht in den Erzählungen, aber weil ich mich mit Frau W. nicht über Selbstmörder unterhalten wollte, fragte ich sie, wie es in Mondsee weitergegangen ist.

„Es gab viele dramatische Vorfälle in der Baracke. Eines Tages kam der Sohn unseres Nachbarn mit einem Laib Brot nach Hause, den er für eine Ledertasche eingetauscht hatte. Sein Vater tobte, weil die Tasche zehnmal mehr wert war als das Brot. Er sollte das Brot zurückbringen und die Tasche wieder holen. Aber der Junge kam nicht mehr nach Hause. Sie wussten nicht, was geschehen war. Nach Tagen erzählten die Leute der Mutter, ihn in einem Zug gesehen zu haben, wo er um Geld Karten spielte. Wenig später ließ er der Mutter ausrichten, er wolle sie sehen. Sie trafen sich in Salzburg auf dem Bahnhof, er hatte ein junges Mädchen bei sich und erklärte, er wolle dieses Mädchen heiraten und er brauche Geld. Aber wie sollte die Mutter ihm helfen, die doch selber kaum etwas zum Leben hatte? Einmal noch wurde sie von ihm gerufen, da war er im Gefängnis, weil man ihn beim Schmuggeln erwischt hatte. Sie konnte ihn auslösen, dann verlor sich seine Spur. Später erfuhr man, dass er seine Papiere gefälscht hatte, um heiraten zu können. Nach Jahren kam ein Brief aus Deutschland, dass er für die Amerikaner arbeiten würde. Von der jungen Frau und ihrem Kind hat man nie wieder etwas gehört.

Zwischen den Eltern des Jungen gab es ständig Streit, weil die Frau ihrem Mann die Schuld am Verschwinden ihres Sohnes gab. Er war ja ihr einziges Kind. Der Mann ist dann nach Amerika ausgewandert. Ich weiß das, weil zur gleichen Zeit einige aus der Familie meines Vaters ebenfalls nach Amerika ausgewandert sind. Auch mein Stiefvater hat sich um die Ausreise bemüht. Allerdings ohne Erfolg. Er hat es dann noch mit Brasilien, Argentinien und

Venezuela versucht, wurde wegen seines starken Asthmas aber überall abgewiesen. Viele sind damals weg aus Mondsee und haben in anderen Ländern ein neues Leben begonnen. Die österreichischen Behörden wollten die Flüchtlinge ja so schnell wie möglich wieder loswerden, deshalb gab es ja auch keine Unterstützung vom Staat. Das war auch einer der Gründe für die vielen Auswanderungen. Zuerst mussten die Menschen also flüchten, dann waren sie zur Auswanderung gezwungen."

17312 Santa Clara Street, Fountain Valley 92708

Auch aus meiner Verwandtschaft sind einige nach Los Angeles, Milwaukee oder Entre Rios (Brasilien) ausgewandert. Ich erinnere mich an Polaroidfotos, die uns in regelmäßigen Abständen aus den USA erreichten, auf denen Auswanderer aus Kapan neben Straßenkreuzern standen und verloren in die Kamera blickten. Einmal kam ein Foto von der Leiche einer alten Frau, die in einem reich geschmückten Sarg auf einem verzierten Seidenpolster lag. Daneben hatten die Angehörigen Aufstellung genommen und wirkten genauso deplatziert wie die Leiche mit dem schwarzen Kopftuch.

Irgendwann wollte auch mein Vater nach Brasilien auswandern, änderte seine Meinung aber wieder, als er die Berichte jener las, die sich dort bereits angesiedelt hatten. Wendelin M., ein Verwandter, schrieb in einem Brief:

„Mit der Eisenbahn brauchten wir drei Tage bis zur Siedlung Entre Rios. Auf dieser Reise ist sogar der Jugend das Tanzen vergangen. Was wir zu sehen bekamen, war die größte Wildnis. Auf der ganzen Strecke war nichts von Landwirtschaft zu sehen, nur

Wald und ab und zu Bananenplantagen, dann Camps mit Vieh, das halb krepiert auf der Weide lag. So ging das bis zur Siedlung, am liebsten hätten wir alle wieder kehrtgemacht, zurück nach Österreich. Wir trauten uns nicht mehr gegenseitig in die Augen zu schauen, denn es waren nur verzweifelte Gesichter zu sehen, besonders die Frauen liefen verweint in der Gegend herum. Als wir dann am Zielbahnhof ankamen, erwarteten uns schon Lastwagen der Siedlung, die uns zu unserem zukünftigen Heimatort bringen sollten."

Den Brief habe ich transkribiert, weil er sonst schwer zu entziffern gewesen wäre. Wie zum Beispiel jener von Theresia V. aus Brasilien an meinen Vater:

„*Liber Lansmann Ich kan Dir ja nicht so fül schreiben Die Mäner was im Krig wahren die köhnen Dir ja soo fül schreiben die haben auch fül mittgemacht ich häte da noch so alte bilder von Kapan und auch von Brazilien wen Du wilst kan ich sie Dir schiken und was Du da wilst ich kann Dir nicht fiel schreiben ich habe schlag gehapt ich bin behindert und kan mich nicht alles mer merken.*"

Eine andere Version lautet, dass aus den Auswanderungsplänen meines Vaters nichts wurde, weil er sich gerade eine Blutvergiftung zugezogen hatte. Ich bilde mir allerdings ein, gehört zu haben, dass sein Antrag wegen einer Narbe an der Innenseite seines linken Oberarms abgelehnt wurde. Die Narbe war nach der Entfernung der Tätowierung seiner Blutgruppe entstanden, die für alle Angehörigen von SS-Einheiten verpflichtend war. Allerdings bezweifle ich, dass diese Narbe der Grund für die Ablehnung gewesen sein könnte, weil ja Tausende ehemalige Mitglieder der verschiedenen SS-Abteilungen nach Brasilien ausgewandert sind.

1972 verbrachte ich die Sommerferien in Los Angeles bei der Familie des Neffen meines Vaters, der kurz vor Kriegsende in Kapan geboren wurde und mit seiner Frau und zwei kleinen Kindern in Fountain Valley, einem Vorort von Los Angeles, lebte. Gottfried M., der als Maschinenschlosser arbeitete und schon lange amerikanischer Staatsbürger war, hatte sogar als Soldat in Vietnam gekämpft. Das Haus lag in der Santa Clara Street und hatte die Hausnummer 17312, und ich fragte mich, wie man ein Haus mit einer solchen Nummer jemals finden sollte. Ich wohnte in Timelkam in der Grillparzerstraße 18, da reichte es, wenn man bis 20 zählen konnte.

Gottfrieds Eltern betrieben eine Hühnerfarm außerhalb von Los Angeles, wohin ich fuhr, um ein paar Tage auszuhelfen. Gottfrieds Mutter war die Schwester meiner Großmutter väterlicherseits, also meine Großtante. Die Hühnerfarm war riesig, etwa 20.000 Hühner wurden dort in zwei Hallen in Käfigen gehalten, die so klein waren, dass sich die Hühner gegenseitig attackierten. Bei einigen Hühnern hingen bereits die Gedärme heraus, andere begannen, ihre eigenen Innereien zu fressen. Es war gruselig, für einen 17-Jährigen vom Land aber auch aufregend. Ich sammelte mit einem Wagen Eier ein und kontrollierte bei der Durchleuchtungsstation, ob im Dotter ein schwarzer Punkt war. In diesem Fall wurde das Ei aussortiert. Ich dachte damals, dass diese Eier befruchtet waren, obwohl es auf der Farm weit und breit keinen Hahn gab. Offenbar hatte ich im Naturkundeunterricht nicht aufgepasst.

Einmal drang in der Nacht ein Fuchs in eine der Hallen ein und versuchte, Hühner an den Beinen aus den Gitterkäfigen zu ziehen. Dabei wurden etlichen Hühnern die Beine abgerissen. Der Lärm der in Panik geratenen Hühner breitete sich wellenartig in der Halle aus und klang gespenstisch. Mein Großonkel holte sofort sein Gewehr aus dem Schrank und machte sich auf die Suche nach dem Fuchs, der aber rechtzeitig (aus seiner Sicht) die Flucht ergriffen hatte. Dafür erschoss mein Großonkel am nächsten Tag ein Ferkel, bevor es – wie in Kapan üblich – über dem offenen Feuer gebraten wurde.

Wie sich meine Großtante und mein Großonkel als Besitzer einer Hühnerfarm fühlten, auf der Hühner qualvoll vor sich hinvegetierten, ist schwer zu sagen. Wahrscheinlich dachten sie nicht viel darüber nach, sondern waren froh, sich in Kalifornien eine neue Existenz aufgebaut zu haben. Außerdem verdienten sie mit den Eiern viel Geld. Sie sprachen englisches Kauderwelsch, das kaum verständlich war, aber nicht weiter auffiel, weil Kalifornien nach wie vor ein Einwanderungsland war. Die in die USA Ausgewanderten wurden oft beneidet, weil sie wohlhabender waren als die, die in Österreich geblieben waren. Trotzdem hat es meine Großmutter väterlicherseits nur ein paar Jahre in Kalifornien ausgehalten, bevor sie mit ihrer Familie wieder nach Österreich zurückkehrte.

Nach meinem Aufenthalt auf der Hühnerfarm habe ich einen Monat lang keine Eier mehr gegessen. Es war eine Art stiller Protest gegen das Hühnerelend, weil mir mein Instinkt sagte, dass man Tiere nicht so behandeln sollte. Mit meinen Verwandten habe ich darüber nicht gesprochen, weil ich mit ihnen keine Debatte über artgerechte Hühnerhaltung führen wollte, von der ich ohnehin keine Ahnung hatte. Stattdessen zog ich mich auf mein Zimmer zurück und las Franz Kafka. Der Kontrast hätte nicht größer sein können. Während ich in Los Angeles Hühnereier durchleuchtete, auf Wasserbetten schlief, Joints rauchte und Disneyland besuchte, las ich in Kafkas Tagebüchern: „Ich verkrieche mich vor Menschen nicht deshalb, weil ich ruhig leben, sondern weil ich ruhig zugrunde gehen will." Oder: „Einmal brach ich mir das Bein, es war das schönste Erlebnis meines Lebens."

Trotz kalifornischer Sonne, Strandpartys und Bootsausflügen fühlte ich mich Kafka näher als dem American Way of Life. „Am Schreiben zugrunde gehn oder irrsinnig werden, das will ich."

Das gefiel mir, weil ich mich in die Rolle des Leidenden gut hineinversetzen konnte, wie ein Eintrag in mein Tagebuch vom 27. Juli 1972 zeigt: „das ganze leben ist frustrierend. nirgends hat man die möglichkeit, zum subjekt zu werden. überall ist man nur objekt. versucht man das zu ändern, ist man gleich ein spinner. ich möchte aber nicht am unverständnis der leute zerbrechen. die einsamkeit ist deprimierend."

Vielleicht sollte man als 17-Jähriger doch lieber auf Partys gehen, statt Kafka zu lesen.

Ein Schwein wird geschlachtet

Das Altersheim in Timelkam war ein zweistöckiger Bau aus dem 19. Jahrhundert mit feuchten Mauern und bröckelnder Fassade. Im Inneren roch es nach Moder, gekochten Erdäpfeln und menschlichen Ausdünstungen. Mich hat der Geruch nie gestört und ich hatte auch vor den Alten und Kranken keine Angst, wie furchterregend sie auch aussehen mochten. Auch nicht vor den Ratten, die über den Flur huschten. Meine Mutter konnte nicht verstehen, weshalb ich so erpicht darauf war, in aller Herrgottsfrühe im Altersheim zu ministrieren. Immerhin begann die Messe bereits um 6 Uhr 40, was bedeutete, dass ich um kurz nach sechs aufstehen musste. Mir machte das nichts aus, auch wenn es im Winter kalt war und ich durch meterhohen Schnee stapfen musste. Was so gar nicht stimmte, aber in der Erinnerung an die Kindheit waren die Winter bekanntlich immer schneereich und die Sommer immer heiß.

Ich glaube an Gott, den Vater, den Allmächtigen, den Schöpfer des Himmels und der Erde, und an Jesus Christus, seinen eingeborenen Sohn, unsern Herrn, empfangen durch den Heiligen Geist, geboren von der Jungfrau Maria, gelitten unter Pontius Pilatus, gekreuzigt, gestorben und begraben, hinabgestiegen in das Reich des Todes, am dritten Tage auferstanden von den Toten, aufgefahren in den Himmel …

Dass die Leiche des in der Vöckla ertrunkenen Luka-Batschi in der Totenkammer des Altersheims aufgebahrt wurden, glaube ich nicht. Wer will schon vor einer Wasserleiche einen Rosenkranz beten? Nicht, dass die anderen Altersheimleichen besser ausgesehen hätten, aber wenigstens waren es normale Leichen.

Die Totenkammer lag gleich neben dem Eingang, wo die Toten so lange blieben, bis sie vom Bestatter abgeholt wurden. Durch ein kleines Fenster konnte man von draußen in den dunklen Raum schauen, und wenn die beiden Kerzen am Kopfende brannten, wusste man, dass wieder jemand gestorben war. Dann wurde mittags die Sterbeglocke geläutet, deren heller Klang einen daran erinnerte, dass irgendwann für jeden von uns die Stunde schlägt. *Ultima hora latet.* Gestorben wurde viel im Altersheim, der Tod war dort quasi Stammgast.

Das Altersheim war auch ein Armenhaus, sonst hätten Außenseiter wie Tschick-Sepp oder Oskar dort gar nicht wohnen dürfen. Oskar war ein Maulwurfsfänger, der von den Bauern der Umgebung für jeden getöteten Maulwurf einen Schilling bekam. Die toten Maulwürfe spießte er auf einen Draht auf, den er sich wie einen Gürtel um den Bauch schnallte. Als Kind war ich fasziniert von diesem Anblick, gleichzeitig hielt ich mich von Oskar fern, weil er einen Sprachfehler hatte und ich nie verstand, was er sagen wollte. In meinen Ohren klang es immer so, als würde er schimpfen, aber ich kann mich auch täuschen. Oskar tötete aber nicht nur Maulwürfe, sondern sammelte das ganze Jahr über auch Bierkapseln, aus denen er sich für den Umzug am Faschingsdienstag ein Kostüm bastelte. Dazu fädelte er hunderte Kapseln auf Schnüre auf, die er sich wie einen Mantel umhängte und damit einen ekstatischen Tanz aufführte. Heute würde er damit sicher einen Instagram- oder TikTok-Hit landen. Tschick-Sepp wiederum suchte die Straßen nach Zigarettenstummeln ab, aus denen er die Tabakkrümel löste und sich daraus neue Tschick drehte. Eine intelligente Form des Recyclings, sozusagen.

Die morgendlichen Andachten im Altersheim wurden, wie die Messen in der Kirche, in Latein zelebriert. Allerdings beschränkte sich mein Beitrag als Ministrant auf ein paar Floskeln sowie auf das sogenannte Stufengebet, das jeder Ministrant auswendig können musste: *Ad Deum, qui laetificat juventutem meam ... Zu Gott, der mich erfreut von Jugend auf.* Auch wenn meine Lateinkenntnisse zu wünschen übrig ließen, war der Kaplan froh, dass er bei den Frühmessen auf mich zählen konnte. Dass er ab und zu meinen Oberschenkel tätschelte, störte mich nicht weiter und ich wäre nie auf die Idee gekommen, das jemandem zu erzählen. Auch nicht im Sommer, wenn ich eine kurze Hose trug und seine Hand immer ein bisschen weiter nach oben glitt. Schließlich gehörte er zu den anerkannten Autoritätspersonen im Ort. Genauso wie der Pfarrer.

Durch meine Dienste im Altersheim schnitt ich beim Ministrantenwettkampf immer ganz gut ab, und einmal gewann ich ihn sogar. Gewonnen hatte derjenige, der am Ende des Jahres die meisten Stempel für seine Einsätze bekommen hatte. Die entsprechende Liste hing in der Sakristei, wo man überprüfen konnte, wer gerade in Führung lag. Für die Teilnahme am Sternsingen gab es einen Extra-Stempel, der Melchior bekam sogar zwei, weil der sich das Gesicht schwarz anmalen musste. Außerdem hatte er einen langen Weg hinter sich: „König Melchior bin ich genannt/Bin weit gereist aus dem Morgenland ...“ Stundenlang marschierten wir verkleidet trotz Kälte und Schnee von Haus zu Haus, wo wir unsere Lieder sangen und mit Orangen, steinharten Keksen und abgelaufener Schokolade beschenkt wurden. Vergelt's Gott.

Ab und zu wurde ich zum Ministrieren bei Hochzeiten oder Begräbnissen eingeteilt. Letztere waren mir grundsätzlich lieber, weil es dort mehr Trinkgeld gab. Vielleicht hatten die Erwachsenen Mitleid mit mir, weil ich als Kind schon mit dem Tod konfrontiert wurde. Dabei kann ich mich nicht erinnern, bei diesen Begräbnissen jemals besonders erschüttert gewesen zu sein. Die meisten Toten kannte ich gar nicht, und außerdem ministrierte ich nur bei Begräbnissen von alten Leuten. Und wer alt war, musste irgendwann einmal sterben. Ein weiterer Vorteil war, dass man bei Begräbnissen nach dem Ende der Zeremonie sofort ins Gasthaus gehen konnte, wo es das Konduktessen gab, das aus einer Totensemmel, einer Rindsuppe und Rindfleisch mit Semmelkren bestand. Bei Hochzeiten dauerte es meist ewig, bis man im Gasthaus etwas Vernünftiges zu essen bekam, weil davor noch alle möglichen halblustigen Rituale abgehalten wurden, die ich schon als Kind nicht verstand.

Um im Altersheim zur Hauskapelle zu gelangen, musste man am Ende des Flurs eine knarrende Holztreppe hochsteigen. In der Kapelle gab es wenig Platz, und obwohl der Raum nur von ein paar Kerzen beleuchtet war, konnte ich die schattenhaften Umrisse der Alten und Kranken sehen, die auf ihren Bänken kauerten und vor sich hinmurmelten. Soviel ich mich erinnere, nahmen weder Oskar noch Tschick-Sepp jemals an den morgendlichen Andachten teil. Vielleicht waren sie ja Atheisten, was zu ihrem Außenseitertum gut gepasst hätte. Weil die meisten Heiminsassen ohnehin nicht mehr viel mitbekamen, dauerte die Messe nur eine halbe Stunde. Auf schmückendes Beiwerk wurde im Interesse aller Beteiligten verzichtet.

Das einzig Unangenehme bei den Morgenandachten war die Austeilung der Hostien, die den Alten auf die

Zunge gelegt werden mussten. Der Anblick der leprösen Zungen und der verfaulten Zähne war nicht schön. Nach der Messe gab es dafür von Schwester Modesta zur Belohnung einen Kakao, den ich aber nur trank, wenn sich auf der Oberfläche noch keine Milchhaut gebildet hatte. Meine Aversion gegen Milchhaut war genauso groß wie die gegen Sulz, die bei uns zu Hause am Treppenabsatz vor der Terrassentür stand, wo es ein bisschen zog, wodurch die Sulz immer kühl blieb. Da mein Zimmer im ersten Stock lag, musste ich in der Früh notgedrungen an der Sulzschüssel vorbeigehen, aus der meist auch noch ein Schweinefuß herausragte. Kein Wunder, dass ich beim Frühstück wenig Appetit hatte. Wenn die selbst gemachte Sulz auf den Tisch kam und mein Vater genüsslich den Schweinefuß abnagte, verließ ich fluchtartig die Küche.

Sulz gab es zum Glück nur im Spätherbst, wenn in unserer Garage geschlachtet wurde. Meine Großeltern und mein Onkel, die im Nebenhaus wohnten, taten sich dann mit meinen Eltern zusammen und verarbeiteten gemeinsam das gemästete Schwein, das sie zuvor bei einem Bauern gekauft hatten. Als gelernter Metzger wusste mein Onkel, wie eine Schweineschlachtung funktionierte. Einmal habe ich heimlich durch das Garagenfenster beobachtet, wie mein Vater der Sau mit einem Vorschlaghammer auf den Schädel schlug, bevor ihr mein Onkel ein langes Messer in den Hals rammte.

Beim Abschlagen und Ausnehmen unserer Kaninchen, die wir in einem kleinen Stall hinter dem Haus im Garten hielten, war ich oft dabei gewesen, aber die Schlachtung einer Sau war dann doch etwas anderes. Auch wenn die Tötung des Schweins brutal war und sein verzweifeltes Quietschen noch lange in meinen Ohren klang, beobachtete ich den Vorgang mit einer gewissen Faszination. Jeder Handgriff im improvisierten Schlachthaus saß und man merkte, dass alle Beteiligten wussten, was sie taten. Meine Mutter fing das Blut in einem Eimer auf, anschließend wurde das Schwein in eine Wanne gelegt und mit kochendheißem Wasser übergossen, um die Borsten leichter abkratzen zu können. Es war dieselbe Wanne, in der meine Geschwister und ich im Sommer im Freien badeten.

Sobald das Schwein von den Borsten befreit war, wurde es an den Hinterbeinen aufgehängt und der Bauch aufgeschnitten. Ab diesem Zeitpunkt durften wir Kinder bei der Schweineverarbeitung wieder zusehen. Der Gestank der Gedärme hing schwer in der Luft, was den Erwachsenen aber nichts auszumachen schien, weil sie den Geruch ja gewohnt waren.

Dann ging es los: Die Innereien wurden herausgenommen, das Fleisch wurde zerteilt und in weiterer Folge entweder eingepökelt oder am Dachboden im Kamin geselcht. Schmalz wurde ausgelassen und ein Teil des Specks wurde in Würfeln geschnitten und zu Grammeln verarbeitet. Meine Großmutter war für die Reinigung des Darms zuständig, den sie für die Herstellung der Blut- und Bratwürste benötigte. Diese Prozedur war ziemlich unappetitlich, weil der Darm mit warmem Wasser vom Kot befreit werden musste. Für die Zubereitung der Sulz wurde der Schweinskopf ausgekocht, was einigermaßen skurril aussah, weil das Schwein im Wassertopf zu lächeln schien.

Die Schlachterei dauerte einen ganzen Tag und trotz der anstrengenden Arbeit herrschte eine ausgelassene Stimmung. Fast logisch also, dass sich die Erwachsenen nur auf Kroatisch unterhielten. Wahrscheinlich werden sie sich an die gute alte Zeit in Kapan erinnert haben, wo jede Familie Schweine hatte und das Schlachten im Spätherbst im Brauchtum des Dorfes fest verankert war. Der Einzige, der sich nicht am Schlachtfest beteiligte, war mein Großvater, der lieber auf der Bank saß, heimlich Schnaps trank und Ziehharmonika spielte. Den Sautanz, wie er in Kapan nach dem Schlachten üblich war, gab es aber trotz der Musik nicht. Von der Sulz und den Grammeln abgesehen, habe ich vom Schwein alles gegessen, was auf den Tisch kam, wobei ich besonders die von meiner Großmutter zubereiteten Blut- und Bratwürste liebte.

Aus heutiger Sicht war die Schweineschlachtung in unserer Garage ein anachronistischer Vorgang, der vielleicht so etwas war wie der letzte verzweifelte Versuch, eine Verbindung zur alten Heimat herzustellen. Aber die äußeren Umstände hatten sich geändert. Aus ehemals gut situierten

Bauern waren Lohnabhängige geworden, deren Leben nicht mehr vom Kreislauf der Natur, sondern von den Gesetzen der kapitalistischen Produktionsweise bestimmt wurde. Schlachtfeste, wie sie in Kapan gefeiert wurden, hatten unter den neuen Lebensbedingungen keinen Platz mehr. Da nützte es auch nichts, eine Garage kurzfristig in ein Schlachthaus umzuwandeln. Bald kauften meine Eltern das Schweinefleisch beim Metzger oder im Supermarkt, und die Garage wurde fortan von meinem Vater als Werkstatt benutzt.

Dass meine Eltern aber anlässlich meiner Promotion nach vielen Jahren wieder einmal ein Spanferkel am offenen Feuer zubereiteten, war sicher als Zeichen der besonderen Wertschätzung meiner Person zu verstehen. Sechs Stunden lang drehte mein Vater eigenhändig das Ferkel über der Holzkohle und machte dabei ein glückliches Gesicht. Später hat mein Vater oft davon gesprochen, dass er gerne wieder einmal ein Spanferkel braten würde, aber soviel ich weiß, hat er es nicht mehr geschafft, seinen Plan umzusetzen. Immer ist irgendetwas dazwischengekommen. Am Ende war es der Tod.

Am 12. April 1956 notierte mein Vater in seinen Kalender: „Fackerl gekauft von Wastl. 420 Sch." Dass der Eintrag an meinem ersten Geburtstag erfolgte, war sicher reiner Zufall. Weshalb sollten meine Eltern zu Ehren ihres einjährigen Sohnes ein Spanferkel kaufen? Noch dazu waren 420 Schilling viel Geld, und außerdem soll ich bereits als Baby sehr schlimm gewesen sein, was ich mir aber beim besten Willen nicht vorstellen kann. Außerdem fehlt mir die Erinnerung an diese Zeit. Dass ich einmal die Wand des Schlafzimmers mit Kot beschmiert habe, weil mein lautes Schreien niemand hörte oder hören wollte, würde ich aber nicht als Bosheit bezeichnen, sondern als Notwehr. Bei Konflikten zwischen Eltern und Kindern kommt es halt immer auf die Perspektive an.

Im Februar 1996 war ich auf dem Weg zum Krankenhaus Wels, wo mich der behandelnde Arzt über die Untersuchungsergebnisse meines Vaters informieren wollte. Dass er am Telefon keine Auskunft gab, wertete ich zwar als schlechtes Zeichen, trotzdem hatte ich immer noch eine gewisse Hoffnung. Schließlich war in der Medizin ja alles möglich. Also konzentrierte ich mich auf der Autobahn auf Hinweise, die mir sagen würden, ob mein Vater an Lungenkrebs erkrankt war oder nicht. Wenn von den nächsten zehn Autos, die mich überholten, mindestens eines aus dem Ausland kam, würde ich eine gute Nachricht erhalten. Tatsächlich hatte ein Wagen ein deutsches Kennzeichen, allerdings war es ein LKW. War das jetzt ein gutes oder ein böses Omen? Unabhängig davon wusste ich aber eines ganz sicher: Sollte mir der Arzt mitteilen, dass mein Vater nicht an Lungenkrebs erkrankt war, würde ich im Sommer für meine Eltern, samt Freunden und Verwandten, eine große Spanferkelbraterei organisieren. Mit Fassbier und allem, was dazugehörte. Und das würde ich meinem Vater, der immer noch auf der Lungenstation lag, sofort nach meinem Gespräch mit dem Arzt erzählen.

Der Sommer ging vorüber, aber statt eines Spanferkels bekam mein Vater Chemotherapien.

Was der Arzt befiehlt

Nimm jeden Tag einen Löffel Hustensaft!
Gehe jeden Tag eine Stunde in den Wald!
Inhaliere jeden zweiten Tag!
Iß viel Obst und Gemüse!
Turne jede Woche zweimal!
Fahre ins Erholungsheim, damit du gesund wirst!
Stehe bald auf!
Gehe früh ins Bett!
Trinke viel Tee!
Kauf dir nicht immer Schleckereien!
Gehe immer in die frische Luft!
Trinke immer warm!
Iß zu Mittag viel!
Wenn es nicht besser wird, mußt du ins Spital!
Schone dir deine Lunge!

Aufsätze, 3a Kl. 1963/64

Drei Frauen lachen in die Kamera

Zum schenen Erinerung an meine schlaf Kameradin Lehrerin Resi und Marie Pill von Arbeitsdinst aus India.
Anna Reich
Antonsdorf, den 28. IV. 1942
Suhopolje

Diese Worte stehen in ungelenker Schrift auf der Rückseite eines Fotos mit gezacktem Rand (Agfa!), das dich, meine Mutter, als knapp 15-jähriges Mädchen gemeinsam mit der Lehrerin Resi und einer jungen Frau namens Marie Pill zeigt. Obwohl du auf den Namen Ana getauft wurdest, hast du mit Anna unterschrieben, weil es in Kapan üblich war, bei Vornamen die deutsche Schreibweise zu verwenden. Du stehst in der Mitte und trägst eine schwarze, hochgeschlossene Bluse mit Puffärmeln, der Kragen ist mit einer Brosche geschmückt. Über den weit ausgestellten, dunklen, bodenlangen Rock hast du eine hell gemusterte Schürze gebunden. Deine Haare sind zu einem Zopfkranz geflochten, du lächelst in die Kamera und machst einen entspannten, ja fast glücklichen Eindruck. Auch die beiden anderen Frauen lachen und vermitteln ein Gefühl von Lebensfreude und Optimismus.

Woran hast du wohl gedacht an diesem 28. April 1942? Hast du gehofft, dass der Krieg dich und deine Leute verschonen werde? Oder hast du dir Gedanken über deine Zukunft gemacht? Wolltest du vielleicht Lehrerin werden, wie die Lehrerin Resi, und nicht die Landwirtschaft deiner Eltern übernehmen, was für dich als ältestes Kind naheliegend gewesen wäre? Träumtest du davon, in einem anderen Land dein Glück zu suchen?

Auf den Fotos, die viele Jahre später in Österreich aufgenommen wurden, siehst du erschöpfter und sorgenvoller aus als auf dem Bild vom April 1942, obwohl damals Krieg herrschte. Eineinhalb Jahre später platzten alle Träume und du musstest auf einem Pferdefuhrwerk Kapan für immer verlassen. Ab diesem Zeitpunkt begann der Überlebenskampf, für ein entspanntes Lächeln vor der Kamera blieb da wenig Zeit.

Im April 1942 hielten sich also die Lehrerin Resi und Marie Pill in Kapan (Antonsdorf) auf, um dort ihren „Reichsarbeitsdienst" abzuleisten. Als sogenannte „Arbeitsmaiden" waren Frauen vorwiegend in der Landwirtschaft tätig, um die fehlenden männlichen Arbeitskräfte zu ersetzen. Da die Lehrerin von dir als „schlaf Kameradin" bezeichnet wurde, kann man davon ausgehen, dass die beiden Frauen am Hof deiner Eltern nicht nur gearbeitet haben, sondern dort auch untergebracht waren.

Für Frauen ab 18 Jahren war der Arbeitsdienst verpflichtend, weshalb du als noch nicht einmal 15-Jährige davon ausgenommen warst, was nicht bedeutete, dass du nicht auch in der elterlichen Landwirtschaft mithelfen musstest. Die sechsklassige Volksschule hattest du ja längst hinter dir.

Dass die beiden Frauen von Inđija zum Arbeitsdienst nach Suhopolje geschickt wurden, ist insofern bemerkenswert, als die Entfernung zwischen diesen Orten 281 Kilometer beträgt. Zum Zeitpunkt, als dieses Foto aufgenommen wurde, dauerte der verpflichtende Arbeitseinsatz für Frauen zwölf Monate. Wie lange die Lehrerin Resi und Marie Pill in Kapan tatsächlich arbeiteten, ist nicht bekannt.

Die Vornamen Resi und Marie deuten darauf hin, dass es sich bei den beiden Frauen um Nachkommen jener deutschen Siedler handelte, die sich im 18. Jahrhundert in der Gegend um Inđija niederließen. Dort war es 1786/87 zu schweren Auseinandersetzungen zwischen protestantischen Auswanderern aus Süddeutschland und katholischen „Altsiedlern“ gekommen, weil Letztere um ihre Privilegien fürchteten und deshalb den Neuankömmlingen jede Unterstützung verweigerten. Der Großteil der Kolonisten musste daher den Winter in Höhlen verbringen, wo 338 von ihnen der Kälte und dem Hunger zum Opfer fielen.

Inđija liegt etwa 30 Kilometer nordwestlich von Belgrad in der serbischen Provinz Vojvodina, die – wie ganz Syrmien – 1941 dem Unabhängigen Staat Kroatien angegliedert wurde. Niemand Geringerer als Heinrich Himmler hat bei seinem Besuch in Inđija Mitte Mai 1941 den Anschluss Syrmiens an den kroatischen Marionettenstaat verkündet.

Allerdings kontrollierten im April 1942 die Tito-Partisanen bereits Teile der Region, während zur gleichen Zeit eine Liquidierungswelle der kroatischen Ustascha gegen die serbische Bevölkerung einsetzte. Es gab Massenerschießungen und ethnische Säuberungen im großen Stil. Wussten die beiden Frauen, die mit dir lachend in die Kamera blickten, von diesen Verbrechen? Wahrscheinlich nicht, und wenn doch, werden sie wohl kaum darüber gesprochen haben.

In einer Chronik über zivile Opfer deutschstämmiger Bewohnerinnen und Bewohner aus Inđija fand ich auch vier Personen mit dem Namen Pill: Anna, Christine, Wilhelm und Stefan. Anna war 42 Jahre alt, Christine elf und Wilhelm vier, als sie kurz nach Kriegsende im Lager Kruševlje in Serbien starben, Stefan Pill ist bei einem Luftangriff ums Leben gekommen. Anzunehmen ist, dass sie auf die eine oder andere Weise mit jener Marie Pill verwandt waren, die 1942 in Kapan ihren „Reichsarbeitsdienst" abgeleistet hat. Das Schicksal Marie Pills ist ebenso unbekannt wie jenes der Lehrerin Resi.

Das Foto, das dich, meine Mutter, als knapp 15-jähriges Mädchen zeigt, habe ich kurz nach deinem Tod in einer Schublade gefunden und an mich genommen. Seither hat es bei mir einen besonderen Platz. Das Foto muss auch für dich von großer Bedeutung gewesen sein, weil du es sonst nicht auf die Flucht mitgenommen hättest. Schade, dass wir nie darüber gesprochen haben, was du beim Anblick dieses Fotos empfunden hast. War es Wehmut oder Trauer? Oder erinnerte es dich an glückliche Zeiten, trotz des Krieges?

Krankenhaus Wels, 22. September 2000, 16 Uhr

Obwohl ich mich mental auf den Besuch vorbereitet habe, bin ich geschockt, als ich meine Mutter auf der Intensivstation im Bett liegen sehe. Ihr Gesicht ist aufgedunsen wie ein Ballon, sie hängt an Schläuchen und röchelt mehr als sie atmet. Am Hals sieht man, wie das Blut durch ihren Körper gepumpt wird. Sie ist schweißgebadet und stöhnt im Delirium. Ich muss mich setzen und versuche, meine Tränen zurückzuhalten. Eine Krankenschwester gibt mir ein Glas Wasser, das ich in einem Zug austrinke. Ich halte die kalte, schweißnasse Hand meiner Mutter. Es ist ein Bild des Jammers, das sich mir da bietet. Ich denke mir, wenn meine Mutter jetzt sterben würde, wäre es besser gewesen, sie hätte sich dieser Operation nicht unterzogen. Ich sitze da und bin machtlos. Auf dem Nachtkästchen liegt eine einzelne Orange, und ich erinnere mich, dass meine Mutter früher mit drei Orangen jonglieren konnte. Als Kind war ich beeindruckt und versuchte es ihr nachzumachen, ohne je Erfolg zu haben. Langsam öffnet meine Mutter die Augen. Sie blinzelt. Weiß sie, wo sie ist? Eine Krankenschwester redet mit ihr und will ihr etwas zu essen geben. Aber sie wehrt sich vehement dagegen. „Mir graust vor dem Essen“, murmelt sie. Ich frage sie, wie es ihr geht, und sie antwortet nur: „Miserabel.“ Dann starrt sie nach oben und fragt: „Was ist das? Ein schwarzer Vogel?“ Der Geruch und die Geräusche auf der Intensivstation verstärken das Gefühl totaler Ausweglosigkeit. Die Ärzte und Krankenschwestern sind ruhig und sehen die ganze Sache pragmatisch. Der diensthabende Arzt sagt, dass die neue Herzklappe zwar normal arbeitet, dass bei meiner Mutter aber immer noch akute Lebensgefahr bestehe. Es tut richtig weh, ihren geschundenen Körper zu sehen, die Blutergüsse von den Nadeln, die in ihrem Hals und in ihren Armen stecken, die Schläuche und das Röcheln. Wie sie da liegt, völlig hilflos, von Schmerzen gezeichnet, dem Schicksal ausgeliefert.

Die rote Strumpfhose

Ich gehe in meiner Erinnerung zurück in das Jahr 1959. Ich bin vier Jahre alt und wohne seit zwei Jahren in einem Rohbau in Timelkam neben dem Sportplatz. In der Küche riecht es immer nach Essen, weil meine Mutter den ganzen Tag am Herd steht und kocht. Im Schlafzimmer nebenan steht ein Doppelbett, in dem wir zu fünft schlafen. Wenn es kalt ist, wird ein Ziegelstein ins Backrohr gelegt, an dem wir uns im Bett wärmen können.

Veränderungen stehen an. Ich soll in den Kindergarten gehen. Was mich erwartet, weiß ich nicht. Meine Mutter bereitet am Vorabend mein Gewand vor. Schön gebügelt, wie immer. Meine Eltern haben mir ein Umhängetascherl aus Leder gekauft, in das meine Jause hineinkommt. Eine Semmel mit Schnitzel und ein Apfel.

Die „Kinder-Bewahranstalt", so heißt der Kindergarten, befindet sich neben der Kirche und ist in einem Gebäude untergebracht, das früher ein Spital war und später zur Volksschule umfunktioniert wurde. Das Haus stammt aus dem 17. Jahrhundert und wird von den Franziskanerinnen betrieben. Meine Mutter liefert mich beim Eingang ab und ich werde von den Klosterschwestern empfangen.

Nach dem Morgengebet spielen wir im Garten hinter dem Haus, und als wir endlich unsere Jause essen dürfen, werfen mir einige Kinder wegen meiner Schnitzelsemmel neidische Blicke zu. Ich ziehe mich zurück, damit ich niemandem etwas von meiner Jause abgeben muss. Die Jause gehört mir allein.

Wir spielen weiter im Garten, dann gibt es zu Mittag eine Suppe. Nach dem Mittagessen sollen wir schlafen. Also ziehen wir uns bis auf die Unterwäsche aus. Und da passiert es: Zwei Buben zeigen mit dem Finger auf mich, beginnen zu lachen und rufen: „Du bist ja ein Dirndl, du bist ja ein Dirndl, du hast eine rote Strumpfhose an. Ha, ha, ha." Immer mehr Kinder lachen mich aus und ich versinke vor Scham im Erdboden. Ich liege auf der Matratze und muss meine Tränen zurückhalten, an schlafen ist nicht zu denken.

Als mich am Nachmittag meine Mutter abholt, bekomme ich einen Tobsuchtsanfall und ich sage ihr, dass ich nie wieder in den Kindergarten gehen werde. Sie ist verwirrt, weil sie nicht weiß, was sie falsch gemacht hat. Sie hat mir die Strumpfhose meiner Schwester angezogen, damit sie mir nicht zusätzlich einen Pyjama mitgeben muss.

Am nächsten Morgen richtet meine Mutter wieder mein Gewand her. Dieses Mal muss ich keine Strumpfhose anziehen. „Ich habe dir eine Schnitzel-Semmel eingepackt, die magst du doch so gerne." Liebevoll streicht sie mir über den Kopf, aber in mir brodelt es wie in einem Vulkan.

„Ich gehe nicht mehr in den Kindergarten." Die Scham sitzt zu tief.

Meine Mutter ignoriert meinen Protest und irgendwie schafft sie es, mich anzuziehen und mit mir das Haus zu verlassen. Auf dem Weg, der quer über den Sportplatz führt, wird mir klar, dass ich mich jetzt wehren muss. Ich bleibe stehen und sage, dass ich nicht mehr in den Kindergarten gehe. Meine Mutter redet mir gut zu. „Komm, Kurti, dich wird niemand mehr auslachen, und wenn doch, dann lachst du halt die anderen auch aus. Die Strumpfhose brauchst du nicht mehr anzuziehen."

Aber es nützt nichts. Ich stampfe mit dem Fuß auf den Boden, und als mich meine Mutter am Arm fortziehen will, beginne ich zu schreien. Meine Mutter lässt den Arm los, weil ihr mein Geschrei peinlich ist. Noch sind wir alleine. „Kurti, komm, dir wird es im Kindergarten gefallen. Alle deine Freunde sind dort."

Meine Freunde? Die, die mich ausgelacht haben, sind nicht meine Freunde. Und die Klosterschwestern haben mir auch nicht geholfen. „Ich bleibe da", schreie ich. In diesem Augenblick kommt eine unserer Nachbarinnen und fragt, was los sei.

„Der Kurti will nicht in den Kindergarten", sagt meine Mutter entschuldigend.

Ich nutze die Chance und brülle wie am Spieß. Tränen laufen über meine Wangen und ich schaue der Nachbarin tief in die Augen, damit sie sehen kann, wie sehr ich leide.

Sie ist verunsichert und überlegt, auf wessen Seite sie sich stellen soll. Also brülle ich weiter und umklammere das Bein meiner Mutter wie ein kleiner Affe, der sich am Fell seiner Mutter festkrallt. Mein Geschrei hat eine weitere Nachbarin angelockt und bei unserem Haus wird ein Fenster geöffnet. Meine Großmutter schaut heraus, sie ist bei uns, weil sie auf meinen kleinen Bruder aufpasst. Sie schüttelt den Kopf, schließt aber gleich wieder das Fenster. Sie kennt mich und möchte sich das Drama ersparen.

Ich setze jetzt alles auf eine Karte und werfe mich schreiend auf den Boden. Dass meine frisch gewaschenen Kleider schmutzig werden, ist mir egal. Meine Mutter weiß nicht, was sie tun soll. Hilfesuchend blickt sie von einer Nachbarin zur anderen. Ich bekomme kaum noch Luft und hoffe, dass bald eine Entscheidung zu meinen Gunsten fällt. Meine Mutter startet einen letzten Versuch: „Kurti, bitte, sei brav."

Aber es ist alles umsonst.

„Ach, das arme Kind", sagt endlich eine der Nachbarinnen und mein Herz hüpft vor Freude.

Nach einigen Augenblicken des Zögerns kommen die erlösenden Worte meiner Mutter. „In Gottes Namen, ich kann eh nichts machen." Resigniert nimmt sie mich an der Hand und wir gehen zurück.

Ich bin überglücklich, habe aber gleichzeitig ein schlechtes Gewissen. Zu Hause macht mein Bruder ein enttäuschtes Gesicht, weil ich mich jetzt wieder in den Mittelpunkt dränge. Er zieht sich mit seinen Spielsachen in eine Ecke zurück, während ich am Rockzipfel meiner Mutter hänge. Meine Großmutter atmet tief durch und wechselt mit ihrer Tochter ein paar Worte auf Kroatisch. „Bože moj“ – „Mein Gott“ – verstehe ich, alles andere nicht. Was wahrscheinlich auch gut so ist. Mir reichen die Blicke, die sie mir zuwerfen.

Die erste Vertreibung aus dem Paradies meiner Kindheit konnte ich gerade noch einmal abwenden, den Kindergarten habe ich jedenfalls nie wieder besucht. Und das alles wegen einer roten Strumpfhose.

Einige Jahre später, als ich mit der Jungschar auf die Hungerburg nach Innsbruck auf ein Ferienlager fuhr, gab mir meine Mutter eine Schachtel mit Zwetschken mit. Es waren Zwetschken von unserem Baum, die mein Vater extra gepflückt hatte. „Gib den anderen Kindern auch etwas“, sagte meine Mutter bei der Verabschiedung.

Im Zugabteil saßen auch einige jener „Freunde“, die mich im Kindergarten wegen meiner roten Strumpfhose ausgelacht hatten, und ich dachte nicht daran, ihnen auch nur eine einzige Zwetschke zu überlassen. Während der ganzen Fahrt hielt ich die Schachtel fest umklammert auf meinem Schoß, damit sich niemand ungefragt eine Zwetschke nehmen konnte. Wenn einer der Buben fragte, ob er eine Zwetschke haben könne, schüttelte ich den Kopf: „Nein, die gehören mir.“

Und wenn einer antwortete: „Aber die Schachtel ist ja ganz voll, die kannst du ja gar nicht alle essen", sah ich demonstrativ zum Fenster hinaus.

Im Schlafsaal auf der Hungerburg band ich eine Schnur um die Schachtel und stellte sie unter mein Bett. Zwei Wochen später fuhren wir nach Hause, und als meine Mutter die Schachtel öffnete, traute sie ihren Augen nicht. Alle Zwetschken waren schimmelig, außerdem war der Boden der Schachtel vom Saft ganz durchweicht. „Aber warum hast du den Buben nichts gegeben? Schau dir diesen Gatsch an, das kann ich jetzt alles wegwerfen."

Statt zu antworten, holte ich ein Porzellan-Rehlein aus meiner Tasche, das ich um zehn Schilling in einem Souvenirladen in Innsbruck gekauft hatte. „Hier, Mama, das ist für dich", sagte ich. Meine Mutter, die eine praktisch veranlagte Frau war, nahm das Rehlein, das sie nachdenklich betrachtete. Ihr Blick verriet mir, dass sie kein allzu großer Fan von Bambi war. Trotzdem gab sie mir einen Kuss auf die Stirn. Irgendwann verschwand das Rehlein in einem Schrank, aber nach dem Tod meiner Mutter habe ich es wieder an mich genommen. Seither steht es in meiner Küche auf einem Ehrenplatz.

Mutter schreibt einen Brief

Lieber Kurti!
Alles Gute zu Deinem 18. Geburtstag wünschen Dir Deine Eltern.
Ich wünsche mir von Dir daß Du in Zukunft ein bischen lieber und netter bist. Auch in der Schule währe es wünschenswert daß Du sie ernster nimmst.
Also nochmals alles Gute und manchmal eine kleine Besinnung.
Deine Mutter

50 Jahre später lese ich diesen Brief und fühle mich schuldig, weil ich als 18-Jähriger den Erwartungen meiner Mutter in keinster Weise entsprochen habe. Gleichzeitig bin ich wegen der Rechtschreibfehler gerührt und beginne zu weinen. Obwohl meine Mutter nur sechs Klassen Volksschule besucht hat, war sie bemüht, möglichst wenig Fehler zu machen. Meine Frau sieht mich an und fragt, was los sei. Ich zeige ihr den Brief, aber sie schüttelt nur den Kopf. „Du weißt schon, dass dich deine Mutter mit diesem Brief erpresst hat?"

Meine Mutter soll mich erpresst haben? Ich bin erstaunt, dass meine Frau nicht versteht, warum ich weine. „Ich würde ihr so gerne sagen, wie leid mir alles tut", jammere ich.

Meine Frau lacht mich aus: „Mit 68 bist du immer noch ein Muttersöhnchen. Sehr erstaunlich für jemanden, der von sich behauptet, ein harter Hund zu sein. Außerdem finde ich es eigenartig, dass sich deine Mutter an deinem Geburtstag etwas von *dir* wünschst. Eigentlich hättest du dir etwas von *ihr* wünschen sollen. Verstehst du das nicht?"

Ich fühle mich ertappt und versuche mich zu rechtfertigen, aber es gelingt mir nicht. Gleichzeitig wird mir klar, dass der Konflikt mit meinen Eltern notwendig und unvermeidlich war. Aber die Schuldgefühle blieben und nagen an mir wie eine Ratte. Das Erbe des Katholizismus?

Dass ich die Heilige Maria verehre, weiß meine Frau natürlich, obwohl sie mit dieser Art der Heiligenverehrung nichts anfangen kann. Na ja, sie ist ja auch nicht katholisch erzogen worden wie ich. Wäre die Legion Mariens nicht ein so reaktionärer Verein, wäre ich dort schon längst Mitglied. Vielleicht ist die Heilige Maria ja auch nichts anderes als die Wunschvorstellung nach einer Übermutter, die ihr Kind beschützt, egal, was passiert.

Während ich diese Zeilen schreibe, lese ich im Internet über Babyfabriken in Nigeria, in denen junge Mädchen festgehalten und geschwängert werden, um als Gebärmaschinen zu fungieren. „Die Säuglinge werden dann später an Banden verkauft. Einige Kinder werden mutmaßlich ins Ausland geschmuggelt, andere landen bei Käufern, die sie bei Opferritualen töten."

Franz Kafka hatte also recht, als er in sein Tagebuch notierte: „Der Mensch ist eine ungeheure Sumpffläche."

Zieh deine Schlapfen an

Vier Stunden, bevor meine Mutter starb, sagte sie zu mir: „Zieh deine Schlapfen an. Der Boden ist kalt." Das war um fünf Uhr früh, als ich sie ins Bad begleitete, weil sie aufs Klo musste. Während sie auf dem Klo saß, holte ich mir meine Hausschlapfen, was ich nicht getan hätte, wenn sie gesund gewesen wäre. Aber jetzt war alles anders und ich wusste, dass meine Mutter nicht mehr lange leben würde. Also tat ich ihr den Gefallen.

Nachdem ich ihr wieder ins Bett geholfen hatte, fragte ich sie, ob ich sie mit Wick VapoRub einreiben solle. Ihre Antwort war kaum hörbar: „Ja, schmier mich halt ein." Der Geruch der Salbe erinnerte mich an meine Kindheit, als meine Mutter mir den Brustkorb einrieb, wenn ich eine Erkältung hatte. Jetzt war es umgekehrt, nur mit dem Unterschied, dass meine Mutter keine Erkältung hatte, sondern todkrank war. Auch den Tee, den ich ihr brachte, konnte sie nur noch mit meiner Hilfe trinken. Und als würden sich tatsächlich alle Verhältnisse umkehren, sagte ich zu ihr, während ich sie zudeckte: „Mama, heute ist Sonntag, heute können wir länger schlafen." Früher sagte das meine Mutter sonntags immer zu mir und meinen beiden Geschwistern.

Bevor ich mich auf die Küchen-Couch in mein provisorisches Bett legte, setzte ich mich an den Tisch und studierte noch einmal die Liste mit den Medikamenten, die ich ihr geben musste. Es waren neun verschiedene Medikamente, die – glaubte man den Beipacktexten – durchaus in der Lage gewesen wären, einen gesunden Menschen zu töten. Dass diese Tabletten einem schwer kranken Menschen halfen, bezweifelte ich, aber meine Schwester versicherte mir, dass sie alles mit den behandelnden Ärzten abgesprochen hätte. Nachdem meine Schwester völlig erschöpft nach Hause gefahren war, war also ich jetzt mit der Pflege an der Reihe. Nach mir sollte mein Bruder kommen, dann wieder meine Schwester.

Meine Mutter war in der Zwischenzeit eingeschlafen, sie zitterte am ganzen Körper. Ich ging zu ihr und hielt ihre Hand. Sie öffnete kurz die Augen und fragte: „Hast du einen guten Besen?“ Ich bejahte ihre Frage und sagte, dass ich sogar einen Bartwisch habe. „Ach so“, sagte sie und schlief wieder ein. Dann murmelte sie: „Herbst ist.“

Meine Mutter hatte recht, es war Herbst. Genau genommen war es der 5. Oktober 2003, ein scheußlicher Tag, an dem der Wind den Regen gegen die Fensterscheiben peitschte und die grauen Wolken tief hingen.

Ich legte mich kurz hin, konnte aber nicht schlafen. Ich setzte mich wieder ans Bett und streichelte ihre Wangen. Meine Mutter sah mich an und sagte: „Dobar dan.“ Ich antwortete: „Kako ti ide? Želite li jedno pivo? Ja ću ti donijeti.“ Sie lächelte. „Wie geht es Ihnen? Wollen Sie ein Bier? Ich hole Ihnen eines." Das war der Spruch, den unsere Eltern uns gelehrt hatten, als Mitte der sechziger Jahre jugoslawische Gastarbeiter in Timelkam Künetten für die Kanalisation gruben.

Um sieben Uhr bekam meine Mutter einen Hustenanfall und musste sich aufsetzen. Ich gab ihr ein Hustenzuckerl und etwas Tee. Sie legte sich wieder hin und schlief sofort ein. Während sie phantasierte, bereitete ich alles für die morgendliche Medikamenteneinnahme vor. Um acht Uhr wurde sie wach und bat mich, die Vorhänge zurückzuziehen. Draußen regnete es immer noch in Strömen und eine Wetterbesserung war nicht in Sicht. Ich fragte meine Mutter, ob sie mit mir beten wolle. Sie sagte, vielleicht später. Am Vorabend hatten wir gemeinsam ein „Vater unser" und ein „Gegrüßet seist Du, Maria" gebetet. Meine Mutter hat mit geschlossenen Augen gebetet und meine Hand gehalten. Ich hatte zuvor das Licht ausgemacht und die Fatima-Kerze angezündet, die neben ihrem Bett auf dem Tischchen stand. Nach dem Gebet sah sie mich an und sagte: „So ein braver Bub." Ich nickte lächelnd, ging in die Küche und trank ein Bier. Dann ging ich ins Wohnzimmer und sah mir im Fernsehen eine Talkshow an. Das war am Vorabend gewesen.

Jetzt war es acht Uhr in der Früh und meine Mutter sollte noch siebzig Minuten leben. Das Telefon läutete. Es war meine Schwester, die sich nach Mutters Gesundheitszustand erkundigte und zu Mittag mit Champignon-Sauce und Semmelknödeln vorbeikommen wollte.

Kurz vor neun wachte meine Mutter auf und stöhnte. Ich ging zu ihr und fragte, ob alles in Ordnung sei. Sie sagte: „Ich setze mich ein bisschen auf." Ich half ihr und gab ihr ein Papiertaschentuch, um das sie mich gebeten hatte. Sie fragte, wo ihre Tochter sei. Ich antwortete, dass sie angerufen habe und zu Mittag mit Champignon-Sauce und Knödeln vorbeikommen werde. Dann fragte sie, was das für Salben auf dem Tisch seien. Ich erklärte ihr, was es mit den Salben auf sich habe. Sie deutete auf die Hirschtalg-Tube und fragte: „Ist die auch zum Schnäuzen?"

Gerade als ich antworten wollte, griff sie sich ans Herz und sagte: „Es tut so weh. Hol den Doktor." Ich nahm sie in die Arme und legte sie vorsichtig aufs Bett. Im Hinlegen sah sie mich noch einmal an, dann starrte sie an die Decke und begann zu röcheln. In diesem Augenblick wurde mir klar, dass meine Mutter im Sterben lag. Zuerst röchelte sie in kurzen Abständen, dann wurden die Abstände immer länger, dann war nichts mehr. Wie lange der Übergang vom Leben zum Tod gedauert hat, weiß ich nicht, ich weiß nur, dass ich versucht habe, möglichst ruhig zu bleiben und meiner Mutter das Gefühl zu geben, dass sie nicht alleine war.

Da ich noch nie einen Menschen sterben sah, wusste ich nicht, woran man erkannte, dass jemand tatsächlich tot war. Ich hielt den Atem an und wartete auf ein Zeichen. Es kam aber kein Zeichen. Das Einzige, was ich hörte, war der Regen, der monoton gegen die Fensterscheiben trommelte. Wenn im Film ein Mensch stirbt, gibt es die entsprechende Musik dazu. Warum eigentlich? Um vom Faktum des Todes abzulenken? Oder um das – ohnehin fiktive – Sterben erträglicher zu machen?

Im wirklichen Leben stirbt der Mensch meist ohne Musikbegleitung. Im Augenblick des Todes meiner Mutter war die Geräuschkulisse jedenfalls banal. Neben dem Regen hörte ich bloß das Ticken der Uhr und das Brummen des Kühlschranks. Was meine Mutter hörte, weiß ich nicht. Aber was heißt eigentlich: „Augenblick des Todes?" Der Arzt, der zu Mittag kam, um den Totenschein auszustellen, meinte, dass meine Mutter binnen weniger Sekunden an einem „plötzlichen Herztod" gestorben sei. Ich hatte allerdings das Gefühl, dass der Todeskampf wesentlich länger

gedauert hatte. Vielleicht sogar einige – endlos lange – Minuten.

Obwohl ich mir nicht ganz sicher war, dass meine Mutter tot war, zündete ich eine Kerze an und sagte ihr, dass ich kurz telefonieren müsse. Ich ging ins Vorzimmer und rief meine Schwester in Vöcklabruck und meinen Bruder in Zürich an. Mein Bruder sagte, dass er sich sofort in den Zug setzen und am späten Nachmittag in Timelkam ankommen werde. Seine Frau und die beiden Kinder würden in der Kirche in Einsiedeln für unsere Mutter beten. Wieder im Zimmer, küsste ich meine Mutter auf beide Wangen, dankte ihr für alles und versuchte, ihre Augen zu schließen, was mir aber nicht gelang. Trotz des heftigen Regens öffnete ich das Fenster, um ihrer Seele die Möglichkeit zu geben, nicht nur ihren Körper, sondern auch das Haus, in dem sie fast 50 Jahre lang gewohnt hatte, zu verlassen. Die Theorie, wonach ein Mensch, sobald er stirbt, um 21 Gramm leichter wird, leuchtete mir in diesem Augenblick jedenfalls ein.

Bis Mittag kamen einige Nachbarn und Verwandte, um Abschied zu nehmen. Meine Schwester suchte die Kleider aus, in denen unsere Mutter begraben werden sollte. Am frühen Nachmittag holten zwei Mitarbeiter der Bestattung den Leichnam ab, der am nächsten Tag in der Friedhofskapelle in Oberthalheim aufgebahrt wurde.

Die vielen Formalitäten, die nach einem Todesfall zu erledigen sind, haben den Vorteil, dass man nicht viel zum Nachdenken kommt. Alleine die Vorbereitungen eines Begräbnisses nehmen mindestens zwei Tage in Anspruch, nicht zu reden von den bürokratischen Hürden, die bei Bankinstituten, Versicherungen, Behörden und Vereinen genommen werden müssen, um einen Toten ordnungsgemäß „abzumelden".

Am Abend des Sonntags, an dem meine Mutter starb, fuhr ich zu meiner Schwester nach Vöcklabruck, um – gemeinsam mit meinem Bruder – die Champignon-Sauce und die Semmelknödel zu essen, die eigentlich für mich und meine Mutter bestimmt gewesen waren. Ich trank dazu zwei Bier und fuhr wieder nach Hause. Es war seit ewigen Zeiten das erste Mal, dass ich in meinem Elternhaus alleine war. Ich ging in den Keller, setzte mich auf einen

Campingstuhl neben die Tiefkühltruhe und öffnete eine Flasche Schnaps. Die Flasche stammte noch von meinem Vater, der sich im Keller einen kleinen Alkoholvorrat angelegt hatte. Ich trank auf das Wohl meiner Mutter und meines Vaters, die jetzt beide tot waren.

Anschließend ging ich in das Zimmer, in dem meine Mutter gestorben war, zündete noch einmal eine Kerze an und stellte sie auf das Fensterbrett. Im Wohnzimmer schaltete ich den Fernsehapparat ein und sah beim Zappen mehrere Menschen sterben. Kurz vor Mitternacht blies ich die Kerze im Sterbezimmer aus und legte mich in meinem früheren Zimmer im ersten Stock schlafen. Ich ließ sämtliche Türen des Hauses offen. In der Nacht träumte ich von Geistern, die durch unser Treppenhaus schwebten. Es waren freundliche Geister.

Alle unsichtbaren Dinge sind Hauptwörter

Die Engel
Die Wahrheit
Die Seele
Die Krankheit
Das Glück
Der Tod

Sprachheft, 3a Kl. 1963/64

Karl Marx statt MKV

„Was ist euch da eingefallen, mich zu dieser Veranstaltung zu schicken? Ich möchte mit solchen Leuten nichts zu tun haben. Und dieses Sakko, diese Mütze und dieses Band könnt ihr gleich in die Mülltonne werfen." Ich war außer mir vor Wut, als ich meine Eltern zur Rede stellte.

Es war im Herbst 1969, als eines Tages ein älterer Herr bei uns zu Hause auftauchte und sich als Vorsitzender des Mittelschüler-Kartell-Verbands (MKV) Vöcklabruck vorstellte. Er sei gekommen, um mich als Mitglied für diese Vereinigung zu gewinnen. Mir war der Mann unbekannt, und da ich wusste, dass es sich beim MKV um eine konservative Organisation handelte, reagierte ich entsprechend skeptisch. Ich besuchte damals die erste Klasse der Handelsakademie und war froh, die fürchterlichen vier Jahre Hauptschule ohne größere Schäden überstanden zu haben. Gleichzeitig war ich auf der Suche nach einer Neuorientierung.

Im Sommer 1969 wurde ich Stammhörer der *Musicbox* auf Ö 3, die ich mit großer Begeisterung hörte. Um 15 Uhr gehörte das Radiogerät in unserer Küche mir, und am wohlsten fühlte ich mich, wenn ich die Sendung alleine hören konnte. Sie vermittelte mir ein Lebensgefühl, das mir neu war und das etwas in mir weckte, das latent wahrscheinlich schon länger in mir schlummerte. Es war das Gefühl, dass es jenseits von Timelkam noch ein anderes Leben gab, ein Leben, das frei war von den Zwängen, die einem von der Schule, dem Elternhaus und der Gesellschaft auferlegt wurden, ein Leben, in dem nicht nur Arbeit, Geld und Erfolg zählten. Mein Problem war allerdings, dass ich mit dem Eintritt in die Handelsakademie genau Teil jenes Systems wurde, das diese Werte propagierte. Die Hauptgegenstände waren Buchhaltung, Betriebskunde, Kaufmännisches Rechnen, Stenografie und Maschineschreiben. Fächer wie Deutsch, Geschichte und Geografie interessierten mich zwar mehr, hatten aber nur untergeordnete Bedeutung. Ich befand mich also in einem Dilemma, das mir angesichts der Tatsache, dass die Schule fünf Jahre dauerte, fast unüberwindbar schien. Wie sollte ich diese Zeit überstehen, ohne von diesem System aufgerieben zu werden?

Von meinen Eltern konnte ich in dieser Phase naturgemäß keine Hilfe erwarten, weil ihr Lebenskonzept ein völlig anderes war und sie in erster Linie damit beschäftigt waren, die fünfköpfige Familie durchzubringen. Vielleicht war ihr Unverständnis auch der Tatsache geschuldet, dass ihnen ihre Jugend vom Krieg zerstört worden war und ihnen daher jegliches Referenzsystem fehlte. Während ich ein diffuses Bedürfnis nach Veränderung verspürte, hofften sie, dass alles beim Alten blieb und sie als fleißige und arbeitsame Mitglieder der Gesellschaft akzeptiert wurden. Kein Wunder, dass ein Gespräch mit ihnen immer schwieriger wurde und ich irgendwann das Gefühl hatte, dass wir einander nicht mehr viel zu sagen hatten. Auch wenn sie sich freuten, dass ich die Aufnahmeprüfung in die Handelsakademie geschafft hatte, fragten sie sich, ob ich die Schule überhaupt schaffen würde. Fünf Jahre waren eine lange Zeit und der Schulbesuch kostete viel Geld.

Noch während der Sommerferien freundete ich mich mit einigen Gleichaltrigen an, denen es mit ihren Eltern ähnlich ging wie mir. Auch sie hörten die *Musicbox*, aber im Gegensatz zu mir hatten sie sich bereits die Haare wachsen lassen, und zwar als Ausdruck des Protests gegen die Gesellschaft. Mir gefiel diese Haltung und ich erinnerte mich an die Schwierigkeiten, die ich in der Hauptschule einmal bekommen hatte, weil meine Haare angeblich zu lang waren. Jetzt konnte ich mir die Haare wachsen lassen und damit ebenfalls ein sichtbares Zeichen des Protests setzen. Ab sofort kontrollierte ich täglich das Wachstum meiner Haare, musste zu meiner Enttäuschung aber feststellen, dass ich frisurmäßig erst in ein paar Jahren wie Mick Jagger aussehen würde.

Als mich meine Eltern gefragt hatten, wie es nach der Hauptschule mit mir weitergehen solle, hatte ich bloß mit den Schultern gezuckt. Klar war für mich lediglich, dass ein Lehrberuf für mich nicht infrage kam und ich weder

Schlosser noch Tischler oder Metzger werden wollte. Der Besuch der Handelsakademie war zwar nicht das, was ich mir unter einer Mittelschule vorstellte, aber zumindest verschafften mir die fünf Jahre, aus denen am Ende sechs werden sollten, genug Zeit, um herauszufinden, in welche Richtung mein Leben gehen könnte.

Wenige Wochen nach Schulbeginn tauchte also dieser Herr bei uns auf, um Werbung für den Mittelschüler-Kartell-Verband zu machen. Meine Eltern empfanden es als Ehre, von einem Akademiker besucht zu werden, und waren sofort eingeschüchtert. Bei dem Gespräch ging es um die Vorteile, die ich als Mitglied des Kartell-Verbandes hätte, weil viele einflussreiche Herren dort ebenfalls Mitglieder wären und es ein Vereinsgrundsatz sei, sich gegenseitig zu helfen. Das alte Lied, das ich in anderen Zusammenhängen schon so oft gehört hatte. Nebenbei knöpfte der Herr meinen Eltern auch noch 100 Schilling für ein graues Sakko, eine Mütze und ein sogenanntes Couleurband ab. Dass ich nicht sofort aufstand und das Wohnzimmer verließ, kann ich mir nur so erklären, dass ich meine Eltern nicht brüskieren wollte. Da ich ja eigentlich die Gesellschaft ändern wollte, wäre eine Mitgliedschaft im MKV einer Bankrotterklärung gleichgekommen und hätte das Ende all meiner Träume bedeutet.

Vielleicht waren es die 100 Schilling, die meine Eltern investiert hatten, oder vielleicht musste ich mich einfach persönlich davon überzeugen, wie reaktionär der MKV war, jedenfalls erklärte ich mich bereit, an einem Vereinsabend teilzunehmen.

Wie erwartet war dieser Abend eine einzige Katastrophe. Der „Alte Herr", wie er in der Hierarchie des Kartell-Verbands genannt wurde, holte mich von zu Hause ab und bot mir noch im Auto das Du-Wort an, was mir äußerst unangenehm war, weil ich den Herren ja gar nicht kannte. Während der Fahrt erklärte er mir die vier Prinzipien des MKV, von denen ich mir nur „Religion" und „Vaterland" gemerkt hatte. Ich war geschockt, und noch bevor wir das Extrastüberl des Gasthauses betraten, in dem die Versammlung stattfand, legte er mir das bunte Band quer über den Oberkörper, half mir in das Sakko und setzte mir die Mütze auf. Ich kam mir vor wie der größte Idiot.

Im Saal befanden sich an die 30 Männer, die Luft war rauchgeschwängert und es herrschte eine Stimmung wie in einem Bierzelt. Der „Alte Herr" brachte mir ein Bier, stieß mit mir an, und trank sein Glas in einem Zug aus. Da ich kein Bier mochte, nahm ich bloß einen kleinen Schluck. Immer wieder wurden Lieder angestimmt und dreckige Witze gerissen. Irgendwann begann der offizielle Teil des Abends, in dessen Verlauf ich als Neuling, als sogenannter „Fuchs", vorgestellt wurde. Ich bekam einen Schweißausbruch und wäre am liebsten im Boden versunken.

Als ich am nächsten Tag meinen Eltern das Sakko, die Mütze und das Band vor die Füße warf und ihnen klar machte, dass ich nie wieder etwas vom Kartell-Verband hören wolle, hatten sich ihre schlimmsten Befürchtungen bestätigt. „Was haben wir bloß falsch gemacht in unserer Erziehung?", fragte meine Mutter verzweifelt, während mein Vater einen Punkt an der Wand fixierte, ohne etwas zu sagen.

„Das sind doch alles Alkoholiker", schimpfte ich, „oder wollt ihr, dass ich jeden Tag mit einem Rausch nach Hause komme?" Ich drehte mich um und ging auf mein Zimmer. Ich war wütend, hatte aber gleichzeitig ein schlechtes Gewissen meinen Eltern gegenüber. Immerhin hatten sie 100 Schilling für mich ausgegeben. Es war immer dasselbe: Kaum gab es mit meinen Eltern einen Streit, überkamen mich Schuldgefühle und ich verfiel in eine Depression. Obwohl ich wusste, dass sie sich für mich und meine Geschwister aufopferten und alles taten, um uns ein besseres Leben zu ermöglichen, verhielt ich mich ihnen gegenüber grob und aggressiv. Eigentlich hätte ich mir eine harmonische Beziehung gewünscht, aber es war unmöglich, weil wir auf zwei verschiedenen Planeten lebten.

Ich war noch keine 15 und spürte, dass ich mich auf viele Kämpfe vorbereiten musste. Egal, ob Elternhaus, Schule oder Gesellschaft: In meiner Vorstellung war ich nur von Feinden umgeben, gegen die ich mich zur Wehr setzen musste. Dass ich meinen Eltern damit Unrecht tat, wusste ich, was aber nichts daran änderte, dass ich meinen Weg gehen musste.

Zu allem Unglück merkte ich bereits nach ein paar Wochen, dass die Handelsakademie die falsche Schule für mich war. Aber was hätte ich tun sollen? Da ich nie Latein-Unterricht hatte, wäre als Alternative zur HAK nur die Höhere Technische Lehranstalt infrage gekommen, wo ich sicher sofort gescheitert wäre, weil ich von Technik noch weniger Ahnung hatte als von kaufmännischen Fächern. Buchhaltung konnte ich zur Not noch lernen, technisches Verständnis nicht. Wie ein Motor funktioniert, weiß ich bis heute nicht, und weshalb eine Lampe leuchtet, auch nicht. Aber es reicht ja, wenn jene Leute Bescheid wissen, die sich mit solchen Dingen beschäftigen.

In dieser Phase der Desorientierung hatte ich das große Glück, auf ein paar Gleichgesinnte zu treffen, die ebenfalls auf der Suche nach dem Sinn des Lebens waren. Dabei entdeckten wir Franz Kafka, Albert Camus und Jean-Paul Sartre für uns und diskutierten stundenlang über deren Texte, die wir nicht verstanden. Trotzdem war die Literatur so etwas wie unser Rettungsanker und der Strohhalm, an den wir uns klammerten, wenn es in der Schule oder zu Hause eng wurde.

Anfang 1971 beschlossen wir, eine Schülerzeitung zu gründen, um unseren Ideen Gehör zu verschaffen. Wir nannten die Zeitschrift PLOP, eine lautmalerische Beschreibung des Geräuschs, das ein Korken macht, wenn er aus einer Flasche herausschießt, weil der Druck zu groß ist. PLOP war eine politische Zeitschrift mit einer gehörigen Portion Anarchismus, die keinen Hehl aus der Gesinnung ihrer Autorinnen und Autoren machte. „Fresst Scheiße. Zehn Milliarden Fliegen irren nicht!", lautete eine der ersten Schlagzeilen, mit der wir deutlich machten, dass wir in fundamentaler Opposition zu jener Masse standen, die in unseren Augen gleichförmig und autoritätshörig war. Alles Attribute, die uns verhasst waren. Wir waren anders und fühlten uns in der Rolle der Außenseiter wohl.

Anfangs druckten wir unsere monatlich erscheinende Zeitung im Pfarrhof Vöcklabruck, wechselten nach einem Konflikt mit den kirchlichen Autoritäten aber direkt zur Kommunistischen Partei, die uns politisches Asyl gewährte. Für uns war der Anschluss an die Kommunistische Partei ein logischer Schritt, weil auch diese Partei von allen gehasst wurde. Genau wie wir. Karl Marx wurde unser Säulenheiliger, dessen Schriften die Basis unseres Denkens bildeten. „Der Marxismus ist allmächtig, weil er wahr ist", lautete unser Credo, das wir von Lenin übernommen hatten. Die Professorinnen und Professoren waren zunächst einmal irritiert und verunsichert, um relativ rasch zum Gegenangriff überzugehen. Sie konnten es nicht verkraften, dass ihre Autorität von ein paar Schülern in Frage gestellt wurde, und machten in weiterer Folge so ziemlich alles falsch, was man in einer solchen Situation nur falsch machen konnte.

Anstatt mit uns in einen Dialog zu treten, wurde wegen der kleinsten Kleinigkeit die Schulbehörde oder die Polizei eingeschaltet, um die Störenfriede zu disziplinieren. Fünfmal kam es bei der Bezirkshauptmannschaft zu Anzeigen wegen „Verstoßes gegen das Pressegesetz“, das aus dem Jahr 1922 stammte, und dreimal wurden wir wegen einer Verwaltungsübertretung im Zusammenhang mit dem Versammlungsgesetz angezeigt:

„Als Mitglied der Redaktion der Schülerzeitung PLOP hat der Beschuldigte am 21. 1. 1973 in der Zeit von 16.00 Uhr bis 18.00 Uhr in der Arbeiterkammer Vöcklabruck

eine musikalische Veranstaltung mit gesprochenem Vortrag ohne Vorliegen der hiefür erforderlichen Veranstaltungsbewilligung bzw. ohne diese vorher der Behörde anzuzeigen, abgehalten. (...) Somit ist erwiesen, daß der Beschuldigte eine Verwaltungsübertretung begangen hat, die mit einer Geldstrafe bis zu S 30.000,— oder mit Arrest bis zu vier Wochen bestraft werden kann.“

Eines dieser Verfahren endete schließlich vor dem Jugendgericht in Wels, wo ich – gemeinsam mit zwei anderen PLOP-Redakteuren – zu einer Geldstrafe von 1.000 Schilling und zum Ersatz der Gerichtskosten verurteilt wurde. Eine weitere Strafe wurde bedingt ausgesprochen, schien aber drei Jahre lang im Jugendstrafregister auf:

„Wenn Sie durch rechtschaffenes und pflichttreues Verhalten in der auf drei Jahre festgesetzten Probezeit den Beweis erbringen, dass sich das Gericht in Ihnen nicht getäuscht hat, wird von der Verhängung einer Strafe endgültig abgesehen."

Als sich unser Verteidiger über die Höhe der Geldstrafe beschwerte und darauf hinwies, dass die Angeklagten ja noch Schüler seien, antwortete der Richter:

„Die sollen in den Ferien arbeiten gehen, dann bringen sie das Geld schon auf. Außerdem werden ihnen die Eltern schon das nötige Geld zustecken. Die Eltern sind ja viel zu gut, sonst könnte es gar keine solchen PLOP-Revolutionäre geben."

Der Topf am Kopf

„Ihr Sohn hatte an die 14 Tage Zeit, um ein Gedicht zu lernen; heute kann er es nicht. Es scheint, daß er es demonstrativ nicht lernte, wie er auch seine Haare nach wie vor ungeschoren trägt, obwohl ich ihn vor einiger Zeit aufmerksam machte, daß es an der Zeit wäre, sie schneiden zu lassen.“
18. 3. 69

Diese Nachricht an meine Eltern im sogenannten „Mitteilungsheft“ stammte von meinem Lehrer T., der ein gefürchteter Schläger war und der aus seiner Sympathie für den Nationalsozialismus kein Hehl machte. Vornehmlich schlug er jene Schüler, von denen er wusste, dass sich ihre Eltern nicht um sie kümmerten. Mich ließ er in Ruhe, weil meine Mutter regelmäßig zu den Elternsprechtagen kam. Ich besuchte damals die Knaben-Hauptschule in Vöcklabruck und hatte vom Nationalsozialismus keine Ahnung. Ich erinnere mich nur, dass ich als 14-Jähriger eine diffuse Abneigung gegen Juden hatte, obwohl ich noch nie einem Juden begegnet war. T.s Geschichtsunterricht hatte also seine Spuren hinterlassen. Erst nachdem ich mich in Kreisen bewegte, in denen der Nationalsozialismus ein großes Thema war, konnte ich T.s Ideologie richtig einordnen.

In der vierten Klasse passierte einmal Folgendes: In einer Zeitschrift hatte ich einen Artikel über einen Schweizer gelesen, der Adolf Hitler zum Verwechseln ähnlich sah. Da ich wusste, dass T. Hitler verehrte, schnitt ich das Foto aus und zeigte es ihm am nächsten Tag. T. sah sich das Foto an und nickte wohlwollend. Dass er sich wenige Monate später wegen meiner langen Haare, die gar nicht lang waren, bei meinen Eltern beschwerte, empfand ich als Verrat.

Um zu Hause keine Probleme zu bekommen, ging ich noch am selben Tag zum Friseur. Meine Mutter war erstaunt, aber als ich ihr die Mitteilung zur Unterschrift vorlegte, war ihr klar, dass ich mir die Haare nicht freiwillig hatte schneiden lassen. Aber wenigstens ersparte ich mir auf diese Weise die Moralpredigt, die üblicherweise auf solche Mitteilungen folgte.

Dabei hatte ich gar nicht vorgehabt, mir die Haare wachsen zu lassen, es war nur so, dass ich im Laufe der Zeit eine Aversion gegen das Haareschneiden entwickelt hatte, weil mein Großvater (der mit dem Schnaps und der Ziehharmonika) mir und meinem Bruder jahrelang in unserer Garage die Haare schnitt. Dass er dabei nicht gerade zimperlich vorging, lag daran, dass er uns zuerst einen Kochtopf über den Kopf stülpte, ehe er mit einer mechanischen

Handhaarschneidemaschine die Haare entlang des Topfrandes abschnitt. Da die Maschine wahrscheinlich ein Kriegsrelikt war und nicht mehr richtig funktionierte, war das Haareschneiden jedes Mal eine Tortur. Außerdem sahen wir mit unserer Topffrisur richtig bescheuert aus. Als Kind war mir das egal, aber als ich in die Hauptschule kam und in Vöcklabruck den ersten Mädchen über den Weg lief, war mir klar, dass das mit dem Haareschneiden in der Garage aufhören musste. Mit 15 beschloss ich dann aktiv, mir die Haare wachsen zu lassen und ging jahrelang nicht mehr zum Friseur. Meine Eltern haben meine Entscheidung zähneknirschend akzeptiert, aber in meiner Verwandtschaft gab es einige, die sich von meinen langen Haaren provoziert fühlten, was mir nur recht sein konnte. Je mehr Widerstand mir entgegenschlug, desto länger wurden meine Haare.

Meinem ehemaligen Lehrer T. begegnete ich noch einmal beim Begräbnis seines Sohnes B., mit dem ich eng befreundet war und der sich am 15. September 1971 mit 16 Jahren in einem Wald in der Nähe von Vöcklabruck erhängt hatte. Es war der erste Suizid, mit dem ich konfrontiert wurde. Im Laufe meines Lebens sollten noch weitere folgen.

Aber Schuld am Selbstmord B.s war nicht nur sein Nazi-Vater, Schuld waren auch die Professorinnen und Professoren des Gymnasiums, die B. aus der Schule warfen, weil er auf eine Schulwand das Wort „Heiduck“ (Untertan) gesprayt hatte.

Vor diesem Hintergrund fand ich den Sinnspruch auf dem Totenbild besonders verlogen:

Jedem Suchenden wird ein Licht.
Jedem Fragenden wird eine Antwort.
Jedem Strebenden wird ein Ziel.

Auch wenn mich meine Eltern in dieser schwierigen Phase, in der ich auf radikale Konfrontation mit der Gesellschaft ging, nicht unterstützten, muss ich ihnen zugutehalten, dass sie sich zumindest neutral verhielten. Andere Eltern sind ihren Kindern in den Rücken gefallen und haben sie verraten.

Der Genitiv

Die Eltern nehmen sich der Kinder an.
Die Lehrer nehmen sich der Schüler an.
Die Gesunden nehmen sich der Kranken an.
Die Alten nehmen sich der Jungen an.
Die Starken nehmen sich der Schwachen an.
Die Mutigen nehmen sich der Feigen an.
Die Glücklichen nehmen sich der Traurigen an.
Die Einheimischen nehmen sich der Fremden an.

Deutsch Schulübungen, 1b Kl. 1965/66

Die Zeiten ändern sich

Mein Vaterland, mein Österreich,
du Land an Kraft und Ehren reich,
wie schloß ich tief ins Herz dich ein,
wie bin ich stolz, dein Kind zu sein!
Wenn Gott im Himmel spräch zu mir:
Welch Land der Welt erwählst du dir?
Ich säumte nicht und sagte gleich:
Mein Vaterland, mein Österreich.

Dieses Gedicht mussten wir in der Volksschule aus Anlass des Nationalfeiertags 1963 auswendig lernen. Ich war acht Jahre alt und hatte keine Ahnung, was mir dieses Gedicht sagen wollte: *Gott – spräch – säumte – Vaterland.* Aber wir rezitierten damals nicht nur patriotische Gedichte dieser Art, sondern sangen auch die Bundeshymne, in der wir unserem Vaterland Treue schworen. Wir zogen die Vokale in die Länge, wie es die österreichischen Fußballspieler heute immer noch tun, wenn sie vor einem Ländermatch die Bundeshymne anstimmen: „Laaand der Beeerge, Laaand am Strooome …"

Nachdem mein Vater in einem Kraftwerk arbeitete, dachte ich lange Zeit, dass mit dem „Land am Strome“ das Land gemeint war, in dem Strom produziert wurde.

Aus heutiger Sicht klingt die Phrase: „Wenn Gott im Himmel spräch zu mir:/Welch Land der Welt erwählst du dir?“ ziemlich zynisch, weil sie suggeriert, dass sich jeder Mensch das Land aussuchen könnte, in dem er gerne leben würde. Millionen Flüchtlinge haben diese Möglichkeit jedenfalls nicht

Auch bezweifle ich, dass ich Gott auf die Frage nach dem Land, das ich mir auswählen würde, geantwortet hätte: „Mein Vaterland, mein Österreich.“

Meine Vorfahren stammen aus Baden-Württemberg, von wo sie während des sogenannten Zweiten Schwabenzugs Mitte des 18. Jahrhunderts nach Slawonien umgesiedelt wurden. Wie beim ersten Schwabenzug waren auch beim zweiten nur römisch-katholische Ansiedler zugelassen. Mein Vater erzählte oft von einem „Edlen Ritter Freiherr von Palm“ aus „Württenberg-Baden“ (das m in Württemberg mochte er nicht), von dem wir angeblich abstammen würden. Mir gefiel diese Vorstellung, weil ich mich dadurch „Sigurd, dem ritterlichen Helden“ aus meinen Comic-Heften nahe fühlte und Abenteuer wie „Laban – Labyrinth des Todes“ oder „Insel der Verlorenen“ als Nachkomme eines Ritters miterleben konnte.

Der „Edle Ritter Freiherr von Palm“ war zwar eine Erfindung meines Vaters, allerdings fand mein Bruder viele

Jahre später heraus, dass es tatsächlich einen Ritter Rudolf von Palm gab, der 1308 an der Ermordung Albrechts I. beteiligt war und daraufhin nach Baden-Württemberg floh. Ob ich mit diesem Rudolf von Palm verwandt bin, weiß ich nicht. Ziemlich sicher ist hingegen, dass die Vorfahren der Palms Pilger aus Skandinavien waren, die von ihrer Reise ins Heilige Land als Beweis für ihre Reise Palmzweige mitbrachten, und daher „Palmer" genannt wurden. Diese Palmer kamen im Zuge des Dreißigjährigen Krieges nach Baden-Württemberg, um Mitte des 18. Jahrhunderts schließlich Slawonien zu besiedeln, wo sie sich mit kroatischen Siedlern mischten.

Dass mein Bruder seine Dissertation ausgerechnet über „Pilgerwesen und Orienterfahrung im Spätmittelalter" schrieb und sich zu Forschungszwecken mehrere Monate in Jerusalem aufhielt, kann vor diesem Hintergrund kein Zufall sein.

Wenn das mit meiner Herkunft stimmt, fließt in mir also skandinavisches, deutsches und kroatisches Blut. Aber kein österreichisches. Eine Aussage, die ich so aber gar nicht stehen lassen kann, weil es den genetischen Skandinavier oder Deutschen genauso wenig gibt wie den genetischen Kroaten oder Österreicher. Also, was bin ich? Ich bekam ein Jahr nach meiner Geburt die österreichische Staatsbürgerschaft, weil ich durch Zufall in Vöcklabruck geboren bin. Womit bewiesen wäre, dass Herkunft nichts anderes ist als ein kulturelles Konstrukt oder eine Gleichung mit vielen Unbekannten. Wären meine Eltern nach Curibata (Brasilien) oder Milwaukee (USA) ausgewandert, hätte ich heute einen brasilianischen oder US-amerikanischen Pass. Blut hin oder her. Der US-amerikanische Autor James Salter hat einmal geschrieben: „Es ist immer ein Zufall, der uns rettet." Ich weiß nicht, ob das in dieser Form stimmt, aber wenn wir über Begriffe wie Nationalität, Heimat und Grenzen sprechen, sollten wir auch über den Moment des Zufalls nachdenken.

Ich habe meine Eltern nie gefragt, welcher Nation sie sich eigentlich zugehörig fühlten: Der deutschen? Der kroatischen? Der österreichischen?

In der oberösterreichischen Landeshymne Franz Stelzhamers gibt es eine Zeile, die mir äußerst suspekt ist: „Dahoam is dahoam, wannst net fort muaßt, so bleib." Auch hier wird mit einem Heimatbegriff operiert, der längst nicht mehr unserer Wirklichkeit entspricht. Wie viele von zu Hause fort mussten, zeigt ein Blick in jede beliebige österreichische Volksschulklasse, wo die Kinder heute nicht mehr nur Janine oder Kevin heißen, sondern auch Salem, Khirallah, Ariana, Belmin, Batuhan, Metehan, Zobeir, Emral, Nemanja, Asim, Parviz, Adelisa, Mras, Remsije, Zeinab, Nalbona oder Sed Hossein.

Meine Mitschülerinnen und Mitschüler in der Volksschule hießen Rosi, Annemarie, Resi, Pauline, Elfi, Vroni, Ingrid, Dagmar, Karin, Heidi, Greti, Erika, Edith, Brigitte, Anni, Waltraud, Christa, Bernhard, Hansi, Heini, Erwin,

Fritz, Christoph, Günter, Gerhard, Franzi, Pepi, Richard, Loisi, Karli und Wolfgang.

Womit einmal mehr bewiesen wäre, dass Bob Dylan recht hatte, als er sang: „The times, they are a-changing."

Ein Blick in die Unterhose

Ende 1973 bekam ich Post vom Innenministerium der Republik Österreich. Es war die Aufforderung zur Musterung am 25. Jänner 1974 im Kolpinghaus Vöcklabruck. Bei diesem Termin sollte festgestellt werden, ob ich geeignet wäre, beim Bundesheer den Dienst mit der Waffe abzuleisten. Zur Tauglichkeitsprüfung mitzubringen wären allfällige ärztliche Atteste und eine kurze Sporthose. Eine kurze

Sporthose? Sollten wir der Kommission etwas vorturnen? Da mir das Bundesheer und alles, was mit Soldatentum zu tun hatte, zutiefst verhasst war, befand ich mich in einem Dilemma. Wie konnte ich dem Bundesheer entkommen, ohne gleich ins Ausland fliehen zu müssen?

Also fragte ich einen Rechtsanwalt, der für die Kommunistische Partei arbeitete, ob ich die Stellung verweigern könne. Der Anwalt riet mir dringend davon ab, weil ich in diesem Fall von der Polizei zwangsvorgeführt werden würde. Um meinen Eltern diese Schmach zu ersparen, fand ich mich an besagtem Tag mit Dutzenden anderen jungen Männern im Kolpinghaus ein. Eine Woche zuvor hatte ich hier noch einen Diavortrag über Albrecht Dürer besucht, den ich wegen seiner langen Haare bewunderte.

Dass er auch ein guter Maler war, war für mich eher nebensächlich.

Vor einem Tisch, an dem drei uniformierte Herren gelangweilt in ihren Unterlagen blätterten, mussten wir in alphabetischer Reihenfolge Aufstellung nehmen. Schon alleine wegen ihrer Uniform waren mir diese Männer zuwider, für die dieser Termin eine reine Routineangelegenheit war. Probleme waren nicht zu erwarten, denn solange keiner der jungen Männer im Rollstuhl saß oder Blut spuckte, gab es keinen Grund, ihn untauglich zu schreiben. Hatte jemand Plattfüße oder war fast blind, wurde er trotzdem eingezogen. Dann hinkte er bei den Märschen eben hinterher oder schoss übers Ziel hinaus.

Jetzt standen wir also da, die meisten in kurzen Sporthosen, ein paar hatten sich allerdings für lange Trainingshosen entschieden. Entweder konnten sie nicht lesen oder ihre kurzen Hosen waren gerade in der Wäsche. Im Saal roch es nach Schweiß und ungewaschenen Füßen. Die jungen Burschen machten den Eindruck, als könnten sie es kaum erwarten, endlich Krieg spielen zu dürfen. Dass ich der mit den längsten Haaren war, stellte ich mit Genugtuung fest. Trotzdem war ich nervös, weil ich nicht wusste, wie die Sache ausgehen würde.

Als ein Arzt in einem weißen Kittel vor dem ersten Kandidaten, er hieß Ablinger, stehen blieb, wurde mir schlagartig bewusst, weshalb wir hier in einer Sporthose auftauchen mussten: Der Arzt schaute nämlich nach, ob

Ablinger tatsächlich ein Mann war. Ich bekam Schweißausbrüche, weil ich auf keinen Fall wollte, dass mir eine wildfremde Person in die Hose schaute. Der Arzt kam immer näher, und als er vor mir stand und meinen Namen nannte, hielt ich den Hosenbund mit beiden Händen fest. „Ich will das nicht", sagte ich, „und außerdem verweigere ich den Wehrdienst mit der Waffe."

Der Arzt machte ein verblüfftes Gesicht und sah hilfesuchend zu den Mitgliedern der Kommission, die ruckartig aus ihrem Dämmerschlaf erwachten. „Was ist da los?", fragte der Uniformierte, der sich als Oberstleutnant vorgestellt hatte und den Vorsitz führte.

„Ich verweigere den Wehrdienst mit der Waffe. Außerdem besuche ich noch die Mittelschule und werde anschließend studieren. Sie können mich also gar nicht zum Bundesheer einziehen."

Während ich das sagte, fiel mir fast das Herz in die Sporthose. Der Anwalt hatte mich instruiert, in welche Richtung meine Argumentation gehen sollte. Jetzt war ich erstaunt, dass ich das alles tatsächlich gesagt hatte. Unter den Stellungspflichtigen machte sich Unruhe breit und ich hörte Sätze wie: „So ein Trottel" oder: „Na, der traut sich was".

„Komm sofort her!", brüllte der Oberstleutnant. „Was bildest du dir eigentlich ein?"

Mit zitternden Knien ging ich nach vorne und versuchte, mir meine Angst nicht anmerken zu lassen. „Ich bilde mir gar nichts ein“, antwortete ich mit fester Stimme. „Außerdem habe ich das Recht, den Wehrdienst mit der Waffe zu verweigern, weil es ab nächstem Jahr ein Gesetz geben wird, dass man anstelle des Wehrdienstes den Zivildienst ableisten kann.“

„Aha, ein Obergescheiter. Noch dazu einer mit langen Haaren, das sind mir schon die Richtigen. Rauchst du am Ende auch noch Haschisch?“

Ich war perplex. „Äh, warum wollen Sie das wissen?“

„Weil die Wehrdienstverweigerer meistens auch Haschischraucher sind. Und eines sage ich dir: Wenn du von der Polizei schon einmal beim Haschischrauchen erwischt worden bist, dann erfahren wir das.“

„Da werden Sie nichts finden“, antwortete ich trotzig.

Wutentbrannt wandte er sich an seinen Nachbarn: „Mach eine Aktennotiz, das ist ja wirklich die Höhe.“

Der Arzt räusperte sich und blickte auf seine Armbanduhr. „Wir müssen weitermachen. Ich habe heute noch zwei Stellungstermine.“

Der Uniformierte warf mir einen vernichtenden Blick zu. „Wir sehen uns noch, darauf kannst du Gift nehmen.“

Ich stellte mich wieder in die Reihe zurück und wartete, bis diese idiotische Prozedur zu Ende war. Natürlich hatte ich Angst, weil ich nicht wusste, was mich erwartete. Ich hoffte, dass ich in der Schule keine Probleme bekam und meine Eltern nicht in diese Sache hineingezogen wurden. Mir war klar, dass ich mich auf dünnem Eis bewegte, weil das Gesetz über die Einführung des Zivildienstes noch gar nicht beschlossen worden war.

Als mich meine Eltern fragten, wie es bei der Stellung gelaufen wäre, sagte ich ihnen, dass ich den Wehrdienst verweigert hätte. Mein Vater schüttelte den Kopf und zündete sich eine Zigarette an. Meine Mutter, die einen Hang zur Katastrophe hatte, sah mich allerdings schon im Gefängnis sitzen. „Kannst du nicht einmal normal sein, wie alle anderen auch?“, fragte sie niedergeschlagen.

„Ich bin normal“, antwortete ich, „außerdem hat der Papa immer gesagt, dass der Krieg eine schlimme Sache sei und er keinen mehr mitmachen möchte. Stimmt doch, oder?“

Mein Vater antwortete kryptisch mit: „Na ja.“ Er nahm einen tiefen Zug aus der Zigarette und blies den Rauch nachdenklich aus.

Mit 18 wurde mein Vater zur SS-Polizei eingezogen. Wenn er die Rekrutierung verweigert hätte, wäre er entweder in ein Strafbataillon gekommen oder man hätte ihn an die Ostfront abkommandiert, was einem sicheren Todesurteil gleichgekommen wäre. Ich verweigerte mit 19 den Wehrdienst, ohne dass mir deshalb viel passieren konnte. Es gab Einzelfälle, in denen Kriegsdienstverweigerer ins Gefängnis kamen, allerdings hatte mir der KPÖ-Anwalt gesagt, dass sich die Situation im kommenden Jahr grundlegend ändern werde und ich mir keine Sorgen machen müsse. In meinem revolutionären Überschwang stellte ich mir vor, wie es wäre, als Held eingesperrt zu werden und beim Verlassen des Gefängnisses als noch größerer Held gefeiert zu werden.

In meinen Augen war das österreichische Bundesheer ein Operettenverein, der selbst bei einem Einmarsch der Schweizer Feuerwehr heillos überfordert gewesen wäre. Wahrscheinlich würden in diesem Fall die Soldaten mit fliegenden Fahnen davonlaufen und sich zu Hause unter den Röcken ihrer Mütter verstecken. Mit einem solchen Verein wollte ich nichts zu tun haben. Und Kadergehorsam war mir ein Gräuel. Auch wurde mir schon alleine bei der Vorstellung, mit 20 oder 30 Grundwehrdienern im selben Saal zu schlafen, übel. Außerdem hätte ich mir als Soldat meine schönen langen Haare abschneiden müssen, was gleichbedeutend mit dem Verlust meiner Identität gewesen wäre.

In der Kommunistischen Partei wurde allerdings die Meinung vertreten, dass wir jungen Kommunisten sehr wohl zum Bundesheer gehen sollten, um erstens den Umgang mit der Waffe zu lernen und zweitens das Heer politisch zu unterwandern. In diesem Fall stellte ich mich ganz klar gegen die Parteilinie und blieb auch bei meiner Entscheidung. Es war nicht die einzige Meinungsverschiedenheit, die ich mit der KPÖ-Führung hatte. Bei der Einschätzung des Einmarsches der Warschauer Paktstaaten in die ČSSR wich ich ebenso von der Parteilinie ab wie später bei der Volksabstimmung über das AKW Zwentendorf, bei der die KPÖ zu einem „kritischen Ja" aufgerufen hatte, was in meinen Augen ein völliger Unsinn war. Als sich die Meinungsverschiedenheiten häuften und die Auseinandersetzungen immer nervenaufreibender wurden, trat ich Anfang der 1980er-Jahre schließlich aus der KPÖ aus.

Lange hatte ich vom Bundesheer nichts gehört, bis ich im Frühjahr 1975 eine Vorladung zur sogenannten Gewissenskommission erhielt. Diese Kommission sollte überprüfen, ob in meinem Fall die Verweigerung des Wehrdienstes überhaupt gerechtfertigt war. Die Sitzung fand erneut im Kolpingsaal statt, nur dass ich dieses Mal alleine war. Dem Geruch nach zu schließen, einem Mix aus Schweiß und ungewaschenen Füßen, dürfte aber kurz zuvor wieder ein Stellungstermin stattgefunden haben. Eine Vertrauensperson hätte ich mitbringen dürfen, allerdings fand sich in meinem Bekanntenkreis kein Erwachsener, der bereit gewesen wäre, diese Funktion zu übernehmen.

Am Tisch saßen fünf Männer, drei Uniformierte und zwei Zivilisten. Die Stimmung war eisig und mir gegenüber offen feindselig. An einen der Uniformierten konnte ich mich erinnern, es war der Oberstleutnant, der bei der Stellung angekündigt hatte, dass wir einander wiedersehen würden. Einer der Zivilisten erörterte zu Beginn ein paar Gesetzestexte, die mich offenbar einschüchtern sollten, weil immer wieder von Gefängnisstrafen die Rede war.

Ich hatte ein Statement vorbereitet, das ich vorlesen wollte, was mir aber nicht gestattet wurde. Da es in der BRD schon seit Längerem solche Gewissenskommissionen gab, wusste ich, dass dort häufig Fangfragen gestellt wurden, wie zum Beispiel: „Wenn Sie mit Ihrer Freundin in einem Wald spazieren gehen und Ihre Freundin wird plötzlich von einem Russen überfallen, greifen Sie dann zur Waffe?"

Die Frage wurde auch mir gestellt und meine Antwort fiel pragmatisch aus: „Erstens habe ich keine Freundin und zweitens gehe ich immer unbewaffnet in den Wald."

Als ich mit meinen Ausführungen geendet hatte und die Reaktion der fünf Herren sah, war ich mir sicher, dass mein Antrag auf Wehrdienstverweigerung abgelehnt werden würde. Umso erstaunter war ich, als mir ein halbes Jahr später vom Innenministerium mitgeteilt wurde, dass mein Antrag auf Absolvierung des Zivildienstes angenommen wurde. Mir fiel ein Stein vom Herzen, auch wenn ich die Entscheidung der Gewissenskommission nicht nachvollziehen konnte. Vor allem war ich erleichtert, dass ich mir meine langen Haare nicht schneiden lassen musste. Vor lauter Freude veröffentlichte ich in der Schülerzeitung gleich einen Artikel mit der Überschrift: „Weg mit den Bundesheer-Wandzeitungen in den Schulen!"

Selbstbefragung

„Ich sitze im hintersten Winkel meines Gehirns und beobachte, was Kurt Palm macht. Ich bin oft gar nicht froh über all den Blödsinn, den er macht.“
Tagebucheintrag vom 17. Oktober 1973

Du hast zwischen 13. November 1971 und 14. Juni 1976 ein Tagebuch geführt. Was hast du empfunden, als du dir nach fast 50 Jahren als Jugendlicher wiederbegegnet bist?

Zunächst habe ich überlegt, ob ich das Tagebuch überhaupt lesen soll. Irgendwie hatte ich Angst davor, Dinge über mich zu erfahren, die mir unangenehm sein könnten. Als ich mit meinem Tagebuch begann, war ich 16 und Schüler an der Handelsakademie in Vöcklabruck. Ich wusste natürlich auch ohne Tagebuch, dass diese Zeit für mich keine einfache war. Der Auslöser für mein Tagebuch war ja der Selbstmord eines Freundes, der sich erhängt hatte, nachdem er aus dem Gymnasium in Vöcklabruck hinausgeworfen worden war.

Was war der Grund des Hinauswurfs?

Eine Gruppe von Schülern hatte Anfang 1971 mit der Herausgabe der Schülerzeitung PLOP begonnen. PLOP war eine wilde Zeitung, die zunächst einmal gegen all jene Institutionen gerichtet war, die ihre Autorität nutzten, um uns das Leben schwer zu machen. Also Schule, Kirche, Elternhaus, Parteien und so weiter. Anfangs verstanden wir uns als Sammelbecken für Schülerinnen und Schüler, die mit den bestehenden Verhältnissen unzufrieden waren und die sich artikulieren wollten. Womit wir nicht gerechnet hatten, war der massive Widerstand der Professoren und der Behörden. Unsere Taktik war allerdings, so offensiv wie möglich vorzugehen. Wir haben die Artikel namentlich gezeichnet und die Zeitung eigenhändig vor den Mittelschulen in Vöcklabruck verkauft. Wir wollten den Lehrern zeigen, dass wir keine Angst vor ihnen hatten.

Wann ist es dann zum großen PLOP-Skandal gekommen?

Irgendwann haben wir uns gedacht, dass wir mehr machen müssten, als nur eine Zeitung herauszugeben. Also haben wir uns zusammengesetzt und überlegt, was wir tun könnten. Irgendwer aus unserer Gruppe ist dann auf die Idee gekommen, auf den Schulgebäuden eine Botschaft zu hinterlassen. Wir wollten den Schülerinnen und Schülern auf diese Weise klar machen, dass sie Untertanen wären und dass sie etwas gegen ihre Situation machen müssten. Das Problem war allerdings, dass wir eine Parole wählten, die niemand wirklich verstand, nämlich das Wort „Heiduck“. Ich weiß nicht mehr, weshalb wir ausgerechnet auf dieses Wort kamen, aber Faktum war, dass drei aus unserer Gruppe eines nachts loszogen und mit schwarzer

Farbe das Wort „Heiduck" auf einige Schulmauern schmierten. Ich war nicht dabei, weil die ganze Aktion eigentlich zu einem späteren Zeitpunkt stattfinden sollte. Bereits am nächsten Tag tauchte die Kriminalpolizei in den Schulen auf und es dauerte nicht lange, bis man wusste, wer für die Spray-Aktion verantwortlich war. Die Sanktionen waren entsprechend hart und die Beteiligten wurden nicht nur in andere Schulen strafversetzt, sondern es wurde gegen sie auch ein Verfahren wegen Sachbeschädigung eingeleitet.

Und einer dieser Schüler hat dann Selbstmord begangen?

Ja, wobei ich natürlich nicht weiß, ob diese Strafversetzung der alleinige Grund für den Selbstmord war. Kurz

vor seinem Tod hat mir B. einen Brief geschrieben, den ich jetzt auch in meinem Tagebuch gefunden habe:

„hier neben mir liegt eine katze hat heute vier junge bekommen alle waren aber tot. die katze versteht das aber sie will es trotzdem nicht recht glauben. ich habe jetzt keine zeit mehr muß mich um die katze kümmern und dann möchte ich noch etwas malen schatz auf der schreibmaschine wie sich die buchstaben nahe sind."

Wir haben damals in unseren Briefen alles klein geschrieben, weil das in unseren Augen modern war. B. war 16, als er Suizid beging. Er hat von zu Hause einen Strick aus dem Schrank geholt, ist in den Wald gegangen und hat sich erhängt. Ein Jäger hat ihn gefunden.

Der Selbstmord deines Freundes war dann der Anlass für dich, mit dem Tagebuch zu beginnen?

Ob das der alleinige Anlass war, weiß ich nicht. Sicherlich war es ein Auslöser. Für uns war dieser Selbstmord natürlich ein Schock und wir mussten dieses traumatische Ereignis in irgendeiner Form verarbeiten. Ich habe mit dem Tagebuch begonnen, um mir auf diese Weise überhaupt einmal klar darüber zu werden, in welcher Welt wir lebten.

Wir haben von den Erwachsenen keinerlei Hilfe bekommen. Die Lehrer reagierten streng nach den Buchstaben des Gesetzes und unsere Eltern ignorierten schlicht die Tatsache, dass sich ein 16-jähriger Mitschüler umgebracht hatte.

Wie grotesk die Situation war, mag folgende Anekdote illustrieren: Nachdem sich die Direktion des Gymnasiums mit dem Hinweis, der Selbstmörder sei nicht mehr Schüler am Gymnasium gewesen, geweigert hatte, eine Trauerfahne zu hissen, haben wir eine schwarze Fahne besorgt und diese am Tag des Begräbnisses vor dem Schulgebäude aufgezogen. Daraufhin hat die Direktion die Fahne entfernen lassen und beim Fundamt in Vöcklabruck abgegeben. Dort konnten wir sie am nächsten Tag abholen.

Kommen wir auf dein Tagebuch zurück. Du hast eingangs erwähnt, dass du Angst davor hattest, deine Eintragungen aus der Jugendzeit zu lesen. Warum eigentlich?

Weil ich befürchtete, dass das sehr peinlich sein könnte. Und das ist es über weite Strecken auch. Im Laufe der Zeit habe ich mich in diesem Tagebuch oft „ausgeweint“, und das liest sich heute so, dass ich mir wünsche, ich hätte einiges nicht geschrieben. Aber eigentlich bin ich froh, dass ich das Tagebuch aufbewahrt habe, und ich stehe auch zu dem, was ich damals geschrieben habe. Natürlich ist die folgende Eintragung vom 7. Februar 1976 extrem peinlich, zumal ich damals bereits 21 Jahre alt war:

„Tiefste Freude erfüllt mich über die Stärke der Sowjetunion. Mein Leben würde ich für dieses größte und schönste aller Länder geben. 20 Millionen Menschen gaben das ihre für dieses Land.

Es lebe die Sowjetunion.
Es lebe die KPdSU, die ruhmreichste aller Bewegungen, die die Geschichte je hervorgebracht hat.
Es lebe Leonid Iljitsch Breshnew, der Generalsekretär dieser ruhmreichen Partei!“

Heute kann ich über dieses Pathos nur lachen, aber was geschehen ist, ist geschehen. Ich kann höchstens versuchen, herauszufinden, warum ich damals so gedacht habe. Natürlich war das eine – zugegebenermaßen absurde – Form des Protests, die sich daraus erklärt, dass die Sowjetunion damals von allen gehasst wurde. Außerdem war ich mit 21 längst Funktionär des Kommunistischen Studentenverbands und als Mitglied der KPÖ natürlich moskautreu bis in die Knochen. Es gab den Spruch: „Wenn es in Moskau regnet, spannen die österreichischen Kommunisten den Schirm auf." Aber ich werde diese Zeit nicht verraten, und ich weigere mich, dafür das Wort „Jugendsünde" zu verwenden. Ich halte das für ein dummes Wort und ich frage mich, weshalb es das Wort „Erwachsenensünde" nicht gibt, obwohl die angeblichen Sünden der Jugend harmlos sind, verglichen mit den Verbrechen der Erwachsenen. Aber ich habe mich anscheinend mit 17 gar nicht mehr als Jugendlicher gesehen, weil ich einmal in mein Tagebuch geschrieben habe: „Ich denke an früher. Ich werde zu alt." Das muss man sich einmal vorstellen: Mit 17 Jahren hatte ich das Gefühl, bereits zu alt zu sein!

Du hast dein Tagebuch während der gesamten Mittelschulzeit geführt. Gibt es da eine nachvollziehbare Entwicklung von einem Punkt A zu einem Punkt B?

Eine lineare Entwicklung gibt es, soweit ich das sehe, nicht. Auf der politischen Ebene wurden allerdings relativ rasch die Weichen gestellt, was sich auch im Tagebuch nachlesen lässt. Nach den Turbulenzen Ende 1971 hatten die Professorinnen und Professoren ja gehofft, wir würden mit der Schülerzeitung und den anderen politischen Aktivitäten aufhören. Allerdings war das Gegenteil der Fall. Wir hatten uns sofort neu organisiert und nicht nur die Zeitung, sondern auch unsere operative Tätigkeit professionalisiert. Zunächst waren wir politisch ja nicht festgelegt, außer, dass wir uns als Opposition zur Gesellschaft verstanden. Das wurde von der Kirche in Vöcklabruck, wo wir unsere Zeitung drucken durften, anfangs toleriert, allerdings nicht lange, denn nach einigen kirchenkritischen Anmerkungen in der PLOP wurden wir von dort hinausgeworfen. Auch hier zeigte sich, dass die Erwachsenen unfähig waren, mit uns zu kommunizieren. Ihre einzigen Antworten bestanden in Sanktionen, womit sie allerdings immer das Gegenteil von dem erreichten, was sie eigentlich bewirken wollten.

Am Ende landeten wir bei der Kommunistischen Partei in Vöcklabruck, die uns ihre Druckmaschinen und ihr Parteilokal zur Verfügung stellte. Natürlich dauerte es

nicht lange und wir wurden alle Mitglieder der Kommunistischen Jugend, sehr zum Missfallen unserer Lehrer und zum Entsetzen unserer Eltern. Mein Vater wurde mit 18 Jahren zur SS-Polizei eingezogen, ich bin mit 18 Mitglied der Kommunistischen Partei geworden. Für mich gibt es aus heutiger Sicht da einen eindeutigen Zusammenhang. Meine Aufgabe war es offensichtlich, die symbolische Ordnung zu stören.

Würdest du sagen, dass damit die Sinnsuche auf politischer Ebene abgeschlossen war?

Ja. Der Marxismus wurde unsere Religion und eine Art Offenbarung. Wir haben Marx, Engels und Lenin gelesen – wie viel wir tatsächlich verstanden haben, sei einmal dahingestellt –, und wir hatten das Gefühl, endlich Antworten auf die brennenden Fragen des Lebens zu bekommen. Wir sind sofort in die sozialistischen Länder gereist, und obwohl wir von den dortigen Zuständen alles andere als begeistert waren (von Kuba und der DDR einmal abgesehen), haben wir die Ideale des Marxismus-Leninismus stolz vor uns hergetragen.

Wahrscheinlich spielte damals eine große Rolle, dass wir als Gruppe in einer Umgebung tätig waren, die uns verständnislos bis ablehnend gegenüberstand. Das förderte unser Zusammengehörigkeitsgefühl und die Überzeugung, mit allem, was wir taten, im Recht zu sein.

Und wie verhielt es sich mit der Sinnsuche im privaten Bereich?

Na ja, das war erheblich schwieriger. Wenn ich mein Tagebuch heute lese, dann habe ich das Gefühl, dass ich zwischen meinem sechzehnten und einundzwanzigsten Lebensjahr sehr unglücklich gewesen bin. Allerdings vermute ich, dass das die Zeit ist, in der man generell unglücklich ist. Was nicht heißt, dass ich später nicht auch unglücklich gewesen wäre. Eine Eintragung vom April 1972 mag in ihrer Absurdität symptomatisch für meinen damaligen Seelenzustand sein: „Geliebt zu werden ist schwer. Zu lieben auch. Ich habe vielen Leuten meine Freundschaft angeboten. Niemand hat sie erwidert. Außer Camus, Kafka und Borchert.“

Wenn man als 17-Jähriger Albert Camus, Franz Kafka und Wolfgang Borchert liest, ist es natürlich kein Wunder, wenn man solch dunklen Gedanken nachhängt. Sie verweisen aber auch auf die Problematik der „falschen" Lektüre in einem bestimmten Alter. Ich bin ja der Meinung, dass zum Beispiel Kafka kein Autor für junge Leute ist. In meinem Fall hat die Lektüre von Kafka, Camus, Sartre etc. die depressive Grundstimmung in der damaligen Phase meines Lebens noch verstärkt. Der beste Beweis dafür ist die Tagebucheintragung vom 27. April 1972, nachdem ich eine entsprechende Notiz von Kafka gelesen hatte:

„Den Geschlechtsverkehr als Liebesakt lehne ich ab. Es ist nämlich unmöglich, daß zwei Menschen fähig sind, sich so zu lieben. Für mich zumindest. Jeder Mensch hat seine Gedankenwelt, in die der andere nie hineinkommen wird. Als Kind wird man nie die Gedankenwelt der Geschwister oder Eltern erfassen. Als Befriedigung des Triebs lehne ich den Geschlechtsverkehr nicht ab. Aber irgendwie ist es unfair, eine Triebbefriedigung mit Liebe zu verwechseln. Der Mensch muß heraus aus diesem Mist."

Für einen 17-Jährigen ist das jedenfalls eine reichlich abgeklärte Haltung, die möglicherweise der „falschen" Lektüre geschuldet ist.

Sind das die Passagen, die dir heute peinlich sind?

Nein, nicht wirklich, weil sie nachvollziehbar sind. Die wirklich peinlichen Passagen werde ich allerdings für mich behalten. Interessant ist, dass ich mich von bestimmten Eintragungen bereits wenige Monate später wieder distanziert habe. Scheinbar ist es damals ziemlich drunter und drüber gegangen.

Welche Rolle spielte eigentlich die Musik in deinem damaligen Leben?

Eine entscheidende. Ich habe mir 1969 meine erste LP gekauft, es war von den Rolling Stones „Let It Bleed", sicher die beste Platte, die die Stones je gemacht haben. Ohne Musik wäre ich in Timelkam untergegangen. Ich kannte damals jede Band, von der auch nur ein einziger Song im Radio gespielt wurde, und ich kannte alle Besetzungen auswendig. Als bekennender Rolling-Stones-Fan habe ich mir auf die Rückseite eines Hemds in bunten Lettern „Mick Jagger" draufgemalt, damit alle wussten, mit wem sie es zu tun hatten.

Die Rockmusik, der ich mich damals verschrieben hatte, spielte eine ganz entscheidende Rolle bei meiner Sozialisation. Über die Musik nahm ich zum ersten Mal überhaupt Kontakt mit der Welt auf. Als ich dann 1972 in den Ferien in Los Angeles war und Konzerte von den Allman Brothers und anderen Bands gehört habe, hatte ich das Gefühl, in eine neue Dimension vorgedrungen zu sein. Auf die Frage, was der Sinn des Lebens ist, hätte ich damals wahrscheinlich geantwortet: Rockmusik.

Von Kafka, Camus und Borchert einmal abgesehen: Welche Spuren hinterließen andere Schriftsteller in deinem Tagebuch?

Ich glaube, dass mich die meisten Bücher, die ich damals gelesen habe, überfordert haben. Das waren neben den erwähnten Autoren noch Adorno, Horkheimer, Freud und ähnliche Kaliber. Ich vermute, dass wir durch diese Lektüre unsere Jugend gewissermaßen „überspringen“ wollten. Wir wollten den Erwachsenen zeigen, dass wir ebenbürtige Partner waren und dass man uns nicht wie Kinder behandeln konnte. Das Problem war nur, dass sich von diesen Leuten ohnehin niemand auf Gespräche mit uns einließ, weil sie der Meinung waren, dass wir ein bisschen verrückt wären.

Generell war es so, dass in unseren Kreisen Bücher eine große Rolle spielten, weil wir uns von ihnen Antworten auf die existenziellen Fragen erwarteten, die uns die Erwachsenen nicht geben konnten oder wollten.

Darf ich noch um ein Schlussstatement bitten?

Gerne: „*Wenn gewisse Leute glauben, es gibt in unserer ‚modernen, aufgeschlossenen' Welt, wo jeder den anderen versteht, keinen Generationskonflikt, dann sind das Trotteln.*“

Tagebucheintrag vom 24. Februar 1972

Olympisches Gold für Žižić und Genossen

30. Juli 1980: Drei Monate nach Titos Tod befand sich Jugoslawien immer noch in einer Schockstarre. Niemand wusste so recht, wie es nach 35 Jahren Tito-Herrschaft weitergehen sollte. Da boten die Olympischen Sommerspiele in Moskau eine gute Gelegenheit, die Stimmung im Land ein bisschen zu heben. Alle Hoffnungen ruhten dabei auf den breiten Schultern der jugoslawischen Basketballspieler, die gerade im Begriff waren, Geschichte zu schreiben. Die Weltmeisterschaft vor zwei Jahren hatten sie – ausgerechnet gegen die Sowjetunion – gewonnen, und jetzt galt es, aller Welt zu beweisen, dass Žižić, Kićanović, Knego und Co. das Zeug hatten, auch Olympisches Gold zu erobern. Für Jugoslawien und für Tito, auch wenn der schon tot war.

„Kurti", sagte mein Onkel Ernest, der gar nicht mein Onkel war, sondern höchstens mein Großonkel, „Kurti, ich bin mir zehn Milliarden Prozent sicher, dass wir heute gewinnen werden." Und schon zündete er sich die nächste Zigarette an. 100 Prozent reichten Ernest nicht, es mussten mindestens zehn Milliarden Prozent sein. Untertreibung war seine Sache nicht. Typisch Onkel Ernest.

Es war immer noch heiß an diesem späten Nachmittag des 30. Juli 1980, als meine Freundin und ich gemeinsam mit Helen und Ernest unter dem Sonnenschirm vor ihrem Haus in den Hügeln von Portorož saßen und darauf warteten, dass endlich das entscheidende Basketballmatch anfing. Um uns die Zeit zu vertreiben, tranken wir Rotwein aus der Doppelliterflasche und rauchten F 57, richtige Beuschelreißer, an deren Geschmack wir uns in der Zwischenzeit gewöhnt hatten.

Helen und Ernest wohnten in einem der typischen kroatischen Steinhäuser mit Fensterläden aus Holz und

schönen Oleander- und Olivenbäumen. Unter einem Rosmarinstrauch lag eine Katze mit drei Jungen, ein Bild wie aus einem Urlaubsprospekt. Dass wir das Wasser vom Brunnen holen mussten, störte uns nicht weiter, ganz im Gegenteil, wir fanden das irgendwie romantisch. Strom hatten wir, sonst hätten wir uns das Basketballspiel ja nicht ansehen können, das am Abend live aus Moskau übertragen wurde. Jugoslawien gegen Italien, das Spiel um die Goldmedaille.

Ernest F. war Kroate und hatte die Tochter jenes Ehepaars geheiratet, das wir nur Josef-Batschi und Resi-Neni nannten. Resi-Neni war die Schwester meines Großvaters mütterlicherseits, sie und ihr Mann stammten aus Kapan und hatten sich nach der Flucht in Redl-Zipf niedergelassen. Nicht weit von jenem Bunker entfernt, der zum „Lager Schlier“ gehörte, in dem gegen Ende des Zweiten Weltkriegs die „Wunderwaffe“ V 2 getestet wurde. Hinter vorgehaltener Hand wurde in unserer Verwandtschaft getuschelt, dass Ernest F. bei den Partisanen gewesen sei, was ihn mir gleich noch sympathischer machte. Ich habe ihn nie gefragt, ob das stimmte, aber als Partisanen konnte ich ihn mir gut vorstellen, als Ustascha-Faschisten hingegen nicht.

Josef-Batschi und Resi-Neni waren extrem sparsame Menschen, die jeden Groschen dreimal umdrehten und alles Ersparte ihrer Tochter Helen nach Portorož schickten. Ernest war dankbar für jede finanzielle Unterstützung, weil er sich dann wieder neuen Projekten zuwenden konnte. Einmal pachtete er einen Campingplatz, auf dem wir unseren Urlaub verbrachten, mit dem er ein Jahr später schon wieder pleiteging.

Aber die nächste Idee ließ nicht lange auf sich warten. Ernest widmete sich der Malerei, und zwar der naiven Bauernmalerei, die damals groß in Mode war. Da Ernests Schwester in Rom eine Galerie betrieb, organisierte sie für ihn eine große Ausstellung, und tatsächlich machte er in Italien Karriere als naiver jugoslawischer Bauernmaler. Aber immer nur dicke Bäuerinnen beim Melken oder Bauern beim Ackern zu malen, fand er irgendwann langweilig, weshalb er die Branche wechselte und ins Immobiliengeschäft einstieg. Er träumte von einer Villa am Meer und einer großen Jacht, und einmal sagte er zu meiner Mutter: „Anna, ich sage dir, ich kaufe dir einen Pelz, du wirst aussehen wie Sophia Loren, und wir werden mit dem Motorboot nach Venedig fahren, und dort werden wir Austern essen und Champagner trinken."

Schon alleine bei der Vorstellung, in ein Motorboot steigen zu müssen, wurde meiner Mutter übel, aber da sie wusste, dass es ohnehin nie dazu kommen würde, tat sie so, als würde sie sich freuen. Natürlich gab es weder das Motorboot noch den Pelz, von Austern oder Champagner ganz zu schweigen, stattdessen häuften sich die Schulden und Josef-Batschi und Resi-Neni in Redl-Zipf mussten

immer mehr Geld nach Portorož schicken. Um Strom zu sparen, gingen sie mit Einbruch der Dunkelheit schlafen, und statt eines Fernsehers hatten sie nur ein Transistorradio.

In seiner Funktion als Immobilienhändler hätte Ernest das Steinhaus in den Hügeln von Portorož eigentlich verkaufen sollen, aber weil es ihm so gut gefiel, kaufte er es kurzerhand selbst. Natürlich auf Kredit, für den seine Schwiegereltern in Redl-Zipf bürgen mussten.

Viele Jahre später, als Jugoslawien langsam in seine Einzelteile zerfiel, legte sich Ernest ein sündteures Gewehr zu, für das ihm allerdings das Geld fehlte. Jetzt reichte es seinem Schwiegervater, er packte seine Sachen und fuhr nach Portorož, um sich an Ort und Stelle ein Bild zu machen. Was er sah, muss ihn derart schockiert haben, dass er noch am Tag seiner Ankunft einen Herzinfarkt erlitt und tot umfiel. Begraben wurde er in Portorož, immerhin in jugoslawischer Erde.

Dass es einmal so weit kommen würde, konnte am 30. Juli 1980 natürlich niemand wissen. An diesem Tag war nur wichtig, dass die jugoslawische Basketballmannschaft Olympiasieger wurde. Eine Mannschaft, die aus Serben wie Dragan Kićanović, Kroaten wie Dujam „Duje" Krstulović, Montenegrinern wie Rajko Žižić oder Bosniern wie Mirza Delibašić bestand. Als das Spiel am späten Abend begann, konnte man aus den umliegenden Häusern die aufgewühlte Stimme des jugoslawischen Kommentators hören. Basketball gehörte nicht zu den Sportarten, für die ich mich besonders interessierte, aber an diesem Abend hoffte ich natürlich, dass Jugoslawien gewinnen würde. Jedes Mal, wenn ein jugoslawischer Spieler den Ball im Korb versenkte, sprang Onkel Ernest auf und schrie sich die Seele aus dem Leib. Ich hatte schon Angst, er würde einen Herzinfarkt bekommen. Meine Tante Helen sah die ganze Sache etwas entspannter und widmete sich während des Spiels in erster Linie ihrem Wein und ihren Zigaretten.

Jugoslawien gewann das Finale gegen Italien mit 86 : 77 und Ernest öffnete daraufhin gleich eine weitere Doppelliterflasche. Am nächsten Morgen war ich mir nicht mehr sicher, ob Jugoslawien tatsächlich gewonnen hatte, aber als mich Ernest mit den Worten: „Siehst du, Kurti, ich habe dir gesagt, dass Jugoslawien zehn Milliarden Prozent sicher gewinnen wird!" weckte, wusste ich, dass ich am Vortag Zeuge eines historischen Ereignisses geworden war. Immerhin war es die einzige Goldmedaille, die eine jugoslawische Herren-Basketballmannschaft jemals bei einer Olympiade gewonnen hatte. Und ich war live dabei. Wenn auch nur vor dem Fernsehgerät in einem Haus in den Hügeln von Portorož.

Ein unnötiger Streit

Mein Bruder, um zwei Jahre jünger als ich, und ich streiten uns öfter. Vor wenigen Wochen war ich sehr schlecht aufgelegt und ich schlug meinen Bruder, bis er schrie, denn er war sehr frech zu mir gewesen. Da kam meine Mutter herein und schimpfte uns sehr. Doch auch noch vor meiner Mutter schlug ich meinen Bruder. Da sagte meine Mutter, daß ich sofort aufhören sollte. Ich hörte auf, daß mein Bruder nicht ganz verloren war. Von diesem Krawall wurde auch mein schlafender Vater geweckt. Er kam herunter und trug mir eine Ohrfeige an. Mein Bruder verdrückte sich gleich und entging so seinem Schicksal. Mein Vater und meine Mutter berieten, welche Strafe sie uns geben sollen. Als wir wenige Augenblicke später wieder zu den Eltern kamen, sagten sie, daß wir nun eine Woche Hausarrest haben. Wir durften nun eine Woche nicht hinausgehen und mußten immer drinnen bleiben. Auch das Streiten ist uns nun vergangen. Wir streiten nun gar nicht mehr und jetzt bekommen wir auch keinen Hausarrest mehr. Wir sahen, daß es ein unnötiger Streit war.

Deutsch-Hausübung, 1. Klasse HAK 1969

Mein Bruder erhängt sich

Zeit seines Lebens war mein Bruder der fixen Überzeugung, ein unerwünschtes Kind zu sein. Eine seiner Erzählungen lautete: „Die Mama hat absichtlich schwere Kübel geschleppt, um mich loszuwerden.“ Auch soll ich, als er aus dem Krankenhaus nach Hause kam, zu meinen Eltern gesagt haben: „Der Bruder muss weg.“ Tatsächlich habe ich damals lediglich gesagt: „Na Buwa.“ Das war meine

Antwort auf die Bemerkung meiner Mutter: „Schau Kurti, was für einen lieben Bruder du jetzt hast.“ Später, und das ist in einigen Briefen aus den 70er-Jahren nachzulesen, wurde der Ausspruch „Na Buwa“ zu einem *running gag* und wir haben ihn sogar als Anrede in unseren Briefen verwendet.

Weiters behauptete mein Bruder, dass ein Arzt, nachdem er ihn als Kleinkind untersucht hatte, zu meiner Mutter gesagt hätte, dass er keine 30 Jahre alt werden würde. Ich kann mir das nicht wirklich vorstellen und ich frage mich, ob sich mein Bruder immer schon in der Opferrolle gefiel oder ob er möglicherweise an einem Verfolgungswahn litt. Dazu würde passen, dass er drei Tage vor seinem Suizid bei unserem letzten gemeinsamen Abendessen plötzlich behauptete: „Meine Familie hat mich ja ausgeschlossen." Ich warf ihm einen erstaunten Blick zu. „Wie kommst du darauf, dass dich deine Familie ausgeschlossen hat?" Er zuckte bloß mit den Schultern.

In einem Interview mit einer Schweizer Zeitung antwortete mein Bruder auf die Frage nach seiner Herkunft: „Ich habe mich in dieser dunklen Region Österreichs, in der ich aufgewachsen bin, nie zu Hause gefühlt. Ich galt hier immer nur als Sohn von Flüchtlingen."

Vier Monate vor seinem Suizid unternahm mein Bruder eine Pilgerreise auf den Mount Kailash in Tibet, um „für seine Sünden" zu büßen, wie er sich ausdrückte. Ich verstand nicht, was er meinte. „Ich habe arg gesündigt in meinem Leben", ergänzte er. Als er vom Mount Kailash zurückkam, litt er unter schweren Schlafstörungen, die er als „Strafe" empfand. „Als Strafe wofür?", fragte ich. Er konnte – oder wollte – die Frage nicht beantworten.

Ein paar Tage nach dem Suizid meines Bruders hatte meine Schwester einen schlimmen Traum:

„Mein Vater berührte meinen Bruder am Arm und sagte: ‚Du wirst doch nicht daran denken?' Mein Bruder antwortete: ‚Nein, eh nicht, aber ich wusste nicht, dass ich euch so viel bedeute und dass ich euch so abgehen werde.'"

Nachdem mir meine Schwester ihren Traum erzählt hatte, erinnerte ich mich an einen Vorfall, den ich bis heute nicht richtig einordnen kann. Angeblich soll mein Bruder einmal gehört haben, wie meine Mutter gesagt hat, dass er kein Wunschkind gewesen sei. Ob das so stimmt, weiß ich nicht, würde aber erklären, weshalb meine Mutter einmal sehr verzweifelt war, als sie mit dieser Aussage konfrontiert wurde. Wunschkind hin oder her, Tatsache ist, dass meine Eltern keines ihrer Kinder in irgendeiner Form benachteiligt haben. Sie haben alle drei gleich geliebt. Der Satz mag kitschig klingen, entspricht aber der Wahrheit. Sicher haben meine Eltern Fehler in der Erziehung gemacht, aber sie haben alles in ihrer Macht Stehende getan, um uns ein gutes Leben zu ermöglichen, solange sie für uns verantwortlich waren.

Nach dem Suizid meines Bruders fragte ich mich, ob dieser Akt auch eine Art Rache an unserer Familie war. Dieser Gedanke war neu für mich, weil ich bis dahin das Gefühl hatte, Teil einer halbwegs intakten Familie zu sein. Natürlich gab es Konflikte und Auseinandersetzungen, die aber nie so weit eskalierten, dass sie zu einem Bruch geführt hätten.

Dass mein Bruder an Depressionen litt, wusste ich, ohne mir allerdings über die Auswirkungen dieser Krankheit im Klaren zu sein. In den Monaten vor seinem Suizid habe ich ihn mehrmals gedrängt, sich professionelle Hilfe zu holen, was er aber strikt ablehnte. Von Ärzten hat er zeit seines Lebens nicht viel gehalten. Lediglich am Tag vor seinem Selbstmord hat er einen Psychotherapeuten aufgesucht, allerdings auch nur, um mich zu beruhigen, wie er in seinen Abschiedsnotizen schrieb, die wir in seiner Wohnung fanden. Diese Notizen waren sehr verstörend, weil sie uns eine Ahnung von dem immensen Leid vermittelten, dem mein Bruder in den Monaten vor seinem Suizid ausgesetzt war. An meine Schwester und mich hinterließ er lediglich eine kurze Nachricht:

„Es tut mir sehr leid, es geht nicht mehr. Grüße an all Eure Lieben."

Die Aufzeichnungen, die offenbar zu seinem Tagebuch gehörten, waren umfangreich und grausam. Die Entscheidung, seinem Leben ein Ende zu setzen, hatte er bereits zu einem Zeitpunkt gefällt, als wir noch fast täglich miteinander telefonierten und er auch mehrmals bei uns zum Essen war. Unser letztes gemeinsames Essen fand drei Tage vor seinem Selbstmord statt, und in der Rückschau war für mich und meine Frau klar, dass es sich dabei um ein Abschiedsessen handelte, obwohl mein Bruder alles tat, um ja keinen Verdacht aufkommen zu lassen. Fast demonstrativ aß er mehr als sonst und trank zum Essen sogar Rotwein, obwohl er davor jahrelang keinen Alkohol getrunken hatte.

Dabei hatte er den 15. Jänner 2014 als Todestag bereits drei Wochen zuvor fixiert. Sein ursprünglicher Plan wäre allerdings gewesen, sich zu Silvester in Moskau die Pulsadern aufzuschneiden oder sich vom Balkon eines Hotels zu stürzen. „Aber die Sauerei wäre mir zu gross gewesen. Dann verschob ich den Plan auf den Wald von Neuwaldegg. Dort würde ich mir einen Baum aussuchen und vorher einen Strick im Baumax kaufen, um mich zu erhängen. All das hielt mich paradoxerweise am Leben." Wenig später notierte er: „Grauenhafte Vorstellung vom Baum und vom Strick."

Unmittelbar vor seinem Suizid hat mein Bruder verfügt, dass seine Tagebücher, die hunderte Seiten umfassen, frühestens zehn Jahre nach seinem Tod von Familienangehörigen gelesen werden dürfen. Weil seine Witwe Angst vor bösen Überraschungen hatte, überlegte sie, die Tagebücher ungelesen zu verbrennen. Sie bot mir an, die Tagebücher zu übernehmen, was ich aber ablehnte, wohl auch aus Selbstschutz. Mittlerweile befindet sich der gesamte Nachlass meines Bruders in der Zentralbibliothek Zürich, wobei die Tagebücher bis 2070 gesperrt sind.

Wald, Vollmond, Albtraum

Ich sehe meinen Bruder, wie er in der Nacht mit seinen Wanderschuhen, seiner Trekking-Hose, seiner Jack-Wolfskin-Jacke und seiner Wollmütze durch den Wald geht. Es ist Vollmond. In der einen Hand trägt er eine Plastiktasche, in der anderen eine Taschenlampe. Er sucht den Baum, den er sich wenige Tage zuvor bereits ausgesucht hat. Ich gehe neben ihm und sage ihm, dass ich bei ihm bin und dass ich ihn begleite. Ich halte nicht seine Hand und ich berühre ihn auch nicht. „Mein Bruder, ich bin bei dir, und wenn du Hilfe brauchst, sage es mir. Ansonsten akzeptiere ich deinen Weg. Ich werde dich nicht daran hindern, zum Baum zu gehen. Es ist deine Entscheidung."

Beim Baum angekommen, schaltet er die Taschenlampe aus und setzt die Stirnlampe auf, damit er die Hände frei hat. Er holt das Seil aus der Tasche, knüpft eine Schlinge und legt sie sich um den Hals. Er prüft, ob die Schlinge richtig sitzt. Die Plastiktasche mit dem Wohnungsschüssel und der Jahreskarte der Wiener Linien hängt er an einen Ast. Er klettert auf den schrägen Stamm und achtet darauf, dass er nicht ausrutscht. So, wie er es im Internet gesehen hat, knüpft er das Seilende um den kräftigen Ast über ihm.

Ich sage zu meinem Bruder, dass ich jetzt gehen werde, um ihn in seinen letzten Augenblicken alleine zu lassen. Was er jetzt macht, kann ich nur ahnen. Wahrscheinlich hat er die Stirnlampe ausgeschaltet. Für das, was kommt, benötigt er kein Licht mehr. Was er denkt und ob er noch etwas sagt oder ob er weint, weiß ich nicht, weil ich bereits gegangen bin.

Später berichtet der Pathologe, dass das Genick meines Bruders nicht gebrochen war, weil er sich ins Seil hineinfallen ließ. „Aber bereits nach einigen Sekunden wird er ohnmächtig geworden sein, weil das Seil die Blutzufuhr zum Gehirn abgeschnitten hat.“ Ist das ein Trost?

Ein paar Tage nach dem Suizid dürfen wir seine Wohnung betreten. Die Polizisten, die vor uns hier waren, haben den Strom abgeschaltet und den Kühlschrank ausgeräumt. Ein Routinevorgang, wie man uns sagt. „Damit die Lebensmittel nicht zu stinken anfangen.“ Die Wohnung macht auf mich einen gespenstischen Eindruck. Im Schlafzimmer ist die Decke zurückgeworfen und die Hausschuhe stehen Richtung Bett. Offenbar hat sich mein Bruder am Mittwochabend noch hingelegt, bevor er sich auf den Weg zum Baum machte. Um sich auszuruhen? Als ich seine Kleider und seine Bücher sehe, schnürt es mir die Kehle zusammen. Die Kaffeemaschine und die anderen Utensilien in der Küche haben keine Funktion mehr. An der Garderobe hängen ein Mantel und eine Jacke, am Boden stehen mehrere Paar Schuhe. Auf dem Schreibtisch liegen zwei Bände von Prousts „Auf der Suche nach der verlorenen Zeit“ und Nabokovs „Maschenka“. Daneben liegt mein Roman über Rossini, den ich ihm am Sonntag geschenkt habe, als er bei uns zum Essen war. Ich hatte ihm noch eine Widmung hineingeschrieben, über die wir beide sehr gelacht haben: „Für Winnetou vom Blutsbruder Old Shatterhand.“ Dazu zeichnete ich ein „Doppelpferd für Winnetou und Old Shatterhand“.

In der Mitte des Tischs liegen fünf Abschiedsbriefe. Alle Briefe sind offen. Den Tagebuchausdruck (fünf Seiten) hat die Polizei „als Beweismittel“ mitgenommen. Später bekommen wir eine Kopie davon.

Eine Rechnung

BAUMAX
Filiale Wien 17
Schadinagasse 7–9
1170 Wien

Kernmantelseil 9 mm
5 x EUR 3,39

Summe EUR 16,95
Gegeben Bar EUR 20
Rückgeld EUR 3,05

%-Satz	*Brutto*	*MWSt*	*Netto*
€ 20,00	*16,95*	*2,82*	*14,13*

Sie wurden beraten von: Arsim B.
Datum 13.01.2014
Zeit 12:03

Dienstag, 11. Februar 2014

Um 11 Uhr sehen wir die Leiche meines Bruders, die in einem kleinen Raum in der Gerichtsmedizin aufgebahrt ist. Der Körper ist mit einem weißen Tuch bedeckt. Der Kopf sieht aus, als wäre er bereits mumifiziert. Mein Neffe sagt sofort: „Das ist er nicht, das ist er nicht." Ich antworte: „Ja, das ist er." Weil ich nicht weiß, wie ich mich verhalten soll, sage ich zu meinem Neffen: „Komm, gehen wir wieder." Aber der Helfer von der Gerichtsmedizin flüstert uns zu: „Kommen Sie ruhig weiter." Wir machen ein paar Schritte nach vorne und ich erschrecke beim Anblick meines Bruders. Sein Kopf ist geschrumpft, sein Gesicht hat Flecken, am Hals sieht man die dunklen Stellen, die von den Verletzungen durch das Seil stammen, seine Nase ist ganz schmal und er sieht wild aus. Ich lege meinen Arm um die Schulter meines Neffen und wir bleiben vielleicht 15 Sekunden stehen, vielleicht auch 20, dann verlassen wir den Raum.

Draußen denke ich mir, dass es besser gewesen wäre, wir hätten ihn nicht gesehen. Dann denke ich mir, ich hätte mich gebührender von meinem Bruder verabschieden sollen, vielleicht mit einem Gebet. Es überkommen mich

Schuldgefühle. Vor dem Eingang zur Gerichtsmedizin wartet bereits der Wagen der Bestattung UNVERGESSEN, in dem die Leiche meines Bruders nach St. Pölten ins Krematorium transportiert wird.

Noch könnten wir umdrehen, aber wir entscheiden uns dafür, nicht mehr zurückzugehen. Vielleicht hätte ich mich auf die Situation besser vorbereiten müssen. Aber mein Neffe sagt, dass es in Ordnung für ihn ist und er seinen Vater gar nicht länger hätte sehen wollen.

Anschließend gehen wir auf einen Kaffee. Weil schönes Wetter ist, sitzen wir draußen. Ich bestelle einen Apple-Cinnamon-Cake, mein Neffe einen Topfenstrudel.

Mittwoch, 26. Februar 2014

Das Grauen, wenn ich an die letzten Stunden meines Bruders denke. Wie er seine Wohnung verlässt, in die Straßenbahn steigt und bei der Endstation die Durchsage hört: „Wir sind am Ziel, bitte alle aussteigen." War er wirklich am Ziel? Dann der nächtliche Weg zum Baum.

Wie soll man damit leben? Wie gehe ich mit diesen Bildern um?

Antwort: Die Bilder werden bleiben.

Wie soll man diese Entscheidung akzeptieren, mit der er so vielen Menschen so viel Leid zugefügt hat?

Antwort: Mein Bruder hatte das Recht, seinem Leben ein Ende zu setzen. Wir haben das Recht, unser Leben weiterzuleben.

Was ging da in ihm vor? Um 14 Uhr habe ich noch mit ihm telefoniert.

Antwort: Wahrscheinlich wollte er keinen Verdacht aufkommen lassen, um von seinem Vorhaben nicht abgehalten zu werden.

Warum hat er uns die Tagebuchblätter mit diesen Horroraufzeichnungen hinterlassen?

Antwort: Ich weiß es nicht. Möglicherweise, um uns zumindest ein paar Hinweise zu geben. Ich persönlich interpretiere das Tagebuch allerdings als falsche Fährte.

In seinem Kalender steht, dass er sich für den 16. Jänner für eine Party seiner Studentinnen und Studenten eine Karte gekauft hat. Warum?

Antwort: Weil er seine soziale Funktion bis zum Schluss wahrnehmen wollte. Er hat ja auch noch am Tag seines Todes die Zeugnisse für seine Studentinnen und Studenten ausgestellt. Und weil es noch die Möglichkeit gegeben hätte, dass er sich nicht umbringt. Auch für ihn. Sie war zwar gering, aber sie war vorhanden.

Was ist der Sinn des Lebens?

Antwort: Dankbarkeit. Wenn die Dankbarkeit verloren geht, ist der Mensch am Ende.

Mein Bruder konnte nicht mehr dankbar sein.

Wenn ich ein Foto meiner Eltern sehe, dann sehe ich auch die Eltern eines Selbstmörders. Was für eine Katastrophe.

Der Tod meiner Eltern war schmerzhaft.
Der Tod meines Sohnes war schrecklich.
Aber der Tod meines Bruders war grauenvoll.

Tagebucheintrag vom 14. Jänner 1999

Gestern um 17 Uhr 30 starb meine Großmutter im 92. Lebensjahr. Sie hat meinen Vater um fast zwei Jahre überlebt. Ich erinnere mich, wie sie mit versteinertem Gesicht an der Totenwache für ihren Sohn teilgenommen hat.
Letzte Nacht träumte ich, dass mein Vater als Indianerhäuptling auf einem Pferd durch Timelkam ritt. Er war ziemlich schnell unterwegs und irgendwann hat man nur noch eine Staubwolke gesehen. Dann träumte ich, dass mein Vater auf einem Dachboden wohnte. Der Dachboden war so groß und verwinkelt, dass man sich darin verlaufen konnte. Es war gespenstisch, weil ich wusste, dass mein Vater tot war.
Mein Vater als Indianerhäuptling? War das eine Projektion? Eigentlich war ja ich der Indianerhäuptling. Jahrelang ging ich nämlich im Fasching als Intschu-tschuna, der nicht nur der Häuptling der Mescalero-Apachen, sondern Oberhäuptling aller Apachen-Stämme war. Mein Bruder stand als Winnetou unter mir, genauso wie meine Schwester als Nscho-tschi. Dass die berühmten Karl-May-Filme nach Winnetou benannt wurden, und nicht nach Intschu-tschuna, war mir egal. Ich war der Häuptling, basta.

Ein Ort zerfällt

Im September 2016 fuhren meine Schwester und ich nach Kapan, weil wir wissen wollten, ob die Häuser unserer Eltern noch standen und wie der Ort heute aussah. In Ungarn legten wir in Bak eine Pause ein, wo wir in einem Gasthaus Wels-Gulasch mit Bandnudeln aßen. Das Essen schmeckte besser, als die Umgebung vermuten ließ. Je weiter wir Richtung Süden fuhren, desto ärmlicher wurde die Gegend. Auf der Straße sah man nur alte Leute, und die heruntergekommenen Orte standen in merkwürdigem Kontrast zu den Plakaten, auf denen Viktor Orbán triumphierend in die Kamera blickte: „Magyarország első“ – „Ungarn zuerst“.

Am ungarischen Grenzübergang Barcs wurden wir von Soldaten mit Maschinenpistolen aufgefordert, unseren Wagen zu verlassen. Mit einer martialischen Geste bedeuteten sie uns, den Kofferraum zu öffnen. Außer einem Pannendreieck fanden sie dort nichts. Was sie suchten, war nicht ganz klar, denn dass wir Flüchtlinge von Ungarn nach Kroatien schmuggeln würden, war eher unwahrscheinlich. Nach einer eingehenden Kontrolle unserer Pässe durften wir weiterfahren, allerdings konnten wir die Brücke über die Drau nur im Schritttempo passieren, weil überall Stacheldrahtrollen lagen.

In der Bezirkshauptstadt Virovitica hatten wir erst nach langem Suchen im Motel Luka zwei Zimmer gefunden. Hotel gab es keines in Virovitica, lediglich eine Pension Mozart, die lag allerdings außerhalb der Stadt. Das Motel wurde in erster Linie von LKW-Fahrern frequentiert und war entsprechend eingerichtet. Wäre im Frühstückssaal ein Tito-Bild an der Wand gehangen, man hätte meinen können, sich in den siebziger Jahren auf Urlaub in Jugoslawien zu befinden.

Der Anblick, der sich uns in Kapan bot, war niederschmetternd. Den Ort Kapan gab es nicht mehr, er existierte nur noch als „Kapaner Straße“. Obwohl die meisten Häuser bewohnt waren, befanden sich die Gebäude in einem desolaten Zustand. Da die neuen Besitzer die Landwirtschaften nicht mehr weiter betrieben, verfielen die Ställe und Scheunen. Auch das sogenannte „Halderhaus“ am Ende der Straße und die Schule sowie das Haus des Lesevereins standen leer und waren dem Verfall preisgegeben.

Die meisten Häuser verfügten zwar über einen kleinen Garten, in dem aber nur Mais angebaut wurde, wahrscheinlich als Futter für die Hühner, die überall herumliefen. Die wenigen Menschen, denen wir begegneten, waren alt und ärmlich gekleidet. Die Straßen hatten Schlaglöcher und führten an brachliegenden Feldern vorbei. Es gab keine

Geschäfte und Gasthäuser und es sah aus, als hätte man diesen Landstrich vergessen. Es war offensichtlich, dass Kapan zwar eine Vergangenheit, aber keine Zukunft hatte. Meinen Eltern hätte der Anblick ihres ehemaligen Heimatdorfs wahrscheinlich das Herz gebrochen. Aber sie waren von anderen ohnehin schon vorgewarnt worden. Ein Verwandter schrieb ihnen nach einem Besuch in Kapan: „Nur fremde und unbekannte Menschen, die für Sauberkeit nichts übrig haben."

Was machte ich hier eigentlich? War ich auf der Suche nach meinen Wurzeln? Aber so sehr ich mich auch bemühte, ich konnte keine Verbindung zu diesem Ort herstellen.

Im Gegensatz zu den Häusern in Kapan erstrahlte die imposante Theresienkirche von Suhopolje in neuem Glanz. Die Kirche mit ihren zwei mächtigen Türmen schien erst kürzlich renoviert worden zu sein und es war unübersehbar, dass man dabei weder Kosten noch Mühen gescheut hatte. Auch der Innenraum mit seinem Barockaltar zeugte von Wohlstand und Reichtum, den es hier einmal gegeben haben musste.

Bei der Dorfausfahrt stellten wir unseren Wagen neben einem abgeernteten Maisfeld ab. Wir versuchten uns zu orientieren und hatten das Gefühl, beobachtet zu werden. Wenn ein Auto mit einem österreichischen Kennzeichen hier parkte, bedeutete das sicher etwas. Die Frage war nur: Was? Kam jemand, um Ansprüche zu stellen? Hier gab es keine touristischen Attraktionen, und als Fremder hätte man in Kapan nicht einmal seinen Hunger stillen können.

Am Himmel standen dunkle Wolken und es begann zu nieseln. Wir spannten den Schirm auf und ich holte die Skizze hervor, die ich mir aufgrund der Angaben meiner Tante und der Informationen aus dem Netz gemacht hatte. Ich deutete auf ein halb verfallenes Gebäude. „Das muss das Halderhaus gewesen sein", sagte ich zu meiner Schwester. Das Haus lag am Ende des Dorfs, wo die Felder anfingen. Hier sollen der Nachtwächter, der Totengräber, der Sau- und der Kuhhalter samt ihren Familien gelebt haben? Durch ein zerbrochenes Fenster warfen wir einen Blick ins Innere. Offene Feuerstellen in einem großen Raum deuteten darauf hin, dass es sich hier um die Gemeinschaftsküche gehandelt haben muss. Der Raum war nach oben offen, die Wände schwarz vom Rauch.

„Habe ich das richtig verstanden, dass hier auch der Dorfstier und der Dorfeber untergebracht waren?", fragte ich meine Schwester.

„Vielleicht hat es noch einen Stall gegeben."

„Trotzdem kann ich mir nicht vorstellen, dass hier vier Familien gelebt haben. Das mit dem Halderhaus muss ich noch einmal nachrecherchieren."

Wenn die Skizze stimmte, musste sich ein paar Häuser weiter die ehemalige Gastwirtschaft von Michael und Maria Palm befunden haben. „Sieht gar nicht mehr aus wie ein

Gasthaus, ist wahrscheinlich nach dem Krieg renoviert worden. Waren die eigentlich mit uns verwandt?“

Meine Schwester zuckte mit den Schultern. „Keine Ahnung.“

Jetzt erinnerte ich mich, dass mir meine Tante erzählt hatte, dass das Gasthaus gegen Ende des Zweiten Weltkriegs eingestürzt war, weil „die Zigeuner“ beim Bauen schlechte Lehmziegel verwendet hatten. Ich las von der Skizze ein paar Namen ab. Die Hausnummern stimmten aber nicht mehr mit dem Plan überein.

Wir gingen weiter und wären fast über eine Fledermaus gestolpert, die auf der Straße lag. Ob sie tot war oder noch lebte, war nicht zu erkennen. Vor dem Haus mit der Nummer 35 blieben wir stehen. „Das ist das Haus, in dem Mama gewohnt hat, es hatte damals die Nummer 30.“ Vom Dach abgesehen, sah das Gebäude aus, als wäre seit dem Krieg nichts mehr gemacht worden. Und auch wenn eine Sat-Schüssel an der Außenwand hing, war ich mir nicht sicher, ob das Haus überhaupt bewohnt war. Am Zaun hing ein Schild: „Zidarski Obrt. BART. Juro Bartulović.“ Als Maurer *(zidarski obrt)* hätte Herr Bartulović in Kapan eigentlich ein Bombengeschäft machen müssen.

Auf der Straße fuhr ein Traktor vorbei, er hatte Tabakblätter geladen. Der Fahrer grüßte mit einem Handzeichen. Wir grüßten zurück. „Ich wusste gar nicht, dass hier Tabak angepflanzt wird“, sagte ich zu meiner Schwester.

„Erstaunlich, dass der Papa erst im Krieg in Frankreich zu rauchen begonnen hat."

Der Regen wurde stärker. „Fahren wir nach Borova, vielleicht finden wir ja die Weingärten, die Papa gehört haben. Wenn der Regen nachlässt, können wir ja wieder herkommen."

Meine Schwester setzte sich ans Steuer und übersah bei einer Kreuzung prompt ein herannahendes Fahrzeug, das fast mit uns kollidiert wäre. „Hast du das Auto nicht gesehen?", fragte ich erschrocken. „Wenn uns der erwischt hätte, wären wir jetzt tot."

„Das ist mir auch noch nie passiert", stammelte sie und hielt am Straßenrand an. In diesem Augenblick sahen wir auch schon den Polizeiwagen mit Blaulicht auf uns zukommen. Die Polizisten mussten den Beinahe-Zusammenstoß beobachtet haben. Die Beamten waren freundlich und versuchten meiner Schwester in gebrochenem Englisch klarzumachen, dass sie gerade eine schwere Verkehrsübertretung begangen hatte und 500 Kuna Strafe zahlen müsse. Ich sagte nichts, weil ich keine Verwirrung stiften wollte, aber meine Schwester entschuldigte sich mehrfach in so überzeugendem Ton, dass die Polizisten schließlich von einer Strafe absahen. Vielleicht lag es auch am Regen, in dem sie die ganze Zeit standen.

„Die 60 Euro, die wir uns erspart haben, können wir heute Abend im Restaurant ausgeben", sagte ich, während wir unsere Plätze im Auto tauschten.

Die Weingärten in Borova fanden wir nicht, aber wenigstens bekamen wir eine Vorstellung davon, aus welcher Gegend der Wein im Hause Palm stammte.

Nachdem der Regen nachgelassen hatte, fuhren wir zurück. Wir parkten vor dem Haus mit der Nummer 42, früher hatte es die Nummer 36. Ich fühlte mich unwohl, weil ich mir wie ein Eindringling vorkam. Als wir ausstiegen, wurde beim Fenster neben dem hölzernen Eingangstor ein Vorhang zur Seite geschoben. Wegen der beschlagenen Scheiben konnte ich die Person dahinter nicht erkennen.

„Hoffentlich glauben die nicht, dass wir das Haus zurückhaben wollen", sagte ich zu meiner Schwester.

Der ehemalige Bauernhof meines Vaters befand sich

in einem jämmerlichen Zustand der Verwahrlosung. Die Ziegelmauern waren unverputzt und am Dach fehlten einige Schindeln. Soweit ich es von der Straße aus erkennen konnte, war ein Teil des ehemaligen Stalls eingestürzt und von der Scheune standen nur noch Mauerreste. Ich war froh, dass meinem Vater dieser Anblick erspart blieb. Aber vielleicht tat ich den Bewohnern des Hauses auch unrecht und sie hatten einfach zu wenig Geld, um sich die Renovierung leisten zu können.

Nach den Aufzeichnungen meines Vaters wohnten am Hof auch seine Großmutter, Anna Palm, und sein taubstummer Großonkel, Matthias Palm. Die Großmutter galt seit Juli 1943 als vermisst (oder starb 1944 auf der Flucht), und wenn mich nicht alles täuschte, war es dieser

Matthias Palm, der im Juli 1944 von Polizisten erschossen wurde, weil er deren Aufforderung, stehenzubleiben, nicht nachgekommen war. Zugetragen hatte sich die Tragödie in Semlin (Franztal) bei Belgrad, wo Matthias Palm als Flüchtling Zwischenstation gemacht hatte.

Ich sah mich um und fragte mich, was wir hier eigentlich suchten. Mir war das Haus fremd, und selbst wenn ich die Augen geschlossen und eine Beschwörungsformel gemurmelt hätte, wäre es mir unmöglich gewesen, eine Beziehung zu diesem Ort herzustellen: „Ich rufe meine Ahnen aus dem Schatten herbei. Die, die vor uns da waren und starben, damit wir leben können. Besucht uns, Voreltern, greift ein zu unseren Gunsten …“

Wer wohnte hier überhaupt? Waren es die Kinder oder Enkel jener „verdienten Partisanen“, denen nach 1945 viele Häuser und Höfe von „Personen deutscher Volkszugehörigkeit“ zugesprochen wurden? Und wie sollte eine Unterhaltung überhaupt zustandekommen, wenn sie kein Deutsch sprachen und wir kein Kroatisch?

Wir klopften und sofort schlug im Hof ein Hund an. Es war ein aggressives Bellen. Insgeheim hoffte ich, dass uns niemand öffnete und wir nach Virovitica fahren konnten, um uns in einem Kaffeehaus aufzuwärmen. Mir war kalt, weil ich zu leicht angezogen war. „Komm, gehen wir“, sagte ich zu meiner Schwester.

„Nein, warte, da kommt jemand.“

Wir hörten eine männliche Stimme einen Befehl rufen, woraufhin der Hund zu bellen aufhörte. Ein Schlüssel wurde gedreht und die Holztüre einen Spalt geöffnet. Ein alter Mann warf uns einen fragenden Blick zu. Seine Kleidung war abgetragen und seine weißen Haare standen wirr vom Kopf ab.

„Dobar dan“, sagte ich, „sprechen Sie Deutsch?“

Der Mann schüttelte den Kopf.

„Das ist meine Schwester. Unser Vater, Stjepan Palm, hat hier gewohnt.“ Ich verwendete das kroatische Stjepan, weil mein Vater auf diesen Namen getauft worden war. Später wurde der Name in Stefan geändert.

Seine Miene verdüsterte sich und er murmelte ein paar Worte, die nicht besonders freundlich klangen. Da es nieselte und wir im Freien standen, bat er uns widerwillig in den überdachten Innenhof. Der Hund, der an einer Kette hing, begann sofort wieder zu bellen. „Jebem ti boga“, fluchte der Mann in Richtung Hund.

Im Hof stand ein verstaubter Ford Escort ohne Kennzeichen, daneben lag ein Haufen Holz. Dort, wo früher das Plumpsklo war, befand sich jetzt ein frisch gemauerter Erker, der provisorisch mit einer Plane abgedeckt war. Aus einer Wand hingen Stromkabel, und unter einer riesigen Trauerweide scharrten ein paar Hühner im Boden. Der Ziehbrunnen sah zwar pittoresk aus, hatte aber schon lange keine Funktion mehr.

Der Mann öffnete die Haustüre und rief einen Namen, ich glaube, es war Milica. Kurz darauf erschien eine Frau, sie trug eine Kochschürze und hatte Teig an den Händen. Wir waren also zu einem denkbar ungünstigen Zeitpunkt gekommen.

„Dobar dan", sagte ich.

Sie nickte uns kurz zu und zu meiner Überraschung bat sie uns mit einer Geste ins Vorzimmer, von wo aus wir einen Blick in die Küche werfen konnten. Auch wenn ich nicht wusste, wie es früher in diesem Haus ausgesehen hatte, schien sich seit dem Ende des Krieges nicht allzu viel geändert zu haben. Im Vorzimmer standen ein Korb mit Brennholz und ein windschiefes Schuhregal. Die Küche war mit alten Möbeln eingerichtet, lediglich der Röhrenfernseher wirkte wie ein Fremdkörper. An der Wand hing ein Kruzifix, auf einem Stuhl lag eine Katze und schlief. Es roch nach Feuchtigkeit, Moder und Sauerkraut und ich fragte mich, ob die Menschen in diesem Haus glücklich waren. Wie lebte es sich in einem Haus, das einem nicht gehörte? Hatte man Angst vor den Geistern der ehemaligen Bewohner oder fühlte man sich aufgrund der Verbrechen der Nationalsozialisten im Recht, das Haus als sein Eigentum zu betrachten?

„Sprechen Sie Deutsch?", fragte ich. Es war eine rein rhetorische Frage.

Die Frau schüttelte den Kopf und wischte sich die Hände an ihrer Kochschürze ab. „Moment", sagte sie und verließ die Küche.

„Ich glaube, es ist besser, wenn wir wieder gehen", flüsterte ich meiner Schwester zu. „Das bringt hier nichts und ich möchte nicht, dass die glauben, wir wollen ihnen das Haus wegnehmen."

Sie zuckte mit den Schultern.

Während wir unschlüssig warteten, betrat die Frau in Begleitung eines jüngeren Mannes die Küche. Sie zeigte auf uns, ohne etwas zu sagen. Der Mann war um die 50 und unterschied sich schon alleine durch seine Kleidung von den beiden Alten. Er strahlte ein gewisses Selbstbewusstsein aus, ohne arrogant zu wirken. Als er auf uns zukam, war uns klar, dass wir hier nicht willkommen waren.

„Guten Tag", sagte er, „darf ich fragen, was Sie hier wollen?" Er sprach mit einem deutlichen kroatischen Akzent

„Äh, das ist meine Schwester, wir sind hier, weil unsere Eltern aus Kapan stammen und mein Vater auf diesem Hof hier aufgewachsen ist. Wir wollten uns eigentlich nur das Haus ansehen. Das ist alles, wir möchten Sie keinesfalls stören."

Nachdem er mit den beiden Alten ein paar Worte gewechselt hatte, zog er sich eine Regenjacke an und schlüpfte in ein Paar Gummistiefel. „Kommen Sie, ich zeige Ihnen etwas."

Ich warf meiner Schwester einen fragenden Blick zu. Der Regen war stärker geworden und ich merkte, dass ich die falschen Schuhe angezogen hatte. Ich hoffte, dass wir nicht zu weit gehen mussten. „Sie sprechen gut Deutsch", sagte ich, um irgendetwas zu sagen.

„Ich habe in Rovinj 20 Jahre ein kleines Restaurant geführt. Da muss man zwangsläufig Deutsch können."

„In Rovinj habe ich einmal einen Film gedreht", antwortete ich, aber das schien ihn nicht weiter zu interessieren.

Vor dem Gebäude, das meine Schwester und ich bereits als die frühere Schule identifiziert hatten, blieben wir stehen.

„Das ist die alte Schule", begann er seine Erzählung. „Genau an dieser Stelle wurden im Januar 1944 zehn Bauern, die man als Partisanen verdächtigt hatte, von Angehörigen der Deutschen Wehrmacht und der Ustascha erschossen. Ein paar Tage zuvor hatten zwei Mitglieder der Ustascha in Gradina von einem Dachboden aus einen Partisanen-Trupp angegriffen. Die Partisanen haben daraufhin das Haus gestürmt, dabei hat sich einer der Ustascha mit einer Handgranate in die Luft gesprengt, der andere wurde festgenommen und nach einem kurzen Verhör mit einer Axt erschlagen."

„Mit einer Axt?", fragte ich erschrocken. Ich war vielleicht zehn oder elf Jahre, als ich mich auf dem Bauernhof meiner Tante beim Holzhacken am Daumen verletzt hatte. Die Wunde musste sogar genäht werden. Aber es war nicht weiter schlimm, weil weder Knochen noch Sehnen betroffen waren. Bei der Vorstellung, dass jemandem mit einer Axt der Schädel eingeschlagen wurde, drehte es mir den Magen um.

„Ja, mit einer Axt. Die Leiche hat man einfach verscharrt. Ein paar Tage später ist Verstärkung durch das

Militär gekommen und die Partisanen mussten sich wieder in die umliegenden Wälder zurückziehen. Fanatische Ustascha-Leute haben die übel zugerichtete Leiche ihres ermordeten Kameraden ausgegraben und am Platz vor der Kirche zur Schau gestellt. Sie haben dann die Ortsbewohner zusammengetrommelt, um ihnen zu zeigen, wozu die Partisanen fähig sind. Am nächsten Tag haben Soldaten der Wehrmacht mit Unterstützung der Ustascha willkürlich zehn Bauern aus der Umgebung festgenommen und vor dieser Schule standrechtlich erschossen. Hier sehen Sie noch die Einschusslöcher. Einer der Ermordeten war mein Großvater, der zwar ein Sympathisant der Partisanen war, aber nie an bewaffneten Kämpfen teilgenommen hat. Er

war 30 Jahre alt, als er starb, seine kleine Tochter war drei. Sie haben sie vorhin im Haus gesehen, es ist meine Mutter."

Er machte eine Pause und wartete offenbar auf unsere Reaktion. Ich hatte von diesen Erschießungen noch nie etwas gehört und fragte mich, ob meine Verwandten davon wussten oder möglicherweise sogar Zeugen dieses Verbrechens waren. Allerdings hatten im Jänner 1944 die deutschstämmigen Bewohnerinnen und Bewohner Kapan längst verlassen.

„Warum gibt es hier eigentlich keine Gedenktafel"?, fragte ich. Dass in dem kleinen Dorf Kapan nichts an dieses dramatische Ereignis erinnerte, erstaunte mich.

„Weil nicht alle Ermordeten Partisanen waren und sich die zuständigen Politiker nicht einigen konnten, was auf der Gedenktafel stehen sollte. Später hat man dieses Verbrechen einfach vergessen. Wie so vieles andere auch." Nach einer kurzen Pause fügte er hinzu: „Meine Eltern verkaufen übrigens ihr Haus. Sie sind zu alt und möchten sich in Virovitica eine kleine Wohnung nehmen. Ich helfe ihnen bei der Abwicklung, aber das Interesse hält sich in Grenzen. Vielleicht möchten Sie ja das Haus kaufen." Der sarkastische Unterton beim letzten Satz war unüberhörbar.

Ich schüttelte den Kopf. „Weiß man eigentlich, wer diesem Erschießungskommando angehört hat? Waren auch Leute aus dem Dorf dabei?"

„Die Wehrmachtssoldaten hat natürlich niemand gekannt, die sind ja von irgendwoher gekommen, für die waren solche Erschießungen reine Routine. Die haben das ja jeden Tag gemacht. Aber zwei Mitglieder der Ustascha, die aus Gradina stammten, wurden kurz vor Kriegsende gefasst und sofort erschossen."

Während immer mehr Feuchtigkeit in meine Schuhe drang, erinnerte ich mich an den Februar 1974, als ich vor dem Arbeiterheim in Holzleithen in Oberösterreich aus Anlass des 40. Jahrestags der Februar-Kämpfe eine Rede hielt. An der Wand des Arbeiterheims gab es sehr wohl eine Gedenktafel, die an die getöteten Schutzbündler erinnerte. Ich war damals 19 Jahre alt und bereits Mitglied der Kommunistischen Partei. Im Februar 1934 waren im Kohlerevier Hausruck 16 Schutzbündler von Soldaten des Bundesheeres und Mitgliedern der christlich-sozialen Heimwehr ermordet worden, vier von ihnen wurden auf der Bühne des Arbeiterheims standrechtlich erschossen, obwohl sie unbewaffnete Sanitäter waren. Zwei Schutzbündler überlebten schwer verletzt. Unter den Teilnehmerinnen und Teilnehmern der Kundgebung befanden sich auch zahlreiche Verwandte und Nachkommen der damaligen Opfer. Für mich als Jungkommunisten war das ein erhebender Augenblick, weil ich dadurch das Gefühl hatte, direkt mit der Geschichte der revolutionären Arbeiterbewegung verbunden zu sein.

Hier, in Kapan, am Ort eines schrecklichen Verbrechens, war ich durch meine Vorfahren ebenfalls mit der Geschichte verbunden, und auch wenn ich davon ausgehen konnte, dass keiner meiner Verwandten an diesen Erschießungen beteiligt war, handelte es sich hier um die dunkle Seite der Geschichte.

„Danke, dass Sie sich die Zeit genommen haben, uns über dieses Ereignis zu informieren", sagte meine Schwester, während wir zum Haus zurückgingen.

Ich nahm mir vor, sofort nach meiner Rückkehr meine Tante zu fragen, ob sie etwas von diesen Erschießungen wusste. Sie war die Einzige, die mir noch Auskunft geben konnte. Auch wenn damals alle meine Verwandten Kapan bereits verlassen hatten, erschien es mir unwahrscheinlich, dass ein so gravierendes Verbrechen einfach im schwarzen Loch der Geschichte verschwand.

Am Abend saß ich mit meiner Schwester in einem Restaurant in Virovitica, wo wir die Ereignisse des Tages Revue passieren ließen. Wir waren am Friedhof gewesen und hatten den Ort Borova besucht, wo sich die Weingärten meines Vaters befanden. Wir hatten einen Spaziergang durch Kapan gemacht und in der Theresienkirche in Suhopolje Kerzen für unsere Verstorbenen angezündet.

„Das mit diesen Erschießungen geht mir nicht aus dem Kopf. Jetzt verstehe ich auch, warum die uns gegenüber so reserviert waren“, sagte ich, während ich mir ein Stück vom Wildschweinbraten herunterschnitt. Wir waren die einzigen Gäste im Restaurant, trotzdem schien die Küche voll besetzt zu sein. „Hast du jemals etwas davon gehört?“

Meine Schwester schüttelte den Kopf. „Nein, nie, aber vielleicht hat ja wirklich niemand etwas gewusst.“

„Oder sie haben es einfach verdrängt. Wie so vieles andere auch.“

„Andererseits: Selbst wenn sie es gewusst hätten, was hätten sie machen sollen?“ Meine Schwester nahm einen Schluck Wein. „Ich frage mich gerade, was wir mit dem Haus gemacht hätten, wenn das Entschädigungsverfahren zu unseren Gunsten ausgegangen wäre.“

„Keine Ahnung“, antwortete ich, „aber wahrscheinlich hätten wir es verkauft. Nach Kapan gezogen wäre ich jedenfalls nicht. Ich finde den Ort richtig deprimierend und dieses ganze Gerede, wie schön es früher hier gewesen sei, sehe ich jetzt mit anderen Augen."

„Mir tun die Leute fast ein bisschen leid", sagte meine Schwester.

„Wie meinst du das?"

„Die haben ja nichts hier. Und diese Armut ist erschreckend."

„Das sind die Segnungen der EU", antwortete ich mit einem sarkastischen Lächeln. „Man sollte die Beamten aus Brüssel einmal für ein paar Monate hierherschicken, damit sie wissen, wie der Hase läuft in Europa. Die sind doch alle korrupt bis in die Knochen." Ich trank meinen Wein aus und bestellte ein weiteres Glas, das dritte. Ich wusste, dass ich aufpassen musste, um nicht wieder eine meiner Hasstiraden gegen die EU loszulassen. Außerdem kannte meine Schwester meine diesbezüglichen Ansichten bereits zur Genüge. „Reden wir über etwas anderes", sagte ich, „bringt ohnehin nichts."

Im Motel Luka trank ich noch eine Flasche Ožujsko-Bier, bevor ich mich einigermaßen verwirrt ins Bett legte.

Wenige Tage nach unserer Rückkehr aus Kapan besuchte ich meine Tante, um sie zu fragen, ob sie etwas von den Hinrichtungen vor der Schule wusste. Um nicht gleich mit der Tür ins Haus zu fallen, erzählte ich ihr von unserer Reise und dass wir auch das Haus besucht hatten, in dem sie mit meinem Vater aufgewachsen war. Ihre Miene hellte sich auf und sie wollte wissen, ob sich das Haus in einem guten Zustand befand. Auch fragte sie, ob das „Sandloch" noch existierte, in dem sie und die anderen Kinder des Dorfs schwimmen gelernt hatten. Mit einer „aufgeblasenen Schürze", wie immer das funktioniert haben mochte.

„Ja, das gibt es noch, allerdings ist das Loch jetzt leer und von Gestrüpp überwuchert. Hast du eigentlich gewusst, dass im Jänner 1944 in Kapan zehn angebliche Partisanen vor dem Schulgebäude standrechtlich erschossen worden sind?"

Meine Tante machte ein erstauntes Gesicht. „Von wem sind die erschossen worden? Doch nicht von unseren Leuten. Wir waren im Jänner 1944 ja schon alle weg."

„Von Soldaten der Wehrmacht und von Mitgliedern der Ustascha."

„Nein, davon weiß ich nichts." Sie schüttelte den Kopf und fragte nach einer kurzen Pause: „Wer hat dir das erzählt?"

„Ein Mitarbeiter vom Heimatmuseum in Virovitica." Eine bessere Antwort fiel mir nicht ein. In diesem Augenblick fragte ich mich allerdings, ob die Geschichte überhaupt stimmte. Was, wenn es diese Hinrichtungen gar nicht gegeben hatte und der Sohn uns nur davon erzählte, um uns ein schlechtes Gewissen zu machen? Waren das tatsächlich Einschusslöcher in der Wand des Schulgebäudes?

„Und später habt ihr auch nie etwas davon gehört?“

„Nein.“ Meine Tante machte eine Pause und wischte ein paar Brösel vom Tisch. „Du, mir ist das jetzt alles zu anstrengend.“ Ihr Blick verlor sich im Leeren. „Ich muss mich hinlegen.“

Ich hatte keine Ahnung, ob sie das Gespräch tatsächlich angestrengt hatte oder ob ihr die Frage unangenehm war. Ich stand auf und verabschiedete mich. Beim Hinausgehen warf ich noch einen Blick auf die Familienfotos an der Wand. Es waren Fotos von ihren Kindern, Enkeln und Urenkeln. Meine Cousins und Cousinen erkannte ich gerade noch, alle anderen waren mir fremd. Mit einem merkwürdigen Gefühl im Bauch verließ ich das Haus.

Die bittere Wahrheit lautet: SS-Polizeiregiment 19

Als mein Vater 16 war, hatte ihm seine Mutter die Landwirtschaft überschrieben. Zwei Jahre später wurde er in den Krieg geschickt. Von den Deutschen, obwohl er Bürger des Unabhängigen Staates Kroatien war. Was freilich nichts bedeutete, weil der von Ante Pavelić ausgerufene faschistische Staat als verlängerter Arm Hitlerdeutschlands agierte und seine Ustaschen verantwortlich waren für den planmäßigen Völkermord an zwei Millionen Serben, Juden, Roma sowie kroatischen und muslimischen Systemgegnern. Ob die Bewohnerinnen und Bewohner Kapans von diesen Verbrechen wussten? Gänzlich ahnungslos werden sie wohl nicht gewesen sein, weil bereits kurz nach Kriegsbeginn deutsche Studenten ins Dorf kamen, um nicht nur eine Zweigstelle des Schwäbisch-Deutschen-Kulturbunds zu gründen, sondern auch um massiv nationalsozialistische Propaganda zu betreiben.

Ich weiß nicht, von wem die Aufzeichnungen stammen, die ich in der schwarzen Kiste auf unserem Dachboden gefunden habe, aber sie beschreiben sehr gut die Stimmung, die damals in Kapan herrschte: „Einige deutsche und österreichische Studenten sind zu uns gekommen und haben uns deutsche Lieder und Tänze beigebracht, und Hitlerpropaganda haben sie auch ein wenig gemacht. Sie haben uns über Hitlerdeutschland informiert und konnten die Jugend damit begeistern. Auch die Kroaten waren begeistert, nur die Serben waren misstrauisch."

Die Serben in Suhopolje waren zu Recht misstrauisch, weil sie mit Kriegseintritt Jugoslawiens im April 1941 von den Ustascha-Leuten aus ihren Häusern vertrieben wurden. Ihnen widerfuhr also dasselbe Schicksal, das den deutschstämmigen Bewohnerinnen und Bewohnern einige Jahre später widerfahren sollte. Die Häuser der Serben wurden beschlagnahmt und sie durften nur mitnehmen, was sie tragen konnten.

Am 17. November 1942 wurde mein Vater zwangsrekrutiert und vom Schweinestall direkt zu einer sechswöchigen Ausbildung nach Prag geschickt. Der 17. November 1942 war ein Dienstag. In Stalingrad herrschten dichter Nebel und starker Eisgang auf der Wolga. Für die 6. Armee unter General Paulus ein schlechtes Omen.

„Die Deutschen sind ins Dorf gekommen und haben die jungen Männer ausgemustert. Die, die kräftig und stark waren, wurden zur SS eingezogen", erzählte meine Tante.

„Auch mein Vater?" Obwohl ich die Antwort kannte, bereitete mir alleine schon die Frage Unbehagen. Viele Jahrzehnte hatte ich mir nämlich eingeredet, mein Vater wäre Soldat der Deutschen Wehrmacht gewesen, was ich weniger schlimm gefunden hätte als die Tatsache, dass er bei der SS-Polizei war.

„Ja, dein Vater auch. Er gehörte zu den Jüngsten."

Ich überlegte: Um bei der SS aufgenommen zu werden, durfte ein Bewerber höchstens 22 Jahre alt sein und musste eine Körpergröße von mindestens 1,70 Meter haben. Das mit dem Alter passte, aber nicht das mit der Größe, weil mein Vater nur 1,69 Meter groß war. Entweder stellte er sich bei der Rekrutierung auf die Zehen oder die Deutschen drückten beide Augen zu, weil es wegen der erheblichen Verluste, die die Wehrmacht und die SS vor allem an der Ostfront erlitten hatten, an Menschenmaterial mangelte. Aber vielleicht war dieser eine Zentimeter auch der Grund dafür, dass mein Vater nicht zur SS-Division „Prinz Eugen", sondern „nur" zur SS-Polizei eingezogen wurde. Ein Umstand, der ihm möglicherweise das Leben rettete.

Mein Vater war also 18 Jahre alt, als er aus seinem Leben herausgerissen wurde. Nach der Rekrutierung hat er seinen Bauernhof nie wieder gesehen. Oder doch? Auf dem Formular „Erfassung von Vertreibungsschäden", das mein Vater 1992 ausgefüllt hat, hat er als Flucht-/Vertreibungsdatum nämlich den 15. Oktober 1944 angegeben, was aber nicht stimmen kann, weil er an diesem Tag mit einem Krankentransport von Grandvillers in Frankreich nach Arolsen in Hessen unterwegs war. Außerdem wurde im Herbst 1944 die Gegend um Suhopolje längst von den Partisanen kontrolliert.

Das geht auch aus dem Divisions-Befehl von SS-Brigadeführer und Generalmajor der Waffen-SS, August Schmidhuber, vom 4. Februar 1945 hervor, in dem es heißt, dass die Kampfgruppe Breimaier über Cacinci-Slatina-Suhopolje mit dem Auftrag angreifen solle, den Feind (also die Partisanen) aus den Ortschaften zu vertreiben:

„Der zähe Widerstand des ersten Angriffstages deutet darauf hin, daß diese Partisanenhochburg mit ihren gut ausgebauten Stellungen und ausgezeichnet getarnten Waldbunkern schwer zu nehmen sein wird! In unübersichtlichen Tälern sind seit Jahren Versorgungsgüter in Stollen versteckt, Waffen, Munition, Lebensmittel, Medikamente, alles aus der Luft von den Alliierten angeliefert."

Bei unserem vorletzten Gespräch, das etwa zwei Jahre vor ihrem Tod stattfand, hat mir meine Tante erzählt, dass am 13. Juni 1943 zum ersten Mal Partisanen in Kapan auftauchten. „Ich weiß das deshalb so genau, weil das der Tag des Heiligen Antonius war. Das war der Schutzpatron von unserem Dorf, das auf Deutsch ja Antonsdorf hieß."

„Wusstet ihr, dass die Partisanen kommen würden, oder war das überraschend für euch?"

„Es gab Gerüchte, dass sich Partisanen in der Gegend aufhielten, aber niemand wusste, was an diesen Gerüchten dran war. Außerdem durften wir nicht darüber sprechen. Als sie dann ausgerechnet am Tag des Heiligen Antonius kamen, waren natürlich alle geschockt. Weil Kapan eine Steinstraße hatte, hörte man die Pferdewagen der Partisanen schon von weitem. Aber zunächst einmal verhielten sie sich abwartend. Die meisten unserer jungen Männer waren da schon im Krieg und die Alten versteckten sich im Wald oder auf den Feldern.

Die Partisanen haben sich im Halderhaus am Ende des Dorfs einquartiert und wir mussten ihnen Brot, Wein, Speck und Schmalz bringen. Wir haben alle Angst gehabt, weil wir nicht wussten, was passieren wird, aber eigentlich haben sie uns in Ruhe gelassen, solange wir ihnen Lebensmittel und Kleidung brachten. Die Hilde K., die damals noch ein kleines Mädchen war, hat ihnen auch Essen gebracht. Einmal ist es allerdings zu einem Zwischenfall gekommen, weil der Florian H. mit seiner Ustascha-Uniform herumspaziert ist. Der gehörte zur Ustascha-Miliz in Kapan. Da haben sie ihn geschnappt und hinten auf einen Pferdewagen gebunden. Am nächsten Tag hat man seine Leiche auf einem Feldweg gefunden. Das war am 21. Juni 1943. Ein paar Leute, die bei den Partisanen waren, haben wir gekannt. Die haben als Knechte oder Landarbeiter gearbeitet, die meisten waren Serben."

„Gab es viele Ustascha-Anhänger im Dorf?", wollte ich wissen.

„Nein, nicht viele, aber doch einige. Das hat dann auch zu einer Spaltung im Dorf geführt. Man hat gehört, dass Ustascha-Leute Kirchen angezündet haben. Wir waren ja ein katholisches Dorf, das hat uns eher abgeschreckt."

Diese kritischen Töne waren neu für mich, denn wenn sich meine Verwandten über ihr Leben in Kapan unterhielten, schwang in den Erzählungen immer eine gewisse Wehmut mit, die letztendlich zu einer Verklärung der „guten alten Zeit" führte. Konflikte oder Auseinandersetzungen unter den Bewohnerinnen und Bewohnern wurden tunlichst ausgeblendet oder bewusst verdrängt. Ich kann mich nicht erinnern, dass in meiner Verwandtschaft jemals die Frage nach einer Mitschuld an den Verbrechen des Nationalsozialismus auch nur ansatzweise gestellt worden wäre.

Da ich wusste, dass die von meiner Tante erwähnte Hilde K. noch lebte, habe ich sie gefragt, ob sie bereit wäre, mit mir über ihre Flucht aus Kapan zu sprechen. Sie freute sich, dass sich noch jemand für dieses Thema interessierte, und gab mir bereitwillig Auskunft.

„Jede Nacht gab es Plünderungen durch die Partisanen, da haben sich meine Mutter, meine Tante und ich auf dem Dachboden über dem Weinkeller versteckt, damit sie uns nicht finden. Unser Knecht, die Pferde und die Schweine sind von den Partisanen mitgenommen worden. Meine Mutter ist dann zu den Partisanen gegangen und wollte unseren Knecht zurückholen, aber der hatte sich scheinbar den Partisanen angeschlossen. Wir mussten den Partisanen immer etwas zum Essen bringen, sonst hätten sie unsere Häuser angezündet. Meine Mutter hat mir also einen Korb mit Verpflegung gegeben und ich bin mit ein paar Leuten zum Halderhaus gegangen, aber die Partisanen haben gesagt, wir müssen zu ihrem Lager mitkommen. Nach einem Verhör, ob Soldaten da sind und wer beim Militär ist, haben sie uns wieder gehen lassen. Ich war zehn Jahre alt und habe mich natürlich sehr gefürchtet. Meine Mutter ist mir entgegengekommen und hat schrecklich geweint, weil sie gedacht hat, ich würde nie mehr zurückkommen. Drei meiner Geschwister sind ja gestorben, wie sie noch ganz klein waren. Für meine Mutter wäre das das Ende gewesen.

Weil es für uns zu gefährlich wurde, sind wir zuerst nach Virovitica geflüchtet und dann weiter nach Semlin (Franztal) bei Belgrad. Dort gab es aber ständig Bombenangriffe. Einmal war ich mit einem Mädchen im Garten, wir haben mit den Puppen gespielt, als wieder ein Angriff kam. Jede von uns ist in einen anderen Bunker gelaufen, als es plötzlich eine starke Erschütterung gab. Als alles vorbei war, sind wir hinaus und die Erwachsenen haben mit Schaufeln und bloßen Händen zu graben begonnen. Sie haben auch meine tote Spielgefährtin gefunden und sie neben die Puppen gelegt, mit denen wir kurz zuvor noch gespielt hatten. Dieses Bild werde ich nie vergessen, so lange ich lebe.“

Ich saß mit Hilde K. am Küchentisch ihres Einfamilienhauses, in dem sie sechs Kinder großgezogen hatte. Ihr Mann war früh gestorben, und auch einen ihrer Söhne hatte sie verloren. Hilde K. strahlte eine Ruhe und Wärme aus, die mich angesichts ihrer schweren Schicksalsschläge erstaunte.

Hilde K.s Familie flüchtete ebenfalls auf einem Pferdewagen und kam Anfang November 1944 in Mondsee an: „Es war ein trüber Tag, kalt und unfreundlich, alle waren durchfroren bis auf die Knochen. Uns wurde ein Zimmer zugeteilt, in dem es bitterkalt war, kein Ofen im Zimmer, nur ein Bett und ein Tisch mit einem Sessel. Meine Urgroßmutter war sterbenskrank, da hat meine Mutter die schöne gestickte Bettwäsche herausgeholt, die sie von Kapan mitgenommen hat, und der Urgroßmutter das Bett hergerichtet. Zu mir hat sie gesagt: ‚Komm, gehen wir in den See, Tati ist wahrscheinlich gefallen, und ich will auch nicht mehr leben. Es hat alles keinen Sinn mehr.' Ich habe sie gehalten und bitterlich geweint. Ich bin dann zu einem Nachbarn gelaufen, der hat uns geholfen."

Ich wusste nicht, was ich darauf antworten sollte, und erinnerte mich an das Schicksal von Frau W., die Ähnliches berichtet hatte. Ich aß das letzte Stück vom Kuchen, den Hilde K. gebacken hatte. Es war das erste Mal, dass ich mit Hilde K. ein persönliches Gespräch führte, obwohl ich sie vom Sehen kannte, weil sie des Öfteren bei meinen Eltern zu Besuch war. Allerdings hatte ich keine Ahnung von ihrer Lebensgeschichte, für die ich mich genauso wenig interessierte wie für die meiner Eltern oder Großeltern.

„Wenig später sind wir nach Neukirchen an der Vöckla gezogen, weil dort ein Onkel von mir war. Meine Mutter musste bei den Bauern arbeiten, wir haben Ähren geklaubt und daraus Mehl gemacht, Kohlen haben wir neben der Kohlebahn aufgesammelt, im Wald haben wir Beeren gepflückt und wenn die Felder abgeerntet waren, haben wir die restlichen Kartoffeln ausgegraben. Ich habe nur die Hauptschule und die Haushaltungsschule abgeschlossen. Mein ganz großer Wunsch, Lehrerin zu werden, ist nicht in Erfüllung gegangen, weil es mir als Staatenlose nicht erlaubt war, die Lehrerbildungsanstalt zu besuchen."

In Bertolt Brechts „Flüchtlingsgesprächen" heißt es:

„Der Pass ist der edelste Teil von einem Menschen. Er kommt auch nicht auf so eine einfache Weise zustande wie ein Mensch. Ein Mensch kann überall zustande kommen, auf die leichtsinnigste Art und ohne gescheiten Grund, aber ein Pass niemals. Dafür wird er auch anerkannt, wenn er gut ist, während ein Mensch noch so gut sein kann und doch nicht anerkannt wird."

Von Tim-El-kam nach Ouargla

Als mein Vater 18 war, wurde er zur SS-Polizei eingezogen und in den Krieg geschickt, als ich 18 war, fuhr ich mit meiner damaligen Freundin in den Sommerferien per Autostopp nach Algerien. Ich hatte mir in den Kopf gesetzt, die Länder der Erde in alphabetischer Reihenfolge zu bereisen. In der Handelsakademie gehörte Geographie, neben Deutsch und Geschichte, zu meinen Lieblingsfächern.

Mein Vorhaben war also angewandte Geographie. Ich hätte auch mit Andorra beginnen können, aber das war mir zu langweilig, und Argentinien und Australien waren zu weit entfernt. Also entschied ich mich für Algerien, das noch dazu ein sozialistisches Land war, in dem die Nationale Befreiungsfront FLN mit Staats- und Regierungschef Houari Boumedienne an der Macht war. Deshalb lautete auch die offizielle Bezeichnung: Demokratische Volksrepublik Algerien. Beste Voraussetzungen also für einen abenteuerlichen Jungkommunisten. Oder soll ich lieber naiv sagen?

Meine Eltern waren entsetzt, weil sie überhaupt nicht verstehen konnten, welchen Sinn eine solche Reise haben sollte. „Fahr doch lieber nach Italien oder in die Schweiz.“ Aber Rom und Florenz kannte ich bereits und die Schweiz war wahrscheinlich noch langweiliger als Andorra. Außerdem war das Autostoppen dort die reinste Qual, weil die Schweizer Angst vor Langhaarigen hatten, die am Straßenrand standen und in ihren schönen Autos mitfahren wollten. Und das noch dazu, ohne zu zahlen. Das ging in der Schweiz ja gar nicht.

„Und woher hast du überhaupt das Geld für eine solche Reise?“, fragte meine Mutter. Dass ich in den drei Monaten vor den Ferien von vier Uhr morgens bis Unterrichtsbeginn als Zeitungsausträger gearbeitet hatte, um mir mein Urlaubsgeld zu verdienen, war ihr offenbar entgangen. Zusätzlich hatte ich ein Jahr lang mein tägliches Jausengeld in Höhe von fünf Schilling gespart, wodurch noch einmal eintausend Schilling zusammenkamen. Statt mir eine Leberkäsesemmel zu kaufen, hungerte ich lieber für Algerien. Das war auch der Grund, weshalb ich so dünn war.

Wegen unseres bescheidenen Reisebudgets beschlossen meine Freundin und ich, auf der gesamten Reise keine öffentlichen Verkehrsmittel zu benutzen. Ausgenommen davon waren die Schiffspassagen von Genua nach Tunis und von Algier nach Marseille.

Wenige Jahre zuvor, in der Hauptschule, stellte ich mir eine Reise nach Afrika so vor: „Nach Überholung unserer Englischkenntnisse besuchen wir zuerst die Pyramiden

Ägyptens. Mit dem Flugzeug erreichen wir Äthiopien. Unser nächstes Ziel ist Nairobi. Von dort aus beteiligen wir uns an einer Expedition zum Kilimandscharo. Hernach wollen wir bei den Pygmäen, den Liliputanern des Urwaldes, ein Abenteuer erleben."

Nachdem meinen Eltern klar geworden war, dass sie mir die Reise nach Algerien nicht ausreden konnten, musste ich ihnen versprechen, wenigstens einmal pro Woche eine Ansichtskarte zu schicken. Das tat ich dann auch, allerdings befand sich die algerische Post damals in etwa in demselben Zustand, in dem sich die österreichische Post heute befindet. Das heißt, dass ein Satz wie „Ich gebe einen Brief auf" durchaus zwei Bedeutungen haben konnte. Zur Ehrenrettung der algerischen Post muss ich allerdings sagen, dass am Ende tatsächlich alle Ansichtskarten ankamen, wenn auch nicht in chronologischer Reihenfolge und oft mit erheblicher Verspätung. Ein Umstand, der meiner Mutter viele schlaflose Nächte bereitete.

An unserem Grundsatz, auf unserer Reise keine öffentlichen Verkehrsmittel zu benutzen, hielten wir eisern fest. Kein Wunder also, dass wir oft im Niemandsland strandeten und auf Gehsteigen, in Weingärten (auch die gab es in Algerien), in Parks oder auf Feldern übernachten mussten. Einmal wurden wir von Polizisten verscheucht, weil wir unsere Schlafsäcke vor einem Gefängnis ausgebreitet hatten. Richtig gefährlich wurde es nur einmal, als uns am Strand von Oran zwei Männer in eine Falle locken wollten, der wir gerade noch in letzter Minute entkommen konnten. „Vous restez ici tranquil", sagte der Ältere, als ihm ein Messer aus der Hosentasche fiel. Wir rannten, so schnell wir konnten.

Da wir kein Geld für ein Hotel hatten, suchten wir in der Stadt nach einer Übernachtungsmöglichkeit, was sich jedoch als schwierig herausstellte. Nach zwei Stunden waren wir so müde, dass wir uns an einer Bushaltestelle auf die Bank setzten und eindösten. Die meisten Menschen nahmen keine Notiz von uns, nur einmal hielt ein junger Mann mit seinem Auto an und fragte, was wir hier machten und ob wir nicht gelesen hätten, dass in Oran kürzlich ein französisches Touristenpaar ermordet worden wäre. Die beiden waren per Autostopp unterwegs gewesen. Nein, hatten wir nicht, was aber nichts daran änderte, dass wir noch immer keine Bleibe gefunden hatten. Der junge Mann überlegte und bot uns an, in seiner Wohnung zu übernachten, er würde zu seiner Mutter fahren. Ohne lange zu überlegen, nahmen wir das Angebot an. Auf die Idee, dass Mohamed, so hieß der junge Mann, der Pärchen-Mörder sein könnte, kamen wir gar nicht. Nach drei Tagen tauchte Mohamed wieder auf, nahm die Schlüssel in Empfang und wünschte uns eine gute Reise.

Das war eines von vielen Erlebnissen in Algerien, die meinen Glauben an das Gute im Menschen bestärkten. Auch die Gastfreundschaft, die uns auf unserer 800 Kilometer langen Reise – alles per Autostopp – durch die Wüste hinunter bis Ouargla entgegengebracht wurde, werde ich nie vergessen. Wir wurden in Lehmhütten aufgenommen, deren Bewohnerinnen und Bewohner das Wenige, das sie hatten, mit uns teilten. Wir aßen Couscous mit Sand, tranken Tee mit Sand und unterhielten uns in einer Phantasiesprache während eines Sandsturms. Wenn man mich fragte, woher ich käme, antwortete ich: „Tim-El-kam", es klang wie der Name einer Oase.

In einem kleinen Dorf in der Nähe von El Oued bot man uns in einer Gemeinschafts-Schüssel Ziegen-Kutteln an, die zuvor auf einer Wäscheleine zum Trocknen aufgehängt waren. Als die Gastgeberin unsere skeptischen Blicke bemerkte, holte sie eine Katzenschüssel, wischte sie mit einem feuchten Lappen aus und servierte uns darin den Couscous mit Sand und Ziegen-Kutteln. Exklusiv für uns. Wie sie geschmeckt haben, weiß ich nicht mehr, aber bleibende Schäden haben wir keine davongetragen. Als wir am nächsten Tag aufbrachen, versammelten sich die Kinder aus der Nachbarschaft vor unserer Hütte, um uns zum Abschied mit ihren Französisch-Kenntnissen zu beeindrucken. Auch wenn wir kein Wort verstanden, sagten wir nach jedem Satz: „Très bien." Die Kinder freuten sich.

Als Anfang der 90er-Jahre der grausame Bürgerkrieg in Algerien ausbrach, der zehntausende Opfer forderte, verstand ich die Welt nicht mehr. Waren das dieselben Menschen, die uns so freundlich aufgenommen hatten? Oder waren es deren Kinder?

Für die Reise nach Algerien hatte ich mir unseren Familienfotoapparat ausgeborgt, und weil nicht nur die Filme, sondern auch das Entwickeln der Fotos teuer waren, habe ich lediglich einen Schwarzweiß- und einen Farbfilm mitgenommen. 72 Fotos für sechs Wochen mussten reichen. Die besten Motive habe ich oft versäumt, weil ich mir dachte, es würden sicher noch bessere kommen. In Algier habe ich aber ein paar wirklich gute Aufnahmen von verschleierten Frauen im Souk gemacht, und weil wenig später von der Zeitschrift „Sowjetunion heute", deren Abonnent ich war, ein internationaler Fotowettbewerb ausgeschrieben wurde, schickte ich eines dieser Fotos nach Moskau und bekam prompt einen Preis dafür. Das Foto wurde abgedruckt, und als der Briefträger das Preisgeld in Höhe von fünf Rubel, umgerechnet 227 Schilling, zu Hause auszahlte, wollte er unbedingt wissen, weshalb ich Geld aus Moskau bekäme. Da ich als Kommunist ortsbekannt war, hielt er mich vermutlich für einen – schlecht bezahlten – Spion. Noch dazu wurden mir 27 Schilling Spesen abgezogen. Auch wenn meiner Mutter die ganze Aktion peinlich war, hielt ich mich bedeckt. Sollte der Briefträger denken, was er wollte.

Meinen Eltern habe ich aus Algier übrigens eine fünf Kilo schwere Wassermelone als Geschenk mitgebracht. Anstatt sich zu freuen, schüttelten sie aber nur den Kopf. Dass es in Timelkam in jedem Geschäft Wassermelonen gab, war mir offensichtlich entgangen.

Während ich diese Zeilen schreibe, steigt eine unglaubliche Wut in mir auf. Eine Wut darüber, dass mein Vater als Jugendlicher nie die Chance hatte, eine Reise – wohin auch immer – zu machen, sondern stattdessen darauf trainiert wurde, Partisanen zu töten. Was für eine Scheiße.

Der Krieg schießt ein Loch in deine Existenz

1942 wurden in Kroatien alle wehrfähigen Männer deutscher Herkunft aufgerufen, sich freiwillig zur SS zu melden. Nachdem aber zu wenige diesem Aufruf folgten, wurden die Angehörigen der Jahrgänge 1900 bis 1924 zwangsgemustert. Sie wurden unter Androhung „strengster Strafen“ eingezogen, sofern sie nicht in der Landwirtschaft unabkömmlich waren.

Du warst Jahrgang 1924 und zähltest daher zu den Jüngsten. Ob du dich zwischen Wehrmacht, Polizei und der SS-Division „Prinz Eugen“ entscheiden musstest, weiß ich nicht, aber grundsätzlich hättest du als Angehöriger der deutschen Volksgruppe auch in der Wehrmacht dienen können. Allerdings wärst du dann wahrscheinlich sofort an die Ostfront abkommandiert worden, wo sich die Kräfteverhältnisse in der Zwischenzeit zugunsten der Sowjetunion verschoben hatten und die Deutschen massenhaft Menschenmaterial benötigten.

Was ging in dir wohl vor, als du mit 18 plötzlich nicht mehr Landwirt, sondern Angehöriger eines Polizei-Regiments warst? Warst du wütend oder traurig? Warst du verzweifelt? Hattest du Angst? Oder warst du vielleicht sogar froh, der Enge Kapans entfliehen zu können und etwas Neues, Unbekanntes zu entdecken? Warst du dir überhaupt dessen bewusst, dass die Nationalsozialisten gerade im Begriff waren, dir deine Jugend zu rauben und du nichts anderes mehr warst als eine Nummer in einem gigantischen Militärapparat? Wusstest du überhaupt, welche Aufgaben die SS-Polizei hatte? Oder warst du stolz darauf, diese Uniform zu tragen? Hast du dich nach dem Krieg gefragt, welche Verbrechen die SS-Polizei begangen hat? Dass die Polizei während der Nürnberger Prozesse nicht als verbrecherische Organisationen eingestuft wurde, wird dich wahrscheinlich nicht weiter interessiert haben.

Nach deinen handschriftlichen Aufzeichnungen, die ich in der schwarzen Kiste gefunden habe, warst du vom 17. November 1942 bis zum 23. August 1945 als Rottwachtmeister beim 10. SS-Polizeiregiment im Einsatz, wobei sich der 23. August 1945 nur auf den Tag deiner Ankunft in Neukirchen an der Vöckla beziehen konnte. Im August 1945 waren die SS-Polizeiregimenter ja längst aufgelöst.

Aber Moment! Auf dem Zettel steht 10. SS-Polizeiregiment. Meine Recherchen zum 10. SS-Polizeiregiment haben aber ergeben, dass du unmöglich bei diesem Regiment gewesen sein konntest, weil diese Einheit in Russland und in der Ukraine im Einsatz war, du aber mit Sicherheit weder in Russland noch in der Ukraine gekämpft hast.

Entweder hättest du uns das irgendwann einmal erzählt oder wir hätten es anderweitig erfahren.

Dieses Regiment war im September 1941 – damals noch unter der Bezeichnung Polizei-Regiment Süd – an Massenerschießungen im Raum Kamenez-Podolsk beteiligt, und Teile des Regiments nahmen vermutlich Mitte September 1941 auch an der Erschießung von etwa 18.000 Juden in Winniza teil, Ende September folgte die Erschießung der Kiewer Juden bei Babi Yar. Im Herbst 1942 kämpfte dieses Regiment gegen Partisanen in den Pripjet-Rokitno-Sümpfen. Um diese Zeit arbeitetest du noch am Bauernhof in Kapan.

Aber warum notiertest du dann, dass du beim 10. SS-Polizeiregiment warst, wenn das gar nicht stimmte? Wahrscheinlich handelte es sich bloß um einen Schreibfehler, zumal es sich bei deinen Aufzeichnungen ja um Privatnotizen handelte und um keine offiziellen biographischen Angaben.

Du wurdest also am 17. November 1942 zur SS-Polizei eingezogen und konntest froh sein, dass sie dich nicht der 7. SS-Division „Prinz Eugen“ zugeteilt hatten, die wegen ihrer Kriegsverbrechen im Partisanenkrieg und ihrer grausamen Einsätze gegen die Zivilbevölkerung gefürchtet war. Mit dem Namen wollten die Nationalsozialisten bewusst eine Verbindung zu jenem Feldherren herstellen, der durch das Zurückschlagen der Türken maßgeblich dazu beigetragen hatte, dass im 18. Jahrhundert die Ansiedlung von deutschstämmigen Kolonisten in Slawonien überhaupt erst möglich wurde. Die 7. SS-Division „Prinz Eugen", die zu 90 Prozent aus sogenannten „Volksdeutschen" bestand, war auch nach Kriegsende noch in Kampfhandlungen verwickelt, bevor zwischen zwei- und dreitausend ihrer Mitglieder an der Grenze zu Österreich gefangen und von Partisanen an Ort und Stelle liquidiert und in Massengräbern verscharrt wurden.

Die Überlebenschancen bei der SS-Polizei waren jedenfalls höher als die bei der SS-Division „Prinz Eugen". Dass Prinz Eugen ein Feldherr war und tatsächlich existierte, dürfte mir in der Schule entgangen sein. Ich kannte den Namen nur von einem Spottgedicht: „Prinz Eugen, der edle Ritter, streckt den Arsch durchs Fenstergitter."

Da ich wissen wollte, wo du nach deiner Grundausbildung in Prag im Einsatz warst, habe ich im Sommer 2021 dem Bundesarchiv in Berlin den „Auftrag für eine personenbezogene Recherche zu Unterlagen über Militärangehörige" erteilt. Nach einem Jahr bekam ich die Mitteilung, dass im Archiv lediglich zwei Karteikarten über dich existierten. Die darauf vermerkten Informationen waren zwar spärlich, reichten aber aus, um zumindest ein paar Fragen zu beantworten, zum Beispiel die, in welcher Einheit du tatsächlich gedient hast.

Demnach wurdest du bereits am Tag deiner Einberufung dem 3. Bataillon des 19. SS-Polizei-Regiments zugeteilt, zunächst als Anwärter der Polizei und wenig später als Rottwachtmeister. Von den 19 Dienstgraden der SS-Polizei war der Rottwachtmeister der drittniedrigste, danach kamen nur noch der Unterwachtmeister und der Anwärter. Auf der Karriereleiter bist du also nicht sehr weit nach oben geklettert. Was mich insofern beruhigt, als ich mir einreden kann, dass du wahrscheinlich bei keinen Spezialeinsätzen, Massakern oder ähnlichen Verbrechen dabei warst. Oder ist das nur der untaugliche Versuch deines Sohnes, dich zu schützen? Wovor? Vor der Wahrheit?

Auf einer der Karteikarten wurde neben deiner Erkennungsmarke – 1231 Pol. Fahr. – in der Rubrik „Name und Anschrift der zu benachrichtigenden Person" merkwürdigerweise dein Vater, „Konrad Palm, Kapan 36, Post Suhopolje" angegeben, obwohl dieser bereits seit 14 Jahren tot war. Der Heimat-Standort deiner Einheit befand sich demnach in Osijek (Esseg).

Unter: „Eingegangene Meldungen" stand:

12. 10. 1944 verwundet in Frankreich.
Ergänzung: verwundet im Raum Grandvillers-Bruyeres, Vogesen, Frankreich.

Schön langsam lichteten sich die Nebel, und die Informationen, die ich im Internet über das 19. SS-Polizei-Regiment fand, deckten sich mit den spärlichen Hinweisen, die ich von dir erhalten hatte. So zum Beispiel, dass du in Frankreich stationiert warst. Konkret erinnere ich mich an die Erwähnung der Städte Paris, Lyon und Nizza. Ihre Eindrücke von den deutschen Besatzern in Paris fasste die Schriftstellerin Simone de Beauvoir übrigens so zusammen: „Sie lächelten, sie waren glücklich und jung, häufig ziemlich schön.“ Warst auch du damit gemeint?

Einmal hast du mir erzählt, dass du in Nizza für die Bewachung des Spielcasinos verantwortlich warst. Tatsächlich gibt es ein Foto, das dich gemeinsam mit einem anderen Soldaten lachend vor dem Casino zeigt. Ihr steht auf einer von Palmen gesäumten Straße, eure Uniform erinnert an eine Ausgehuniform. Ihr habt ein Gewehr geschultert, im Mund die obligate Zigarette. Soviel ich weiß, hast du im Krieg zu rauchen begonnen.

Nizza und Casino, das klang für mich nicht nach Partisanenbekämpfung und standrechtlichen Erschießungen, sondern eher nach Urlaub und Entspannung. Darüber, was du in Nizza, außer ein Casino zu bewachen, sonst noch gemacht hast, hast du nie gesprochen.

Ich kenne Nizza nur von einem kurzen Aufenthalt als Autostopper. Auf dem Weg von Marseille nach Österreich hatten meine Freundin und ich am Gehsteig der Promenade des Anglais unsere Schlafsäcke ausgebreitet, um dort zu übernachten. Platz genug war ja. Eine Gedenktafel erinnerte an die Tänzerin Isabella Duncan, die 1927 an dieser Stelle als Beifahrerin in einem Cabriolet tödlich verunglückte. Ihr Seidenschal hatte sich in einem Rad des Sportwagens verfangen und sie stranguliert. Das war auch der Grund, weshalb wir beim Autostoppen geschlossene Autos vorzogen.

Als ich in der Mittelschule Französisch lernte, sagtest du eines Tages zu mir: „Mademoiselle, voulez-vous promener avec moi?" – Fräulein, möchten Sie mit mir spazieren gehen?

„Seit wann kannst du Französisch?", fragte ich dich erstaunt.

„Das ist der einzige Satz, den ich mir vom Einsatz in Frankreich gemerkt habe", sagtest du lachend. Mehr sagtest du nicht. Ob ein französisches Fräulein tatsächlich jemals mit dir spazieren ging? Und wäre das überhaupt erlaubt gewesen? Spazierengehen wahrscheinlich schon, nicht aber sexuelle Beziehungen. Die waren in den besetzten Gebieten nämlich per Gesetz verboten. Umgangen wurden diese Verbote einerseits durch die „Soldatenbordelle", andererseits durch die Kontakte der Soldaten zu jenen Frauen, die den Besatzern freundlich gesinnt waren. Dass es davon überraschend viele gab, davon zeugen die etwa 100.000 Kinder, die aus Verbindungen zwischen deutschen Soldaten und Französinnen hervorgingen. Nach der Befreiung Frankreichs im August 1944 wurden viele dieser Frauen der „horizontalen Kollaboration" beschuldigt und öffentlich gedemütigt, indem ihnen die Haare geschoren und sie halbnackt mit aufgemalten oder eingebrannten Hakenkreuzen zur Schau gestellt wurden. Manche von ihnen mit Säuglingen in den Armen.

Mit einer Kollaborateurin liiert war auch der Gestapo-Chef von Lyon, Klaus Barbie, der seine Freundin, Antoinette Murot, kurz vor dem deutschen Abzug im August 1944 eigenhändig ermordet haben soll. Zwei Jahre lang wütete der „Schlächter von Lyon" im berühmt-berüchtigten Hotel Terminus, wo unter seiner Aufsicht und Anleitung Mitglieder der Résistance grausam gefoltert und ermordet wurden. Wahre Folterorgien sollen in diesem

Hotel stattgefunden haben. Später ist Klaus Barbie unter Mithilfe des Vatikans über die sogenannte „Rattenlinie" nach Südamerika geflüchtet, wo er für mehrere Diktatoren als „Berater" tätig war. Im Rang eines Oberstleutnants war Barbie auch Ausbildner der Sicherheitskräfte des Präsidenten René Barrientos in Bolivien, wo nach dem Auftauchen Ernesto Che Guevaras 1966 Barbies Kenntnisse in der Partisanenbekämpfung wieder gefragt waren.

Das SS-Polizei-Regiment 19 wurde im März 1944 von Slowenien mit Transportzügen nach Paris und von dort nach Südfrankreich verlegt. Bis Anfang Juni 1944 war es in Lyon stationiert. Die Vorstellung, dass du dich in der Uniform eines SS-Polizisten zeitgleich mit einem der größten Kriegsverbrecher in Lyon aufhieltst, hinterlässt bei mir ein schales Gefühl, weil Klaus Barbie nur durch die nationalsozialistische Maschinerie zu dem werden konnte, der er war. Und du warst, so verstörend dieser Gedanke auch sein mag, ein Rädchen in dieser Maschinerie. Auch wenn du, was ich inständig hoffe, nur ein kleines Rädchen warst.

Am 5. Juni 1944 wurden in Ugine, 100 Kilometer nordöstlich von Grenoble, als Vergeltung für zehn durch eine Mine getötete deutsche Soldaten, willkürlich 28 Bewohnerinnen und Bewohner durch eine Kompanie des SS-Polizei-Regiments 19 erschossen. Da in den entsprechenden Berichten das 3. Bataillon nicht ausdrücklich erwähnt wird, gehe ich davon aus, dass du bei diesem Verbrechen nicht dabei warst.

Am 10. und 11. Juni 1944 war das Regiment in der Region Auvergne an zwei weiteren Kriegsverbrechen beteiligt: In Ruynes-en-Margeride, 270 Kilometer südwestlich von Lyon, wurden 26 Zivilisten, darunter zwei Frauen und ein Kind, erschossen, und im nahegelegenen Ort Clavières wurden zehn weitere Zivilisten ermordet. Befehlshaber bei diesen Vergeltungs-Aktionen war ein gewisser Leutnant Schwichtenberger, der wenig später von Partisanen in Tulle gehängt worden sein soll. Andere Quellen berichten, dass Schwichtenberger von Mitgliedern der Résistance im August 1944 gefangengenommen wurde und sich mit Kriegsende in französischer Haft befand.

Am 24. Juni 1944 wurdest du in dem kleinen Ort Cluses gemeinsam mit den aus Kapan stammenden Paul K.

und Stefan K. in ein Feuergefecht mit Partisanen verwickelt, bei dem deine beiden Kameraden tödlich verletzt wurden. Stefan K. war der Onkel jener Hilde K., die als kleines Mädchen den Partisanen in Kapan Brot, Speck, Wein und Schmalz ins Halderhaus brachte. Wie 20.000 andere deutsche Soldaten auch, wurden Paul K. und Stefan K. am Soldatenfriedhof in Dagneux begraben.

Wie ist es dir gegangen, als dir bewusst wurde, dass Paul und Stefan tot sind? Oder waren sie gar nicht sofort tot und du konntest noch mit ihnen sprechen? Fühltest du dich schuldig, weil du überlebt hattest? Oder standest du unter Schock und hattest Todesangst?

Am 22. Juli 1944 wurde das 3. Bataillon südwestlich von Grenoble gegen französische Widerstandskämpfer eingesetzt.

Am 17. und 18. August 1944 war das 3. Bataillon in Gefechte bei Aix-sur-Vienne verwickelt.

Am 22. und 23. August 1944 gab es Gefechte in und um Montluçon, am 24. August bei Saint-Victor.

In einem Bericht bescheinigte die US-Armee dem Polizei-Regiment 19 übrigens eine schlechte Kampfmoral. Wieder etwas, das für dich spricht.

Jetzt frage ich mich, ob es überhaupt sinnvoll ist, all diese Ereignisse hier aufzulisten. Andererseits: Ohne diese Aufzählungen wäre ich nicht auf den Namen Paul Touvier und den Ort Rillieux-la-Pape gestoßen. Aber alles der Reihe nach:

Am 29. Juni 1944 ließ der Nazikollaborateur und Geheimdienstchef der Miliz von Lyon, Paul Touvier, in Rillieux-la-Pape sieben jüdische Geiseln erschießen. Es war dies die Antwort auf die Ermordung des rechtsextremen Staatssekretärs Philippe Henriot durch Mitglieder der Résistance.

Als ich das las, fiel mir ein, dass ich Rillieux-la-Pape bereits einmal besucht hatte. Und zwar im Sommer 1987, als mein Bruder in der dortigen Église Saint-Jean-Marie-Vianney eine Französin heiratete, die aus Rillieux-la-Pape stammte. Und jetzt wird es kurios: Als wir vor der Kirche standen, hieltest du plötzlich inne und schütteltest ungläubig den Kopf. Auf die Frage, was los sei, antwortetest du: „Ich bin 1944 hier, auf dieser Treppe, gesessen und habe darüber nachgedacht, wie es in meinem Leben weitergehen soll. Wir waren auf dem Rückzug und ich war verzweifelt." Deine Stimme zitterte und dein Sohn, der Bräutigam, übersetzte für seine Schwiegereltern, die etwas ratlos reagierten. Ich fragte mich in diesem Augenblick, ob du im Krieg womöglich gegen den Vater deiner neuen Schwiegertochter gekämpft hattest.

„Wie findest du diese Geschichte von Papa?", fragte ich meinen Bruder am Abend, als wir bereits einiges getrunken hatten.

„Schau, der Johann Philipp Palm, der 1805 in Braunau von den Napoleonischen Truppen erschossen wurde, war ja ein Franzosenhasser. Darum hat ihn der Hitler ja auch verehrt."

Ich warf meinem Bruder einen erstaunten Blick zu. „Was hat denn jetzt der Johann Philipp Palm mit dieser Geschichte zu tun? Wir sind ja gar nicht verwandt mit dem."

„Na ja, nomen est omen. Ich habe jedenfalls durch meine Heirat das Antifranzösische dieses Palm durch meine Vorliebe für alles Französische widerlegt. Ich finde es jedenfalls skurril, dass Papa aus Frankreich fliehen musste, während ich nach Frankreich gegangen bin. Auch meine Ehe ist ein Statement. Est-ce que tu comprends?"

Ich schüttelte den Kopf.

Die Vorliebe meines Bruders für alles Französische manifestierte sich auch darin, dass er im Laufe der Jahre

Dutzende Werke von Gustave Flaubert, Georges Feydeau, Eugène Scribe, Julien Gracq oder Yasmina Reza übersetzte. Seine Liebe zum Französischen hat ihn trotzdem nicht davor bewahrt, seinem Leben ein Ende zu setzen. Aber wahrscheinlich hat das eine mit dem anderen gar nichts zu tun.

Ende September 1944 wurde das 3. Bataillon nach Epinal in den Vogesen verlegt. Zu dieser Zeit desertierten die ersten Soldaten des Regiments und liefen zu den Amerikanern über. Bereits im August waren 86 Angehörige des 1., 2. und 3. Bataillons in die Schweiz geflüchtet. Ein riskantes Unterfangen, weil Deserteure sofort standrechtlich erschossen wurden. Warum du nicht desertiert oder in die

Schweiz geflüchtet bist, weiß ich nicht. Wahrscheinlich hattest du Angst. Du hattest gerade deinen zwanzigsten Geburtstag gefeiert und versuchtest schlicht und einfach zu überleben. Dass du den Heldentod sterben wolltest, kann ich mir nicht vorstellen. Du warst nie ein Held, und das meine ich positiv. Heute stehen in jedem österreichischen Ort sogenannte Kriegerdenkmäler, auf denen die Namen derer verzeichnet sind, die für Hitler den Heldentod starben. In Österreich waren es 260.000.

Stark dezimiert und nur noch „ein Schatten seiner selbst", kämpfte das Bataillon Mitte Oktober in der Gegend um Grandvillers gegen das 442. Regimental Combat Team der US-Armee. Bei einer dieser Kampfhandlungen geriet der Wagen, in dem du dich befandest, am 12. Oktober 1944 unter schweren Beschuss. Ein Infanteriegeschoß traf dich an der rechten Hand, dabei verlorst du nicht nur einen Teil deines Ringfingers, sondern erlittest auch eine Schussverletzung am Handgelenk und am Unterarm. Die Narben waren Zeit deines Lebens deutlich zu sehen. Du wurdest aus dem Wagen geschleudert, hattest aber noch Glück, weil einige Kameraden von dir bei diesem Gefecht getötet wurden.

Was hast du wohl empfunden, als du durch das Infanteriegeschoß verletzt wurdest? Hast du gedacht, dass jetzt alles aus ist? Vielleicht weintest du ja auch vor Angst und Trauer und sehntest dich zurück auf deinen Bauernhof, der zu dieser Zeit gar nicht mehr dir gehörte. Im Krieg wurdest du nicht nur verletzt, der Krieg hat auch ein Loch in deine Existenz geschossen.

Einmal hast du mir erzählt, dass du als Kind immer gleich in Tränen ausbrachst, wenn du von anderen Kindern gehänselt wurdest. Die machten sich einen Spaß daraus und boten dir Geld an: „Wenn du weinst, bekommst du einen Dinar."

„Und, hast du geweint?", fragte ich.

„Natirli", antwortetest du lachend. „Um das Geld habe ich mir heimlich eine Schokolade gekauft."

Du sagtest „natirli" statt natürlich, aber auch „Vietman" statt Vietnam und „desinfiszieren" statt desinfizieren. Und wenn man dich fragte, woher deine Vorfahren stammten, antwortetest du: „Aus Württenberg-Baden" statt „Baden-Württemberg".

Dafür, dass du im Krieg warst, habe ich dich als Kind bewundert und beneidet, weil ich in dir einen Helden gesehen habe. Eine Zuschreibung, die dir aufgrund deiner Erfahrungen überhaupt nicht gepasst hat. Als ich dir einmal sagte, dass ich es bedauere, dass es keinen Krieg mehr gäbe, wurdest du wütend und meintest, ich solle nicht so einen Unsinn reden. Vielleicht erinnertest du dich in diesem Augenblick an jene Kampfhandlung, bei der deine beiden Kameraden Stefan K. und Paul K. getötet wurden.

Ich habe dich oft gefragt, wie es im Krieg so war, ohne je eine befriedigende Antwort zu bekommen. Ich kannte Kriege nur aus Filmen oder Büchern. Für mich war Krieg mit Abenteuern verbunden, wie sie in der „Odyssee“, den Karl May-Büchern oder den „Sigurd“-Comics beschrieben wurden. Wenn wir in der Schottergrube mit Steinschleudern gegeneinander kämpften, stellte ich mir vor, dass es in einem Krieg so ähnlich zugehen würde, nur mit dem Unterschied, dass anstelle von Steinschleudern Gewehre zum Einsatz kamen. Dass man im Krieg nach einer Schlacht nicht nach Hause gehen und sich an den Küchentisch zum Essen setzen konnte, daran habe ich natürlich nicht gedacht.

Von deiner Verletzung war ich deshalb so fasziniert, weil sie von einer Kampfhandlung stammte und ich die Narben berühren durfte. Du erzähltest, dass du trotz allem Glück hattest, weil du nach dieser Verletzung für ein paar Monate in ein Lazarett gekommen bist und für dich der Krieg damit praktisch zu Ende war. So habe ich es jedenfalls in Erinnerung. Ich frage mich auch, wie es dir beim Anblick der vielen Verwundeten im Lazarett gegangen ist? Beim Anblick jener, die ihre Beine, Hände oder Augen verloren haben? Dass sich das Lazarett in Deutschland, nämlich in Arolsen in Hessen, befand, entnahm ich erst einer Notiz auf der Karteikarte des deutschen Bundesarchivs. Dort stand, dass dein Aufenthalt in Arolsen vom 17. Oktober bis zum 19. Dezember 1944 dauerte.

Angesichts der Tatsache, dass du am 12. Oktober 1944 verwundet wurdest, ist es umso merkwürdiger, dass du

1992 als „Flucht-/Vertreibungsdatum“ den 15. Oktober 1944 angegeben hast. Aber vielleicht ist dir an diesem Tag klar geworden, dass du deine Heimat nie wiedersehen würdest. Trotzdem ergibt das Datum keinen Sinn. Genauso wenig wie deine Angabe in einem „Personen- und Vermögenserfassungsbogen“ von 1951: „Wir wurden am 22.1.1944 aus Kapan evakuiert nach Franztal-Semlin.“

Und noch etwas ist mir bis heute ein Rätsel: Weshalb wurde mitten im Krieg ein verletzter Rottwachtmeister (drittniedrigster Rang!) der SS-Polizei von Grandvillers in Frankreich in ein 500 Kilometer entferntes Lazarett nach Deutschland gebracht? Die Schussverletzung war nicht so gravierend, dass sie nicht auch in einem nähergelegenen Lazarett behandelt hätte werden können. Und dass du tatsächlich in Arolsen warst, daran gibt es keinen Zweifel, weil dir dort am 7. November 1944 das „Verwundetenabzeichen in Schwarz“ verliehen wurde. Das entsprechende Dokument habe ich in der ominösen schwarzen Kiste gefunden. Wärst du drei- oder viermal verwundet worden, hättest du das Abzeichen in Silber erhalten, bei fünf und mehr Verwundungen das in Gold. Die Rechnung war ganz einfach: Je mehr Verwundungen, desto höher die Auszeichnung.

Weshalb hast du dieses Dokument und auch die Dokumente über die Verleihung des „Kriegsverdienstkreuzes 2. Klasse mit Schwertern“, des „Eisernen Kreuzes 2. Klasse“ und des „Infanterie-Sturmabzeichens (Silber)“ bei Kriegsende eigentlich nicht vernichtet? Schließlich ging aus diesen Unterlagen deine Mitgliedschaft bei der SS-Polizei hervor und spätestens bei der Gefangennahme durch die Engländer im Mai 1945 hättest du damit rechnen müssen, dass diese Dokumente im Falle einer Entdeckung gegen dich verwendet werden könnten. Weshalb hast du diese Spuren nicht beseitigt? Dir hätte doch klar sein müssen, dass die SS-Polizei Teil des nationalsozialistischen Systems war. Oder hast du gehofft, dass dir die Auszeichnungen nach dem Krieg nützlich sein würden? Immerhin waren es *Auszeichnungen* und somit per se positiv besetzt, auch wenn sie für Einsätze in einem verbrecherischen Krieg verliehen wurden.

Die vier Kriegsauszeichnungen waren übrigens die einzigen „Ehrungen“, die du im Laufe deines Lebens erhalten hattest. Für deine Verdienste als Feilenschleifer, Eisenbieger, Kohlenschaufler oder Korbflechter wurdest du nie ausgezeichnet. Nur wenn du von einem Unternehmen wieder einmal gekündigt wurdest, bestätigte man dir „Fleiß und Pflichttreue“.

Aber vielleicht interessierten sich die englischen Besatzungsbehörden auch gar nicht für so kleine Fische, wie du einer warst, denn deine Auszeichnungen waren eher Massenware und alleine das „Eiserne Kreuz 2. Klasse“ wurde während des Zweiten Weltkriegs 4,7 Millionen Mal verliehen. Auch das „Kriegsverdienstkreuz 2. Klasse mit Schwertern“ gehörte zu den Massenauszeichnungen.

Für das mangelnde Interesse der Engländer an dir spricht auch, dass du während deiner Zeit im Lager bei der Kärntner Baugesellschaft Scherz und Müller als Hilfsarbeiter tätig warst. Aus einem Meldezettel vom 4. August 1945 geht hervor, dass du an diesem Tag von der Adresse „August Jaksch Lager" ins „Lager Tessendorf" bei Klagenfurt umgezogen bist oder verlegt wurdest. Am selben Tag hat die Kärntner Baugesellschaft dir auch eine Arbeitsbestätigung ausgestellt.

Obwohl der Krieg seit drei Monaten zu Ende war, verwendeten die Klagenfurter Behörden immer noch Meldezettel aus der Nazizeit. So findet sich auf der Rückseite des Formulars der Hinweis, dass die entsprechenden Angaben auf Basis der „Reichsmeldeordnung vom 6. Januar 1938" zu erfolgen hätten. Auch wird erläutert, wo sich „unverheiratete Angehörige der Wehrmacht und der SS-Verfügungstruppe" an- oder abzumelden hätten. Nicht genug damit, scheint als Meldebehörde die „Schutzpolizei Klagenfurt" auf, die de jure gar nicht mehr existierte, weil sie mit Kriegsende aufgelöst worden war. Aber vielleicht hatte sich das bis Klagenfurt noch nicht herumgesprochen.

Im August 1945 warst du mit 21 Jahren also Hilfsarbeiter und somit zum ersten Mal Lohnabhängiger. Nach deiner Rekrutierung zur SS-Polizei war das der zweite aufgezwungene Identitätswechsel innerhalb kürzester Zeit. Nur mit dem Unterschied, dass du als SS-Polizist einer Gemeinschaft angehörtest, während du als Hilfsarbeiter auf dich alleine gestellt warst. Aber was hättest du nach sechs Klassen Volksschule auch machen sollen? Ausbildung hattest du keine, also blieb dir gar nichts anderes übrig, als dich als Hilfsarbeiter durchzuschlagen.

Erschwerend kam noch hinzu, dass du staatenlos warst. Staatenloser Hilfsarbeiter. Dass dir das im August 1945 überhaupt bewusst war, bezweifle ich, weil dir noch im Oktober 1945 von einem „Nationalkomitee vom Königreich Yugoslavien“ mit Sitz in Salzburg (und einer Außenstelle in Bad Ischl) in einem Ausweis bestätigt wurde, dass du bei diesem Komitee unter der Nummer 4.386/45 als „jugoslavischer Angehöriger“ registriert bist. Was dieses Komitee bezweckte, weiß ich nicht, aber dass du dich für die Wiedererrichtung des Königreichs Jugoslawien eingesetzt hast, kann ich mir beim besten Willen nicht vorstellen.

Helden, Vaterland, Dankbarkeit

Aus einer Hauptwörterübung in der Knaben-Hauptschule Vöcklabruck 1967:
Denkmäler und Denktafeln erinnern uns an vielen Orten an Helden des Kampfes, die im Ersten oder Zweiten Weltkrieg den Tod fürs Vaterland gestorben sind. Sie sind die Helden des Alltags. Auch an den Soldatengräbern stehen viele Menschen. Hier ist eins wie das andere. Es ist so wie in ihrem Leben. Sie waren alle gleich und kämpften für ihr Vaterland, sie blieben ihm treu, bis die tödliche Kugel sie traf. An sie wollen wir mit besonderer Dankbarkeit denken.

Schreibe alle Hauptwörter auf:
Denkmäler. Denktafeln. Orte. Helden. Kampf. Weltkrieg. Tod. Vaterland. Helden. Alltag.
Soldatengräber. Menschen. Leben. Vaterland. Kugel. Dankbarkeit.

Die schwarze Kiste

Wenige Monate nach dem Tod meiner Mutter trafen sich meine Schwester, mein Bruder und ich, um unser Elternhaus auszuräumen. Es war eine undankbare Aufgabe, weil wir nicht wussten, wohin mit all den Sachen, die sich im Laufe der Jahrzehnte angesammelt hatten. Mein Bruder, der in Zürich lebte und mit dem Zug angereist war, stellte gleich von Anfang an klar, dass er nur so viel mitnehmen werde, wie in seine Reisetasche passe. „Alles andere könnt ihr wegwerfen."

„Aber was ist mit deiner Bibliothek?", fragte ich irritiert. „Deiner Hegel-Ausgabe? Deinen Büchern, die dir so viel bedeutet haben? Deinen tollen Schallplatten?"

„Die interessieren mich nicht mehr", antwortete er mit einer gewissen Verbitterung. Dabei stopfte er einige unwichtige Dinge in seine Tasche, die nicht sehr groß war. Ich versuchte ihn umzustimmen, aber zwei Stunden später machte er sich zu Fuß wieder auf den Weg zum Bahnhof. Ich begleitete ihn und fragte ihn, weshalb er so unwirsch reagierte, aber er zuckte bloß mit den Schultern. Nur einmal murmelte er, dass er mit den Eltern auch zu deren Lebzeiten nicht allzu viel zu tun gehabt hätte und ihr Tod an seinem Verhältnis zu ihnen nichts geändert hätte. Ich war fassungslos, weil ich ihn zum ersten Mal so reden hörte.

Am Bahnhof kamen wieder jene Schuldgefühle hoch, die ich früher immer hatte, wenn es während eines Besuchs bei meinen Eltern zum Streit kam und ich am Ende allein am Bahnsteig stand und auf den Zug wartete. Vielleicht habe ich mich viele Jahre später an dieses Gefühl erinnert, als ich für ein Drehbuch einen Songtext verfasste:

When the last train is gone,
and you are standing alone
at the station:

Don't be afraid,
'cause it's never too late,
to change your life.

Meistens ging es bei den Streitereien mit meinen Eltern um mein Studium und meine berufliche Zukunft, und weil ich diese Gespräche hasste und deshalb grob und gemein war, stieg ich immer mit einem schlechten Gewissen in den Zug. Das schlechte Gewissen wurde noch dadurch verstärkt, dass mir meine Mutter nicht nur die Wäsche wusch, sondern mich auch mit Essenspaketen versorgte. Meine Eltern waren verunsichert, weil sie sich fragten, ob sich ein Studium überhaupt lohnte und ob ich dafür überhaupt geeignet sei. Und was, wenn ich als ewiger Student endete? Ein Szenario, das ihnen wegen meines Lebenswandels realistisch erschien und große Angst einjagte.

Dass auch mein Bruder studierte, konnte meine Eltern nur bedingt beruhigen. Mit Fächern wie Germanistik, Geschichte und Philosophie konnten sie wenig anfangen. Ich war 20, als ich mit dem Studium begann, in diesem Alter war man in Kapan üblicherweise bereits verheiratet und hatte eine Familie gegründet. Der Weg war vorgezeichnet und es war klar, in welche Richtung das Leben gehen würde. Außer, es kam ein Krieg, der alles auf den Kopf stellte, was bis dahin als unumstößlich galt.

Im Gegensatz zu mir war mein Bruder ein fleißiger Student. Bei mir sah die Sache anders aus, und meine Eltern bekamen bald mit, dass ich mehr Zeit im Büro des Kommunistischen Studentenverbands als an der Universität verbrachte. Das war auch der Grund, weshalb sie mir ständig Vorhaltungen machten und mir prophezeiten, dass ich noch auf der Straße landen würde. „Was wird dann aus dir werden? Und was werden die Leute sagen?" Wenn unser Gespräch an dieser Stelle angelangt war, eskalierte der Streit.

Alleine schon, um meinen Eltern zu beweisen, dass sie mit ihrer Skepsis falsch lagen, entwickelte ich einen Ehrgeiz, der selbst mich überraschte. Ohne meine Arbeit im Kommunistischen Studentenverband zu vernachlässigen, ordnete ich alles meinem Studium unter, und als ich im Juli 1981 in der Aula der Universität Salzburg zum Doktor der Philosophie promoviert wurde, waren meine Eltern zunächst einmal erstaunt, aber auch sichtlich stolz, auch wenn sie nicht wussten, womit man als Germanist sein Brot verdienen sollte. Ich wusste es auch nicht. Meine beiden Großmütter, die ebenfalls bei der akademischen Feier anwesend waren, dürften aufgrund des ganzen Brimboriums aber immerhin geahnt haben, dass hier etwas Bedeutendes geschah. Was insofern auch stimmte, als ich der erste Akademiker in unserer Familie war. Meine Vorfahren waren allesamt Bauern gewesen, mein Vater hatte den Sprung zum Hilfsarbeiter geschafft. Und ich war jetzt Doktor der Philosophie. Es war unübersehbar: Die Zeiten hatten sich geändert.

Verständlich, dass die Erwartungen, die in mich als frischgebackenen Akademiker gesetzt wurden, entsprechend hoch waren. Meine Mutter hatte sich vorgestellt, dass ich eine gut bezahlte fixe Anstellung bekommen würde, mit einer Sekretärin, die mir den Kaffee servierte, wobei das Wichtigste für sie die fixe Anstellung war. Auf die Sekretärin hätte sie zur Not verzichten können. Die Realität sah freilich anders aus, weil ich als Erstes ja noch meinen Zivildienst ableisten musste.

Bis es so weit war, arbeitete ich als Fahrer bei der Wäscherei Pinguin in Grödig. Ich fand das originell, weil ich mich einerseits der Arbeiterklasse verbunden fühlte, andererseits aber von meiner Chefin mit „Herr Doktor" angesprochen wurde. Trotzdem zahlte sie mir nur 50 Schilling in der Stunde. Schwarz natürlich. Es war derselbe Betrag, den ich vier Jahre zuvor in München bei der Wach- und Schließgesellschaft bekommen hatte.

Als einmal ein Kontrolleur des Arbeitsinspektorats unangemeldet auftauchte, musste ich mich unter einem Wäscheberg verstecken. Es war alles sehr abenteuerlich, zumal ich auch die Wäsche von der Schwarzenbergkaserne abholen musste. Der Offizier, mit dem ich zu tun hatte, erzählte mir, dass er leidenschaftlicher Nerzzüchter sei und ihn das Bundesheer überhaupt nicht interessierte. Ein Grund mehr, mich mit Leintüchern, Handtüchern und sonstiger Wäsche einzudecken. Beim Bundesheer fiel der Schwund nicht weiter auf, und meiner Pinguin-Chefin war es egal.

Als meine Eltern mitbekamen, dass ich für einen Stundenlohn von 50 Schilling als Fahrer bei einer Wäscherei arbeitete, schlugen sie die Hände über den Kopf zusammen. „Das darfst du niemandem sagen", flehte mich meine Mutter an. Die fixe Anstellung, samt Sekretärin, schien in weite Ferne gerückt. Mein Vater schüttelte nur den Kopf und zog sich in seine Garage zurück, um ein Treppengeländer fertigzustellen. Vielleicht ging er auch in den Keller, um sich heimlich zu betrinken.

Als ich zwei Monate später meine Zivildienststelle bei der Haftentlassenenhilfe in Salzburg antrat und meinen Eltern erzählte, dass ich dort Mörder, Bankräuber und Einbrecher zu betreuen hätte, fragten sie sich, was sie bei der Erziehung ihres Sohnes falsch gemacht hatten. „Dafür haben wir dich studieren lassen, dass du für einen Stundenlohn von 50 Schilling bei einer Wäscherei arbeitest und jetzt Mördern und Räubern hilfst, sich wieder in die Gesellschaft einzugliedern?"

„Na ja, zur Ableistung des Zivildienstes bin ich gesetzlich verpflichtet, und immerhin verdiene ich so viel, dass ihr mich nicht unterstützen müsst." Zugegeben, das war ein schwaches Argument, weil ich schon lange nicht mehr auf die finanzielle Unterstützung meiner Eltern angewiesen war, aber es hätte ja auch schlimmer kommen können. Was es dann auch tat.

Nach Beendigung meines Zivildienstes dachte ich, dass mir als 28-jährigem Doktor der Philosophie alle Türen offenstehen würden. Außerdem war gerade mein Buch über „Brecht und Österreich" erschienen, das ziemlich viel Staub aufgewirbelt hatte. Aber alle Türen, an die ich anklopfte, blieben verschlossen. Egal ob ich mich an Universitäten, bei Verlagen oder an Theatern bewarb, immer bekam ich nur Ablehnungen. Ab und zu sogar mit dem zynischen Hinweis, dass ich angesichts meines Doktortitels für diesen oder jenen Job „überqualifiziert" wäre.

Es dauerte einige Zeit, bis ich dieses „Argument" als das durchschaute, was es war, nämlich der unverfrorene Hinweis darauf, dass mir einfach die richtigen Beziehungen fehlten. Im Zweifelsfall bekamen nämlich immer die Leute den Job, deren Eltern in der richtigen Partei waren, im richtigen Amt arbeiteten oder einfach die richtigen Leute kannten. Meine Eltern standen in dieser Beziehung auf verlorenem Posten. Außerdem hatte ich noch einen gravierenden Nachteil, weil ich aus meiner marxistischen Gesinnung kein Geheimnis machte, was im sozialpartnerschaftlich verseuchten Österreich eine Todsünde war.

Um arbeitslosen Akademikern, zu denen ich jetzt gehörte, den Einstieg in ein – fiktives – Berufsleben zu erleichtern, erfand irgendeine Kommission in irgendeinem Ministerium eine Beschäftigungsform mit der schönen Bezeichnung Akademikertraining. Arbeitete man im Rahmen dieses Akademikertrainings, erhielt man vom Arbeitsamt eine monatliche Entschädigung in Höhe von 3.000 Schilling. Weil ich im Zweitfach Publizistik studiert hatte, wurde
ich zunächst einer Salzburger Kulturzeitschrift als Redakteur zugewiesen. Diese Zeitschrift war so schlecht, dass sie nicht einmal durch meine Beiträge gerettet werden konnte. Das Machwerk, dessen Namen mir entfallen ist, ist kurze Zeit später eingegangen, woraufhin ich meinen Lebensmittelpunkt nach Wien verlegte. Einen Job bekam ich dort zwar auch keinen, aber wenigstens war in Wien mehr los als in Salzburg. Meinen Eltern erzählte ich, dass ich nach Wien gegangen sei, weil ich dort gute Chancen auf eine fixe Anstellung hatte. Dass es sich dabei um eine fixe Anstellung beim Arbeitsamt handelte, sagte ich ihnen nicht.

Während mein Bruder also im Zug nach Zürich saß und trüben Gedanken nachhing, ging ich auf den Dachboden, um nachzusehen, ob es noch irgendwelche Sachen gab, die ich nach Wien mitnehmen könnte. Der spezielle Geruch versetzte mich sofort zurück in meine Kindheit. Es roch nach dem trockenen Holz des Dachstuhls und dem Speck, der hier im Kamin geräuchert wurde. Wie der Keller gehörte der Dachboden zu den Orten, die wir Kinder mieden, weil sie irgendwie unheimlich waren. Hier wie dort gab es dunkle Ecken, vor denen wir uns fürchteten, weil wir nicht wussten, ob dort Gespenster hausten. Am schlimmsten war die Vorstellung, im Keller oder am Dachboden eingesperrt zu werden. Die wenigen Male, wo das tatsächlich passierte, wäre ich fast gestorben.

Am Dachboden gab es auch eine Luke, von der aus wir die Fußballspiele des TSV Timelkam verfolgen konnten. Es war der Platz mit der besten Sicht und wir mussten keinen Eintritt bezahlen. Die Dachluke war aber auch interessant, weil sie zu Mutproben herausforderte. Getraute man sich, auf das Dach hinauszuklettern oder von hier aus mit der Steinschleuder auf Vögel zu schießen?

Als ich zwölf war, hätte ich einmal fast meinen neugeborenen Cousin mit einer leeren Bierflasche erschlagen, die ich Spaßes halber vom Dach hinunterrollen ließ. Dass der Kinderwagen, in dem mein Cousin gerade schlief, direkt darunter stand, konnte ich ja nicht wissen. Das einsetzende

Geschrei signalisierte mir, dass etwas schiefgelaufen war. Die Daunendecke, unter der er lag, hatte meinem Cousin das Leben gerettet und mich wahrscheinlich vor dem Jugendgefängnis bewahrt.

Trotzdem hatte die Geschichte noch ein Nachspiel, weil mein Onkel von meinem Vater verlangte, dass er mich für meine Schandtat verprügelte, was meinem Vater sichtlich unangenehm war. Notgedrungen willigte er ein und befahl mir, mitzukommen. Wir gingen ins elterliche Schlafzimmer, wo er mich übers Knie legte, um mir mit einem Schlapfen den Hintern zu versohlen. Was dann folgte, war allerdings skurril, weil sich mein Vater gar nicht getraute, mich zu schlagen, er wegen meines Onkels und meiner Tante, die vor dem Haus warteten, aber so tun musste, als würde er mich ordentlich züchtigen. Also schimpfte er, wie schlimm ich sei und dass es mit mir noch ein böses Ende nehmen werde. Ich wunderte mich, dass ich nichts spürte, aber um meinen Vater nicht zu blamieren, schrie ich laut auf, so, als würde ich fürchterlich leiden. Nach fünf Minuten verließen wir den Ort der nicht stattgefundenen Bestrafung und ich verzog mich in mein Zimmer. Wir haben nie mehr über diesen Vorfall gesprochen, der mir einmal mehr bewies, dass mein Vater ein herzensguter Mensch war. Dieses Bild konnte ich schwer mit den Urkunden und Orden in Übereinstimmung bringen, die mein Vater während des Zweiten Weltkriegs bekommen hatte.

Am Dachboden hing die Leine zum Trocknen der Wäsche immer noch zwischen den beiden Holzbalken. Im Winter verwandelten sich die steifgefrorenen Hemden, Hosen und Röcke in bizarre Gebilde, die an Gespenster erinnerten. Wahrscheinlich hatte auch meine Mutter Angst vor diesen Gespenstern, weil wir sie zur Wäscheabnahme im Winter immer begleiten mussten.

Ich wusste, dass ich den Dachboden nie wieder betreten würde, weil meine Schwester das Haus verkaufen wollte. Ich fand den Plan gut, weil mir mein Elternhaus nichts mehr bedeutete. Es war nur noch eine leere Hülle. Früher hatten in dem Doppelhaus dreizehn Personen gelebt: In der linken Haushälfte unsere Familie, im Erdgeschoß der anderen Haushälfte meine Großeltern (mütterlicherseits) und im Obergeschoß mein Onkel mit seiner Frau und den vier Kindern. Jetzt, nach dem Tod meiner Mutter, lebten nur noch mein Onkel und meine Tante in diesem Geisterhaus. Alle anderen waren entweder tot oder weggezogen.

Ich sah mich um und versuchte mich zu orientieren. In einer Ecke lag das alte, von Staub und Spinnweben überzogene Pferdegeschirr, dessen Leder bereits brüchig war. Ich fragte mich, ob es von einem der Pferde stammte, die im Herbst 1943 die Wägen von Kapan nach Neukirchen an der Vöckla gezogen hatten. In einer anderen Ecke stand das Skelett eines Stuhls, daneben ein Puppenwagen ohne Räder. Darin lag der Teddybär, mit dem ich als Kind gespielt hatte. Während ich ihn abstaubte, fiel mir ein, dass es gar nicht mein Bär sein konnte, weil ich ihn ja einmal eigenhändig aufgeschnitten hatte, um nachzusehen, woher die Brummgeräusche kamen. Da ich den Teddybären nicht alleine lassen wollte, steckte ich ihn kurzerhand in meine Plastiktasche. Seither sitzt er in meinem Wohnzimmer auf der Couch und starrt mich an, als würde er auf eine Erklärung warten, weshalb ich ihn aus seiner gewohnten Umgebung gerissen habe. Auch er: Ein Entwurzelter.

In einer Bananenschachtel lagen die Vorhänge aus unserem Wohnzimmer. Es waren schwere Samtvorhänge, die die Motten längst zerfressen hatten. Keine Ahnung, weshalb meine Mutter sie überhaupt aufbewahrt hatte. War es Nostalgie? Die meisten Dinge hier waren nutzlos und hätten längst auf den Müll gehört. Auch das Sakko und die Mütze, die mich an den äußerst unangenehmen Abend beim Mittelschüler-Kartell-Verband erinnerten. Aber meine Eltern taten sich schwer, Dinge wegzuwerfen, weil sie irgendwann einmal vielleicht ja doch noch gebraucht werden konnten. „Wer weiß, was noch alles kommen wird." Und schon landete der ganze Plunder am Dachboden oder im Keller.

Aber eigentlich war ich ja wegen der schwarzen Kiste gekommen. Ich wusste, dass es diese Kiste gab, weil ich einmal einen kurzen Blick hineingeworfen hatte. Darin befanden sich Dokumente, Briefe und Fotos aus der Zeit, als meine Eltern noch in Kapan lebten, aber auch Auszeichnungen, die mein Vater während des Zweiten Weltkriegs erhalten hatte. „Wofür hast du eigentlich diese Orden bekommen?“, fragte ich ihn. Aber er zuckte bloß mit den Schultern. Es war offensichtlich, dass er darüber nicht sprechen wollte.

Jahrelang stand die Kiste in meinem Büro, und erst als einige Fragen über meine Herkunft immer drängender wurden, habe ich sie geöffnet und ihren Inhalt genauer unter die Lupe genommen.

Prisoner of War oder Displaced Person?

In der schwarzen Kiste fand ich auch die „Bescheinigung über den Verlust des Soldbuchs“ meines Vaters. Ein unscheinbares Blatt Papier, ausgestellt am 15. Mai 1945 von einem Hauptmann der Schutzpolizei mit der Ortsbezeichnung O. U. Diese Abkürzung für Ortsunterkunft wurde in Feldpostbriefen und Dienstschreiben verwendet, wenn aus Gründen der Geheimhaltung keine genauen Ortsangaben gemacht werden durften.

„Bis zur Ausfertigung eines neuen Soldbuches durch den Heimatstandort gilt diese Bescheinigung als vorläufiger Dienstausweis“, war da zu lesen, und ich stellte mir die Frage, weshalb am 15. Mai 1945 ein Hauptmann der Schutzpolizei für einen ehemaligen Angehörigen der SS-Polizei überhaupt noch einen „vorläufigen Dienstausweis“ ausstellen konnte. Am 8. Mai 1945 endete auch in Österreich der Zweite Weltkrieg, und eigentlich hätte sich mein Vater zu diesem Zeitpunkt bereits in englischer Kriegsgefangenschaft befinden müssen.

Dass mein Vater sein Soldbuch ausgerechnet unmittelbar nach Kriegsende „verloren“ hat, erscheint mir nicht sehr glaubwürdig, zumal viele Soldaten nach der Kapitulation Hitlerdeutschlands ihre Soldbücher einfach weggeworfen haben. In den Soldbüchern gab es ja eine Seite, in der die „mitgemachten Gefechte" der Soldaten verzeichnet wurden.

Für mich gibt es also zwei Möglichkeiten: Entweder hatte mein Vater sein Soldbuch tatsächlich verloren oder er hatte es entsorgt, weil es belastende Informationen enthielt, zum Beispiel über seine Beteiligung an Vergeltungsmaßnahmen an der Zivilbevölkerung. Wobei es sich bei diesen Aktionen – streng genommen – um gar keine Gefechte handelte.

In einer Abhandlung über Kriegsverbrechen habe ich gelesen, dass während des Zweiten Weltkriegs 60.000 Polizisten an Massenerschießungen beteiligt waren. Von solchen Massenerschießungen – vor allem auf dem Gebiet der Sowjetunion – gibt es hunderte Fotos und auch Filmaufnahmen, obwohl das Filmen bei diesen Aktionen verboten war. Bei den Tätern, die Frauen, Männer, Kinder und Alte kaltblütig ermordeten, handelte es sich um keine Monster, sondern um ganz normale Menschen, die nach dem Ende des Krieges ein ganz normales Leben führten.

Da ich davon ausgehe, dass mein Vater an keinen Verbrechen dieser Art beteiligt war, wird es wohl auch in seinem Soldbuch keine entsprechenden Hinweise gegeben haben. Sollte er also sein Soldbuch nicht verloren, sondern bewusst entsorgt haben, wird es dafür einen anderen Grund gegeben haben. Welchen, darüber kann ich nur spekulieren.

Katastrophen ohne Ende

Während sich mein Vater im Lazarett in Arolsen aufhielt, wurde am 21. November 1944 vom „Antifaschistischen Rat zur Befreiung Jugoslawiens“ (AVNOJ) das Gesetz über die Aberkennung der jugoslawischen Staatsbürgerschaft für alle Personen deutscher Volkszugehörigkeit sowie die Beschlagnahmung all ihrer Besitztümer verabschiedet. Das gesamte Eigentum dieser Volksgruppe ging entschädigungslos in jugoslawischen Staatsbesitz über. Natürlich konnte mein Vater nicht ahnen, dass mit diesem Tag das Kapitel Kapan für ihn ein für alle Mal erledigt war. Die Mühen und Entbehrungen von Generationen waren umsonst gewesen, und Suhopolje wurde seinem Namen wieder gerecht: Trockenes Feld.

Was hat mein Vater eigentlich nach seiner Entlassung aus dem Lazarett am 19. Dezember 1944 gemacht? Der Krieg war ja noch nicht zu Ende und er gehörte nach wie vor dem 3. Bataillon des 19. SS-Polizei-Regiments an, das in der zweiten Dezember-Hälfte 1944 ein weiteres Mal nach Slowenien verlegt wurde. Der Frankreich-Einsatz dauerte also nur fünfeinhalb Monate.

Zu vermuten ist, dass mein Vater von Arolsen zu seinem Regiment nach Slowenien zurückbeordert wurde, er Weihnachten 1944 also in der Nähe seiner Heimat verbracht hat, die gar nicht mehr seine Heimat war. Egal ob der Transport nach Slowenien mit dem Zug oder dem Auto erfolgte, in jedem Fall musste ihm angesichts der massiven Zerstörungen und der katastrophalen Lage klar geworden sein, dass dieser Krieg für Deutschland nicht mehr zu gewinnen war. Aber was hätte er machen sollen? Für eine Desertion war es zu spät, und selbst wenn er in Slowenien zu den Partisanen übergelaufen wäre, hätten sie ihn wahrscheinlich sofort erschossen. Dann wären seine sterblichen Überreste Jahrzehnte später in einer der Karsthöhlen entdeckt worden, in denen zwischen 1943 und 1945 Tausende Opfer von Hinrichtungen durch Partisanen verschwanden. An den Handgelenken mit Eisendraht gefesselt, wurden die Gefangenen in Kolonnen bis an die Ränder der Karsthöhlen getrieben und erschossen. Von dort stürzten sie in die Tiefe. Oft wurden auch schwarze Hunde in die Höhlen geworfen, die in Panik die Körper der Toten zerrissen. Nach einem slawischen Volksglauben sollten schwarze Hunde die Täter vor der Rache der Toten schützen. Die Überlebenschancen jener Gefangenen, die in die berüchtigten Arbeitslager geschickt wurden, waren ebenfalls gering.

Aber noch existierte das SS-Polizei-Regiment 19, das Anfang März 1945 seinen letzten Einsatz in Slowenien hatte. Mit Kriegsende zogen sich die Reste des Regiments über den Loibl-Pass nach Ferlach zurück, wo sie in britische Gefangenschaft gerieten.

Auf der Karteikarte des deutschen Bundesarchivs findet sich eine weitere rätselhafte Eintragung, die mit 29. Juli 1958 datiert ist. Dort heißt es, dass auf Anfrage des Landesinvalidenamtes für Wien, Niederösterreich und Burgenland die „Wehrmachtszugehörigkeit" des Versicherten mitgeteilt wurde. Erstens lebte mein Vater seit 1945 in Oberösterreich, und zweitens war er nicht bei der Wehrmacht, sondern bei der Polizei, die nicht Teil der Wehrmacht war.

Ob mein Vater den Status eines Kriegsgefangenen hatte, weiß ich nicht. Ein Vermerk vom 22. Juli 1958 lässt allerdings vermuten, dass er kein Kriegsgefangener war: „P.O.W. Formblatt liegt nicht vor", heißt es da. Aber wenn er kein P.O.W. (Prisoner of War) war, was war er dann? Mein Vater hat einmal erzählt, dass es im Lager bei Klagenfurt eher locker zugegangen ist, was mich heute mehr erstaunt als damals, weil es sich bei den Gefangenen immerhin um Angehörige der SS-Polizei handelte. Außerdem suchte das Field Security Service der englischen Armee in den Lagern ganz gezielt nach SS-Leuten, die möglicherweise an Kriegsverbrechen beteiligt waren. Da mein Vater auf der Innenseite seines linken Oberarms eine kleine Narbe hatte, kann man davon ausgehen, dass an dieser Stelle seine Blutgruppe eintätowiert war. Diese Tätowierung war für Angehörige der SS-Polizeibataillone „bei auswärtigem Einsatz" Pflicht und sollte sicherstellen, dass bei einer Verwundung die Transfusion mit der richtigen Blutgruppe erfolgte.

Nach dem Krieg versuchten viele Angehörige der SS, dieses eindeutige Erkennungszeichen loszuwerden, indem sie sich in den Oberarm schossen oder die Tätowierung operativ entfernen ließen. Das war auch der Grund, weshalb in Deutschland und Österreich nach dem Krieg auffallend viele Männer eine Oberarmverletzung hatten.

Kurz vor ihrem Tod hat mir meine Tante erzählt, dass sie sich sehr wohl an Heimaturlaube ihres Bruders erinnern könne. Vielleicht haben diese Urlaube während der Zeit seiner Grundausbildung in Prag im November/Dezember 1942 stattgefunden, aber dass nach seiner Verlegung nach Frankreich solche Besuche noch möglich gewesen wären, erscheint mir eher unwahrscheinlich. Außerdem erfolgten im September 1943 bereits die ersten Evakuierungen aus Kapan.

Auch erzählte meine Tante, dass sich mein Vater im August 1945 aus dem Lager Tessendorf bei Klagenfurt selbst entlassen habe. Als ich nachfragte, wie das zu verstehen sei, meinte sie: „Wie er über das Rote Kreuz erfahren hat, dass sich viele seiner Landsleute in Neukirchen an der Vöckla aufhalten, hat er bei einem Bauern seine Uniform gegen Zivilkleidung eingetauscht und sich dann von Kärnten aus auf den Weg gemacht.“

So skurril diese Geschichte auch klingen mag, glaubwürdig ist sie nicht. Mein Vater hat im Sommer 1945 bei der Baugesellschaft Scherz und Müller gearbeitet, also wird er am Bau nicht die Uniform eines SS-Polizisten getragen haben. Möglicherweise hat es diesen Tausch gegeben, als er ins Gefangenenlager kam, aber auch das kann ich mir nicht vorstellen. Und konnte ich den Erzählungen meiner Tante überhaupt trauen? Schließlich war ihr Erinnerungsvermögen durch die Alzheimer-Erkrankung bereits stark getrübt.

Am 4. August 1945 wurde meinem Vater von den englischen Besatzungsbehörden (Allied Expeditionary Force) eine D. P. Index Card ausgestellt, die ihn als „displaced person“ auswies. Damit wurde bestätigt, dass er sich als Zivilperson außerhalb seines Heimatstaates aufhielt, mehr nicht. „Keep this card at all times to assist your safe return home.“ Was mit „home“ gemeint war, ist nicht ganz klar, zumal auch ehemalige KZ-Häftlinge den Status von „displaced persons“ hatten.

Mit der D. P. Index Card, die lediglich eine Registrierungsnummer und seinen Namen enthielt, machte sich mein Vater also auf den Weg Richtung Neukirchen an der Vöckla. Dass er mit diesem Kärtchen die Kontrollposten der Engländer und Amerikaner problemlos passieren konnte, wundert mich, aber vielleicht hat er ja auch Schleichwege benutzt. Geschlichen wurde viel nach dem Zweiten Weltkrieg, schließlich entging man damit nicht nur unangenehmen Fragen, sondern auch der Gefahr, von den Alliierten zu genau kontrolliert zu werden. Trotzdem muss die Reise einem Himmelfahrtskommando geglichen haben, denn die Alliierten waren nicht zimperlich, wenn es darum ging, Verdächtige festzunehmen und in Entnazifizierungslager oder ins Gefängnis zu stecken. Ein besonderes Augenmerk warfen sie dabei auf jene Personen, die an der Innenseite des linken Oberarms eine Blutgruppentätowierung hatten. Ob mein Vater seine Tätowierung bereits in Klagenfurt oder erst später entfernen ließ, weiß ich nicht.

Laut Meldezettel der Gemeinde Neukirchen an der Vöckla traf er dort am 23. August 1945 ein. Gleichzeitig war das der Tag, an dem er offiziell aus der Gefangenschaft entlassen wurde. Wieder eine dieser Ungereimtheiten, denn dass mein Vater die Strecke von Klagenfurt nach Neukirchen an der Vöckla innerhalb eines Tages zurückgelegt hat, ist ein Ding der Unmöglichkeit. Entweder erfolgte die Entlassung aus der Gefangenschaft früher oder die Meldebestätigung wurde einfach rückdatiert.

Am 31. August 1945 feierte mein Vater in Neukirchen an der Vöckla jedenfalls seinen 21. Geburtstag. Ob die Stimmung dabei ausgelassen war, ist fraglich. Den Krieg hatte er zwar überlebt, ansonsten sah seine Zukunft eher düster aus. Für den Erhalt von Lebensmittelkarten brauchte er zunächst einmal eine Arbeit. Diese bekam er bereits am 1. September von der Gemeinde, die ihn als Forstarbeiter einstellte. Straßenbau oder Waldarbeit, das waren die Optionen für die Flüchtlinge. Ob mein Vater von der Geburtstagsfeier einen Brummschädel hatte, ist nicht überliefert.

An seinem 21. Geburtstag sah die „Lebensbilanz" meines Vaters so aus:

Geboren in Kapan (Slawonien) als Angehöriger des Königreichs der Serben, Kroaten und Slowenen.

Mit vier den Vater verloren.

Besuch der Volksschule.

Mit fünf Bürger des Königreichs Jugoslawien.

Mit 16 Übernahme des elterlichen Bauernhofs.

Mit 17 Bürger des Unabhängigen Staates Kroatien.

Mit 18 Zwangsrekrutierung zur SS-Polizei.

Mit 20 Aberkennung der Staatsbürgerschaft.

Mit 20 Verwundung in Frankreich.

Mit 21 war mein Vater staatenlos, besitzlos und weitgehend rechtlos. Von Beruf war er Forstarbeiter, untergebracht war er auf einem Bauernhof.

Die Bilanz an meinem 21. Geburtstag:

Geboren in Vöcklabruck (Oberösterreich) als Staatenloser.

Ein Jahr nach der Geburt Zuerkennung der österreichischen Staatsbürgerschaft.

Wohlbehütet bei den Eltern aufgewachsen in Neukirchen an der Vöckla (bis 1957) und in Timelkam.

Besuch der Volksschule (4 Klassen), der Hauptschule (4 Klassen), der Handelsakademie (6 Klassen, einmal sitzengeblieben) sowie der Universität Salzburg (Studium der Germanistik und Publizistik).

Mit 21 besaß ich immer noch die österreichische Staatsbürgerschaft, als Student bekam ich ein Stipendium in Höhe von 1.300 Schilling monatlich, ich besaß die berühmte blaue Gesamtausgabe der Marx-Engels-Werke (44 Bände) und 87 Schallplatten, weiters besaß ich ein Peugeot-Rennrad PX 10, eine Schreibmaschine der Marke Adler, Modell Gabriele 10, und alles, was ich sonst noch zum Leben brauchte. In Salzburg wohnte ich in einer Mietwohnung, die Monatsmiete betrug 2.300 Schilling plus 600 Schilling Betriebskosten, ich hatte alle Rechte eines österreichischen Staatsbürgers, das heißt, ich durfte gegen Nazis in Salzburg demonstrieren, auch wenn ich dafür „wegen Erregung öffentlichen Ärgernisses“ zu einer Geldstrafe in Höhe von

500 Schilling verurteilt wurde. Und ich durfte bei den Nationalratswahlen am 5. Oktober 1975 sogar die KPÖ wählen, auch wenn sie nur auf einen Stimmenanteil von 1,19 % kam.

An Ländern hatte ich bis dahin besucht: Die BRD, die DDR, Italien, die Schweiz, Frankreich, Jugoslawien, die ČSSR, Ungarn, Bulgarien, die Türkei, die Sowjetunion, die USA (Kalifornien), Mexiko (Tijuana), Tunesien und Algerien.

Als mein Vater am 23. August 1945 in Neukirchen an der Vöckla eintraf, hielten sich dort bereits seine Mutter, sein Stiefvater und seine Halbschwester auf. Sie waren im November 1944 nach einer insgesamt vierzehnmonatigen

Reise auf einem Pferdewagen an diesem Ort gestrandet. Die Familie war also wieder vereint, aber spätestens jetzt musste meinem Vater endgültig klar geworden sein, dass an eine Rückkehr nach Kapan nicht mehr zu denken war, er also seinen gesamten Besitz verloren hatte.

Für meinen Vater begann jetzt ein Leben in der Warteschleife. Er hatte zwar Arbeit und ein Quartier auf einem Bauernhof, für wie lange, wusste er aber nicht. Er wusste auch nicht, ob er überhaupt in Österreich bleiben konnte. Schließlich war er ein staatenloser Flüchtling, dessen Schicksal nicht in seinen Händen lag. Sollte er sich für länger hier einrichten? Oder sollte er versuchen, in ein anderes Land auszuwandern, wie es einige Flüchtlinge bereits getan hatten? Nach Brasilien, in die USA oder nach Australien? Da mein Vater über keine finanziellen Mittel verfügte, waren seine Möglichkeiten beschränkt.

Auch die Familie meiner Mutter hatte in Neukirchen an der Vöckla eine vorläufige Bleibe gefunden. Wie gut mein Vater und meine Mutter einander aus Kapan kannten, weiß ich nicht, aber in Neukirchen an der Vöckla werden sie sich wohl das eine oder andere Mal über den Weg gelaufen sein. Vielleicht sogar schon beim „Maschintanz" im Herbst 1945. Jenem Fest, das nach dem Dreschen des Getreides mit Musik und Tanz ausgiebig gefeiert wurde und das auch in Kapan im Brauchtum des Ortes seinen fixen Platz hatte.

Eine, die sich im Herbst 1945 mit ihrer Familie ebenfalls in Neukirchen an der Vöckla aufhielt, war Theresia S. Sie rief mich im Sommer 2022 an, weil ihr zu Ohren gekommen war, dass ich an einem Buch über die Herkunft meiner Vorfahren schreibe. „Junge", hatte sie gesagt, „wenn du wissen willst, welche Familie in welchem Haus gewohnt hat, dann kann ich dir das genau sagen." Ich war beeindruckt, aber da ich mit den Namen und den Hausnummern nicht viel anfangen konnte, bat ich sie, mir eine Skizze des Ortes zu schicken. „Weißt du was, ich schicke dir alles, was ich über Kapan habe, ich kann es ohnehin nicht mehr gebrauchen, weil ich fast blind bin."

Tatsächlich erhielt ich ein paar Wochen später ein Paket mit drei Ordnern, voll mit Aufzeichnungen, Briefen und Dokumenten, die einen tiefen Einblick in das Leben der Bewohnerinnen und Bewohner Kapans vor und nach ihrer Flucht gaben.

Mit Theresia S. war ich über meine Großmutter mütterlicherseits verwandt, die die Schwester von Theresias Vater war. Wir haben am Telefon lange hin- und her überlegt, in welchem Verwandtschaftsverhältnis wir zueinander standen, sind aber auf keinen grünen Zweig gestoßen. War sie meine Großcousine? Oder meine Groß-Großcousine? Im Sommer 2023 habe ich sie noch einmal angerufen, weil ich wissen wollte, wie sie als junges Mädchen die Flucht erlebt hat. Immerhin war sie die letzte mir bekannte Überlebende, die noch aus eigener Erfahrung über die damaligen Vorgänge berichten konnte.

Theresia S. wurde 1933 in Kapan geboren, zog mit ihrer Familie aber bald nach Osijek (Esseg), wo ihr Vater bei der Eisenbahn arbeitete. „Im Oktober 1944 kamen deutsche Soldaten und sagten, dass wir uns auf die Flucht vorbereiten müssen. Meine Mutter fragte, wohin die Reise gehen soll. Ein Soldat antwortete: ‚Heim ins Reich.' Meine Eltern waren entsetzt, weil sie ja wieder zurück nach Kapan wollten, und nicht heim ins Reich. Man hatte ja gehört, wie es im Reich aussah. Aber es half alles nichts, und so wurde ich am 2. November 1944 mit meiner Mutter und meiner kleinen Schwester Maria mit 18 weiteren Personen in einen Viehwagon gesteckt. Ständig gab es Fliegeralarm und wir mussten raus aus dem Zug, dann hat der Zug wieder stundenlang in einem Tunnel gewartet, wenn es einen Angriff gab. Es war schrecklich.

Nach viereinhalb Wochen kamen wir in Dresden an, wo wir aber wegen der Bombardements nicht bleiben konnten. Überall Ruinen, die mit Asche bedeckt waren. Also schickte man uns zurück nach Wien, das aber ebenfalls bombardiert wurde. Hier dasselbe Bild wie in Dresden. Irgendwann sind wir in Kehlheim in Bayern gelandet, wo wir auswagoniert und bei Bauern einquartiert wurden. In Kehlheim hat uns mein Vater über das Rote Kreuz gefunden. Nach drei Wochen haben wir erfahren, dass viele unserer Verwandten in Neukirchen an der Vöckla gestrandet waren. Also machten wir uns erneut auf den Weg und erreichten nach einer dreimonatigen beschwerlichen Reise am 15. April 1945 Neukirchen an der Vöckla. Ich war damals noch nicht einmal zwölf Jahre alt, meine kleine Schwester Maria sieben. Man kann sich gar nicht vorstellen, was diese Erlebnisse für uns Kinder bedeutet haben."

„Und wie war das im Sommer 1945? Da tauchte doch angeblich ein Agent Titos in Neukirchen an der Vöckla auf, um euch zur Rückkehr nach Kapan zu bewegen."

„Ja, er hieß Turk, und er hat unseren Leuten versprochen, dass ihnen nichts passiert, wenn sie wieder auf ihre Höfe zurückkehren würden. Nachdem uns die Österreicher ohnehin nicht haben wollten, haben die Kapaner alles zusammengepackt und sind voller Hoffnung in den Zug gestiegen, dieses Mal war es ein Güterwagon. Deine Mutter und Großmutter waren auch dabei. In Kärnten wurde der Zug an der Grenze allerdings von englischen Besatzungssoldaten angehalten. ‚Ihr könnt nicht weiter', haben sie gesagt. ‚Drüben warten schon die Partisanen auf euch, die schicken euch alle in ein Lager.' Weil wir Flöhe und Läuse hatten, mussten die Engländer die Wagons entlausen. Die haben gelacht, wie sie den Frauen irgendein Pulver unter die Röcke gestäubt haben. Drei Tage haben wir gewartet, wir wollten ja unbedingt zurück nach Kapan. Die Theresia V., die hochschwanger war, hat ihr Kind im Zug bekommen. Sie hat gehofft, ihr Kind in Kapan zur Welt bringen zu können. Du kannst dir nicht vorstellen, wie niedergeschlagen unsere Leute waren, als ihnen klar wurde, dass sie ihre Heimat nie wiedersehen würden."

„Habt ihr nicht gewusst, dass die Tito-Partisanen euren ganzen Besitz beschlagnahmt hatten?"

„Daran kann ich mich nicht mehr erinnern."

„Und wie haben die Bauern reagiert, als ihr wieder in Neukirchen an der Vöckla aufgetaucht seid?"

„Die wollten uns gar nicht mehr haben und erst auf Druck der amerikanischen Behörden haben sie uns wieder aufgenommen. Die Frauen haben als Mägde gearbeitet, die Männer beim Straßenbau, im Wald oder wo es sonst gerade Arbeit gab. Wir haben zu fünft in einem kleinen Zimmer gewohnt und anfangs auf Strohsäcken geschlafen, die voller Wanzen waren. Wie ich 17 war, habe ich in Vöcklabruck in einem Privathaushalt eine Stelle als Dienstmädchen bekommen. Als Staatenlose konnte ich ja keine Lehre machen. 1953 habe ich geheiratet und 1955 bin ich nach Deutschland ausgewandert, wo ich dann zwei Jahre später die Staatsbürgerschaft bekommen habe."

Dass meine Großmutter (mütterlicherseits) im Sommer 1945 in einen Güterzug gestiegen ist, um Richtung Jugoslawien zu fahren, kann ich mir nicht vorstellen. Erstens hatte sie am 1. Juni ein weiteres Kind bekommen, einen sogenannten „Nachzügler", und zweitens war ihr Mann damals noch im Lager Glasenbach interniert. Ich glaube nicht, dass sie unter diesen Umständen diese beschwerliche Reise auf sich genommen hätte. Und später durfte mein Großvater wegen seiner (angeblichen) Mitgliedschaft bei der Ustascha oder seiner Funktion in der NSDAP ohnehin nicht mehr nach Jugoslawien einreisen. Erstaunlich jedenfalls, dass sich meine Großeltern mitten in diesem blutigen Krieg für ein weiteres Kind entschieden hatten.

Als wir im Sommer 2023 miteinander telefonierten, lebte Theresia S. in einem Pflegeheim in Sulzfeld in Baden-Württemberg. Das Pflegeheim hieß „Auf der Gänsweide".

Eine Gänseweide gab es auch in Kapan auf der sogenannten Hutweide, wo die Gänse neben Kühen und Schweinen freien Auslauf hatten.

„Auf der Gänseweide" hieß aber auch jener Ort in Wien, an dem im Frühjahr 1421 233 Jüdinnen und Juden wegen angeblicher Hostienschändung verbrannt wurden. Initiatoren dieser Judenverbrennung waren Herzog Albrecht V. und die Professoren der Theologischen Fakultät der Universität Wien. Während Albrecht V. das Vermögen der Juden beschlagnahmen ließ, wurde ein Gebäude der Theologischen Fakultät aus den Steinen der zerstörten Synagoge neu erbaut.

Drei Gänseweiden, die mehr miteinander zu tun haben, als man auf den ersten Blick vermuten würde.

Dunkle Flecken überall

Die Entfernung von Suhopolje nach Neukirchen an der Vöckla beträgt 521,3 Kilometer. Laut Google Maps benötigt man für diese Strecke mit dem Auto 6 Stunden 8 Minuten, mit dem Zug 12 Stunden 50 Minuten und zu Fuß 101 Stunden, wobei man auf dem Fußweg ein paar Abkürzungen machen kann und daher nur 484,1 Kilometer zurücklegen muss.

Jene Flüchtlinge, die am 10. September 1943 Suhopolje verließen und am 11. November 1944 Neukirchen an der Vöckla erreichten, waren mit ihren Pferdefuhrwerken 14 Monate unterwegs. Aber Neukirchen an der Vöckla war gar nicht das Ziel dieser Reise, weil es gar kein Ziel mehr gab. Hier war einfach Endstation, weil die Umsiedlungspläne der Nationalsozialisten im Kriegschaos nicht mehr zu verwirklichen waren. Irgendwann überließ die Wehrmacht die Flüchtlinge ihrem Schicksal, und dieses Schicksal hieß in diesem Fall Neukirchen an der Vöckla. Und wieder einmal hatte der Zufall Regie geführt.

Neukirchen an der Vöckla gehörte zum Gau Oberdonau und hatte gegen Ende des Krieges etwa 2.000 Einwohner, die vornehmlich in der Landwirtschaft tätig waren. Die

Existenz des KZ Redl-Zipf (Deckname „Schlier“), einem Außenlager des KZ Mauthausen, war im Ort zwar bekannt, allerdings wurde darüber – wenn überhaupt – nur hinter vorgehaltener Hand gesprochen. Später erfuhr man, dass dort die Nazis eine Geldfälscherwerkstatt betrieben, in der Dollarscheine gedruckt wurden. Angeblich sollte damit die amerikanische Wirtschaft unterminiert werden. Und dass ausgerechnet in Redl-Zipf an der „Wunderwaffe“ V 2 gearbeitet wurde, war mehr als erstaunlich.

In Sichtweise des Hauses meiner Großeltern (väterlicherseits) befand sich ein Bunker, der mit seinen meterdicken grauen Stahlbetonwänden wie ein erratischer Block mitten in der Landschaft stand. Ab und zu wagten wir Kinder uns in seine Nähe, obwohl der Zutritt dort strengstens verboten war. Die Zufahrtsrampe war mit einem Eisengitter versperrt und es roch nach Kacke und Pisse. Dass dieser Bunker Teil des ehemaligen KZ Redl-Zipf war, wussten wir nicht. Woher auch, wir waren Kinder, und die Erwachsenen hüllten sich in Schweigen. Erst nach der Mondlandung 1969 erinnerte man sich mit einem gewissen Stolz daran, dass sich Wernher von Braun in Redl-Zipf aufgehalten haben soll, um hier Raketentests zu überwachen. Der berühmte Wernher von Braun, ohne den es diese Mondlandung nicht gegeben hätte! Vielleicht hatte er ja sogar gefälschte Dollarnoten bei sich, als er kurz nach dem Krieg von den Amerikanern pro forma verhaftet und in die USA gebracht wurde.

Was erzählten sich die Flüchtlinge aus Kapan eigentlich, wenn sie beisammensaßen? Erzählten die Männer von ihren Kriegserlebnissen? Von Kriegsverbrechen, an denen sie möglicherweise beteiligt waren? Kann ich mir nicht vorstellen. Eher werden sie sich bedeckt gehalten haben, musste ja nicht jeder wissen, bei welchen Einsätzen sie dabei waren. Und die Frauen? Erzählten sie von den Entbehrungen während der Flucht? Von Vergewaltigungen? Kann ich mir genauso wenig vorstellen. Wahrscheinlich setzte sofort das große Schweigen ein, das jahrzehntelang andauern sollte, geschuldet sicher auch dem enormen Anpassungsdruck. Sie waren Entwurzelte ohne nationale Identität, und vielleicht waren die Traumata auch einfach zu groß, um sie in Worte fassen zu können. Das Schweigen zwischen den Generationen führte schließlich dazu, dass die Leerstellen immer größer wurden und irgendwann nicht mehr gefüllt werden konnten. Was blieb, waren dunkle Flecken, Verschwiegenes und Verdrängtes.

Ich frage mich auch, ob die Vertriebenen so etwas wie Heimweh verspürten, oder ob ihnen bewusst war, dass es gar keinen Sinn mehr hatte, der alten Heimat nachzutrauern. Aus einem dörflich-bäuerlichen Leben mit Pferdefuhrwerken, Petroleumlampen und Plumpsklo wurden sie in das industrielle Zeitalter katapultiert, ohne die geringste Möglichkeit zu haben, sich an die neue Zeit anzupassen. Wie fühlte es sich an, nicht mehr an dem Ort leben zu dürfen, in dem man geboren wurde und aufgewachsen ist?

Wie haben sie auf den Zerfall der Großfamilien reagiert? Haben sie diese einschneidenden Veränderungen einfach verdrängt oder akzeptiert? Vielleicht waren die Jüngeren auch froh, den Kontrollmechanismen der Großfamilie entkommen zu sein. In der ominösen schwarzen Kiste habe ich einen Zettel mit folgenden Zeilen gefunden, aufgeschrieben von einem gewissen Valentin K.: „Wenn ich so nachdenke, war es in der alten Heimat doch schön. Wir leben hier in der neuen Heimat besser, aber glücklicher waren wir dort, wo unsere Wiege stand. Daheim ist halt daheim."

Das waren die Gedanken eines alten Mannes, der die Vergangenheit mystifizierte und der Probleme hatte, sich auf die neuen Herausforderungen einzustellen.

Die Mehrheit der Geflüchteten scheint sich ab einem bestimmten Zeitpunkt aber sehr wohl bewusst darüber geworden zu sein, dass die Vergangenheit nicht mehr zurückkehren würde und dass es gar keinen Sinn mehr hatte, den alten Zeiten nachzutrauern. Die Öllampen und Pferdefuhrwerke hatten ausgedient, und wenn man überleben wollte, musste man Entscheidungen treffen. Aus den Biographien vieler Flüchtlinge ist herauszulesen, dass sie bereit waren, ihr altes Leben hinter sich zu lassen und neu zu beginnen. Ein Indiz dafür ist die Auswanderungswelle, die bereits in den ersten Nachkriegsjahren einsetzte, und die Bauern aus Kapan zu Farmern in Brasilien, Maschinenschlosser in Kalifornien oder Bäcker in Wisconsin werden ließ.

Wenige Jahre nach dem Krieg verloren sich die Spuren der ehemaligen Bewohnerinnen und Bewohner Kapans und die „alte Heimat“ war nur noch eine Chimäre. Die Großfamilien waren jetzt endgültig fragmentiert. Gab es anfangs noch Bestrebungen, durch Briefkontakte und regelmäßige Treffen die Verbindung zur alten Heimat aufrechtzuerhalten, änderte sich das im Laufe der Jahre mit den Anforderungen, die der Alltag an die Menschen stellte.

Die Nachkommen der Auswanderer, die in Brasilien oder den USA lebten, hießen jetzt Jean Matheus, Eduardo, John oder Jennifer. Ob sich Jean Matheus, Eduardo, John oder Jennifer für die Herkunft ihrer Großeltern oder Urgroßeltern interessierten? Kann ich mir nicht vorstellen.

Im Jahr, bevor mein Vater im November 1959 in der OKA zu arbeiten begann, scheinen sich meine Eltern mit dem Gedanken getragen zu haben, in die Bundesrepublik Deutschland auszuwandern. Das legt jedenfalls eine Meldebestätigung der Gemeinde Neukirchen an der Vöckla nahe, die „zur Vorlage beim Konsulat der Bundesrepublik Deutschland in Linz“ diente. Weiters wurde auf dem Meldezettel ausdrücklich bestätigt, „daß Herr und Frau Palm h.a. als Volksdeutsche aus Jug. registriert waren.“

Ob sich meine Eltern tatsächlich in der BRD niederlassen wollten? Merkwürdig ist jedenfalls, dass sie bereits seit 14. November 1956 in Timelkam wohnten und dort auch gemeldet waren. Weshalb beim Konsulat der BRD dann eine Meldebetätigung der Gemeinde Neukirchen an der Vöckla vom 27. Dezember 1958 vorgelegt wurde, ist nicht ganz klar und ein weiteres Beispiel dafür, dass die Biographie meiner Eltern nur bedingt nachvollziehbar ist.

Schwabenball mit temperamentvoller Rock 'n' Roll-Show

Im Herbst 1994 erhielt mein Vater vom Verband der volksdeutschen Landsmannschaften Österreichs die erfreuliche Nachricht, dass die Bewertung seiner Liegenschaften in Kapan einen Betrag von 9.285.000 Schilling ergeben hätte. Meine Eltern konnten ihr Glück kaum fassen, zumal die Erhebung der Bewertung sowohl vom Außenministerium der Republik Österreich als auch von der oberösterreichischen Landesregierung unterstützt wurde und als Grundlage für die Restitutionsforderungen Österreichs an Kroatien dienen sollte.

Und wieder einmal saß mein Vater mit Block und Bleistift am Küchentisch und rechnete. Dieses Mal zerbrach er sich allerdings nicht den Kopf darüber, ob wir uns einen neuen Mixer oder eine neue Waschmaschine leisten konnten, sondern was der Besitz von mehr als neun Millionen Schilling für unsere Familie bedeuten würde. Sollten meine Eltern eine Wohnung kaufen? Als Wertanlage, wegen der unsicheren Zukunft. Wertanlage war ein Zauberwort bei verwandtschaftlichen Zusammenkünften. Der eine schwor auf Aktien (und verlor fast alles), der andere auf Immobilien. Der mit den Immobilien hatte sich allerdings auch verschätzt und fackelte das soeben erworbene Haus kurzerhand ab, etwa nach dem Motto: Hoch versichern und tief anzünden. Seine Frau besuchte ihn nur selten im Gefängnis, weil sie sich in Grund und Boden schämte. Oder sollten meine Eltern das Geld auf die Kinder und Enkelkinder aufteilen? Wenn ja, nach welchem Schlüssel?

Als mir mein Vater das Schreiben mit der freudigen Nachricht zeigte, schüttelte ich den Kopf.

„Was ist, freust du dich nicht?“, fragte er verunsichert.

„Merkt ihr nicht, dass das ein Betrug ist? Die bescheißen euch doch von vorne bis hinten. Ihr glaubt doch nicht im Ernst, dass ihr von der kroatischen Regierung neun Millionen Schilling bekommt.“

„Aber der Mock und der Ratzenböck unterstützen das auch“, sagte meine Mutter und zeigte mir einen hektografierten Zettel. Es war das „Mitteilungsblatt der Donauschwaben in Oberösterreich“. Ich nahm das Blatt und las: „Alle schon unterschriebenen Anmeldungen – Achtung! Erfassung von Vertreibungsschäden mit CODE-Zahl und 3 x Unterschrift wurden schon zur EDV-Auswertung dem Österreichischen Statistischen Zentralamt in Wien weitergegeben!“

Meine Mutter deutete auf eine bestimmte Stelle. „Hier steht, dass Landeshauptmann Dr. Josef Ratzenböck und Außenminister Dr. Alois Mock ihre volle Hilfe zugesagt haben.“

„Das sind doch Scharlatane", antwortete ich, während ich Mühe hatte, mich auf den Beinen zu halten. Ich litt an den Folgen eines schweren Hörsturzes und fühlte mich miserabel. Meinen Eltern konnte ich das nicht sagen, weil sie sich sonst noch mehr Sorgen um mich gemacht hätten. Vor allem meine Mutter, die damit haderte, dass ich noch immer keine fixe Anstellung hatte. Meinem Beruf stand sie nach wie vor skeptisch gegenüber, da nützte es auch nichts, wenn ich ihr in regelmäßigen Abständen mein Sparbuch vorlegte, um ihr zu beweisen, dass ich nicht am Hungertuch nagte.

„Wer hat denn die Anträge für euch ausgefüllt?", wollte ich wissen, obwohl ich froh war, dass ich bisher mit dieser Angelegenheit nichts zu tun hatte.

„Der Sekretär von den Donauschwaben in Linz hat das für uns erledigt", antwortete mein Vater, während er sich nachdenklich am Kopf kratzte.

„Aber eure Dokumente sind doch alle auf Kroatisch", wandte ich ein.

„Die Übersetzungen haben wir von einem Büro machen lassen und ein Notar hat sie beglaubigt, jetzt passt alles."

„Was für ein Büro? Und wie viel habt ihr dafür bezahlt?" Mir schwante Übles.

„4.000 Schilling hat alles zusammen gekostet. Das ist doch nichts, verglichen mit den neun Millionen, die wir bekommen." Mein Vater war sich jetzt offenbar nicht mehr ganz so sicher, dass er bald Millionär werden würde.

Bei meinen spärlichen Besuchen in den letzten Jahren hatte ich am Rande mitbekommen, dass die aus Jugoslawien Vertriebenen aufgefordert wurden, Restitutionsforderungen an Kroatien zu stellen. Die Verwandtschaft war in dieser Angelegenheit gespalten: Die einen witterten darin einen glatten Betrug, die anderen glaubten an die Versprechungen der Politik und machten sich daran, ihre Vertreibungsschäden zu erfassen.

Bereits wenige Wochen später war die Euphorie einer gewissen Ernüchterung gewichen, weil es „Probleme mit der CODE-Zahl und der EDV-mäßigen Auswertung und Bewertung der Vertreibungsschäden" gab, weshalb mein Vater aufgefordert wurde, zur persönlichen Vorsprache im Büro der Donauschwaben in Wels zu erscheinen. Er fuhr zu diesem Termin, obwohl es ihm nicht gut ging. Auf seiner Lunge war ein Schatten entdeckt worden, der ihm zu schaffen machte. Nicht genug damit, verlangten die kroatischen Behörden weitere Dokumente, die entweder vom Deutschen ins Kroatische oder vom Kroatischen ins Deutsche übersetzt werden mussten, wie zum Beispiel den „Nachweis über die derzeitige Staatsbürgerschaft sowie über die aufrechte ununterbrochene Erbrechtsnachfolge" oder den „Akt über die Verstaatlichung bzw. Vergesellschaftung des Eigentums".

Meine Eltern beratschlagten, wie sie weiter vorgehen sollten und entschieden sich, eine Kanzlei in Zagreb mit der Besorgung der geforderten Dokumente zu beauftragen. „Sonst wäre ja alles umsonst gewesen." Kostenpunkt: 20.000 Schilling.

Zum Trost gab es von den Donauschwaben eine Einladung zum Schwabenball in Wels mit einer „temperamentvollen Rock 'n' Roll-Show als Mitternachtseinlage". Wenig später folgte eine weitere Einladung zur „Kranzniederlegung in der Braunauer Kriegergedächtnisstätte zum Gedenken an die 100.000 unschuldigen Todesopfer donauschwäbischer Landsleute". Gottesdienst inklusive. Halleluja.

Die Monate vergingen, Außenminister Mock hielt in Wien einen Vortrag über „Die politische Entwicklung im Donauraum und die Anliegen der Vertriebenen", der vom Verband der volksdeutschen Landsmannschaften als „voller Erfolg" bezeichnet wurde; der Schatten auf der Lunge meines Vaters erwies sich bei näherer Betrachtung als Karzinom, und von einer raschen Abwicklung der Restitutionsforderungen an Kroatien konnte keine Rede mehr sein. Außerdem stellte sich heraus, dass im Falle einer Entschädigung diese nicht in Bargeld ausbezahlt worden wäre, sondern in Form von „Schuldscheinen der Republik Kroatien in 40 halbjährlichen Teilzahlungen über einen Zeitraum von 20 Jahren".

Wie so viele hatte auch mein Vater das Kleingedruckte nicht gelesen, und mehr als 20 Jahre später, als meine Eltern längst tot waren, endete das Kapitel „Restitution Kroatien" mit der banalen Erkenntnis: „Außer Spesen nichts gewesen." Diese betrugen am Ende 3.413 Euro.

Der Hintergrund für die Initiative der Volksdeutschen Landsmannschaften war so banal wie infam: Da die Aufnahme Kroatiens in die EU nur mit der Zustimmung Österreichs erfolgen konnte, stellte die Regierung aus taktischen Gründen möglichst viele Forderungen an Kroatien, auf die sie im Laufe der Verhandlungen nach und nach verzichtete, um am Ende jene Punkte durchzusetzen, die ihr wichtig waren. Ob die aus Jugoslawien Vertriebenen entschädigt wurden oder nicht, war den jeweiligen Außenministerinnen und -ministern vollkommen egal, mochten sie nun Mock, Schüssel, Ferrero-Waldner, Plassnik, Spindelegger oder Kurz heißen. Noch 2014 erhielt ich vom damaligen Außenminister Sebastian Kurz ein Schreiben,

in dem er mir mitteilte, „dass Kroatien das Restitutionsgesetz novellieren wird, um einen gleichberechtigten Zugang zur Restitution herzustellen".

Diese Information war nachweislich falsch, weil der Außenminister schließlich gewusst haben muss, dass der kroatische Verfassungsgerichtshof zu diesem Zeitpunkt bereits den Großteil der Anträge auf Entschädigung „wegen Fristversäumnis" abgewiesen hatte.

Ich war froh, dass meinen Eltern diese Demütigung erspart geblieben war und sie die Groteske um diesen staatlich sanktionierten Betrug nicht mehr miterleben mussten. Auf den Brief von Außenminister Kurz notierte ich: „Kränkungen, Scham, Schikanen, angeborene Nichtswürdigkeit."

Tagebucheintrag vom 25. April 2004

Letzte Nacht träumte ich, dass ich mit meinen Eltern in den Bergen wandern war. Ich trug einen blauen Pyjama, dessen Hose mir ständig herunterrutschte. Als wir an einem schneebedeckten Abhang standen, wo es hunderte Meter in die Tiefe ging, sprangen wir plötzlich los. Für einen kurzen Augenblick hatte ich Angst, dass wir abstürzen und sterben würden, dann aber überwog das Gefühl, fliegen zu können. Wieder am Boden war ich froh, dass ich meine Pyjamahose nicht verloren hatte. Ich umarmte meine Eltern und sagte zu meinem Vater: „Pass auf dich auf." Und er antwortete: „Ja, pass du auch auf dich auf."

Luka-Batschi erinnert sich

Mein Name ist Luka Jovanović. Ich wurde 1905 in der Nähe von Apatin in der Bačka im Königreich Serbien geboren. Ich war das sechste von acht Kindern. Wenn ich etwas falsch gemacht habe, wurde ich von meinem Vater verprügelt. Immer auf die Ohren, das ist auch der Grund, weshalb ich auf einem Ohr taub bin. „Luka, striegle die Pferde! Luka, treibe die Gänse auf die Weide! Luka, miste den Stall aus!" So ging es tagaus, tagein.

Wann immer ich Zeit hatte, bin ich zur Donau hinuntergegangen. Ich habe mich ans Ufer gesetzt und die Schiffe beobachtet. Am liebsten wäre ich mit einem Frachter bis zum Schwarzen Meer gefahren. Alle Schiffe hatten Namen, aber nur ein paar konnte ich entziffern: TIMOK. BEOGRAD. VUK BRANKOVIĆ. Es gab dort einen kleinen Hafen, und einmal habe ich mich auf einem Fischerboot versteckt. Als ich am Abend mit ein paar Fischen nach Hause gekommen bin, hat mein Vater die Fische vor lauter Wut an die Schweine verfüttert.

Weil auf unserem Bauernhof kein Platz für so viele Kinder war, wurde ich nach fünf Klassen Volksschule zu einem Onkel geschickt. Dort ging es mir noch schlechter als zu Hause. Der Onkel hat getrunken und nicht nur seine Frau, sondern auch sein Gesinde geschlagen, zu dem ich gehörte. Nachdem einer seiner Söhne im Ersten Weltkrieg gefallen war und eine Tochter sich in der Scheune erhängt hatte, wurde alles noch schlimmer.

Mit 14 habe ich es nicht mehr ausgehalten. Ich habe meine wenigen Habseligkeiten zusammengepackt und bin weg. Bei den Bauern gab es genug Arbeit, aber mit 19 haben sie mich zur Armee eingezogen, dort wollten sie aus mir ein Tier machen. Aus dem Königreich der Serben war das Königreich der Serben, Kroaten und Slowenen geworden. Für mich machte das keinen Unterschied. Aber ich hatte Glück, weil ich eine Lungentuberkulose bekam und sie mich in ein Lazarett steckten, von wo ich nach einem Jahr entlassen wurde. In der Zwischenzeit war mein Vater als mittelloser Alkoholiker gestorben und man hat ihn in einem Armengrab beigesetzt. Keine Minute habe ich um ihn getrauert.

Einige Jahre später wurde aus dem Königreich der Serben, Kroaten und Slowenen das Königreich Jugoslawien, und wieder wurde ich zur Armee eingezogen. Dieses Mal haben sie mich aber wegen meiner kaputten Lunge gleich nach ein paar Monaten wieder nach Hause geschickt. Auf einem Bauernhof in Kroatien habe ich mich in eine Magd verliebt, die aber nichts von mir wissen wollte. Wahrscheinlich, weil ich Serbe war.

Als ich erfahren habe, dass meine Mutter im Sterben liegt, bin ich noch einmal zurück. Sie hatte etwas am Magen und ist elendiglich zugrunde gegangen. Ich war froh, als alles vorbei war und ich den Hof für immer verlassen konnte. Im Ort gab es ein paar Tschetniks, die mich anwerben wollten. Ihr Hass auf die Bosniaken und Kroaten war aber so groß, dass ich da nicht mitmachen wollte. Sie haben das nicht akzeptiert und mir gedroht. Noch in der Nacht bin ich davongelaufen, zurück nach Kroatien. In Slawonien habe ich auf verschiedenen Bauernhöfen gearbeitet. Am besten ist es mir bei den Bauern mit den deutschen Namen gegangen. Sie haben von der Landwirtschaft auch mehr verstanden als die Kroaten. Während die kroatischen Bauern immer noch die grauen Langhornrinder züchteten, beschritten die Deutschen mit der Einführung der Simmentaler Rasse bereits neue Wege. In der Schweinezucht war es dasselbe. Ich weiß das, weil ich mich jahrelang um die Kühe und die Schweine gekümmert habe. 1938 habe ich als Knecht auf einem Hof in Kapan angefangen, dort bin ich geblieben.

Dann kam das Jahr 1941, und Deutschland erklärte dem Königreich Jugoslawien den Krieg. Wenig später wurde der Unabhängige Staat Kroatien ausgerufen und die Ustascha begann mit ihrem Feldzug gegen die Serben. Ich hatte Glück, weil mich die Ustascha-Leute in Kapan gekannt haben. Sie haben mich in Ruhe gelassen. Außerdem habe ich mich mit den Deutschen gut verstanden.

Das war auch der Grund, weshalb ich mich im September 1943 auf einem Pferdewagen versteckt habe, als sie aus Kapan flüchten mussten. Ich war ja alleine. Was hätte ich machen sollen?

Ende 1944 bin ich mit den anderen Flüchtlingen in Neukirchen an der Vöckla angekommen. Dort habe ich auf verschiedenen Höfen wieder als Knecht gearbeitet. Gut gegangen ist es mir dort nicht, die haben mich behandelt wie den letzten Dreck. Aber ich war froh, dass ich ein Dach über dem Kopf und genug zu essen hatte. Mit den Vertriebenen aus Kapan bin ich in Kontakt geblieben, aber sie hatten wenig Zeit, sie mussten sich ja ums eigene Überleben kümmern.

Als es mit meiner Lunge immer schlechter wurde und ich nicht mehr arbeiten konnte, habe ich einen Platz im Armenhaus in Timelkam bekommen. Im Ort haben einige aus Kapan gewohnt, die habe ich ab und zu besucht. Es war schön, weil wir über die alten Zeiten reden konnten. Wir haben uns auf Kroatisch unterhalten, weil ich ja nicht Deutsch konnte. Das war auch der Grund, weshalb ich im Armenhaus kaum Kontakt zu den anderen Alten und Kranken hatte. Wenn der Sohn einer der Familien aus Kapan im Altersheim ministriert hat, bin ich zur Messe in die Kapelle gegangen, sonst nicht, ich war ja nie religiös und ich habe gar nicht verstanden, worum es bei diesen Messen ging.

Am Ende bin ich nur noch in meinem Verschlag im Bett gelegen, weil es mir so schlecht gegangen ist. Ich habe mich an die Donau erinnert, und wie ich eines nachts ein Schiffshorn gehört habe, bin ich aufgestanden und zum Fluss hinuntergegangen. Irgendwann hat mich das Wasser verschluckt. Was weiter geschehen ist, weiß ich nicht mehr.

Die Arbeit an diesem Roman wurde mit einem Projektstipendium des Bundesministeriums für Kunst, Kultur, öffentlichen Dienst und Sport; einem Arbeitsstipendium des Landes Oberösterreich sowie einem Projektstipendium der Stadt Wien Kultur unterstützt.

MIX
Papier aus verantwortungsvollen Quellen
FSC® C014138
www.fsc.org

Product footprint
CO_2 Neutral
PBN-CFMCP-015258
www.preferredbynature.org

Umschlaggestaltung: Christine Fischer
Unter Verwendung einer Fotografie aus dem privaten Archiv von Kurt Palm
Satz und Typografie: Michèle Ganser
Lektorat: Stefanie Jaksch
Druck: FINIDR, s.r.o.
Gesamtherstellung: Leykam Buchverlag

www.leykamverlag.at
ISBN 978-3-7011-8343-2

Klimaneutral gedruckt mit freundlicher Unterstützung durch die Kulturabteilungen des Landes Oberösterreich und der Stadt Wien.

mit Unterstützung von
Kultur oberösterreich
Stadt Wien